施工现场业务管理细节大全丛

资料员

第 2 版

陈洪刚　姚　鹏　主编

机械工业出版社

本书系“施工现场业务管理细节大全丛书”资料员　第2版，内容包括有：建筑工程资料管理基础知识，土建工程施工资料管理，安装工程资料管理，建筑工程竣工组卷资料管理，工程监理的资料管理，建筑工程施工安全资料管理。

本书可供施工现场资料管理人员、施工技术人员、相关专业大中专院校师生学习参考。

图书在版编目（CIP）数据

资料员/陈洪刚，姚鹏主编. —2版. —北京：机械工业出版社，2010.12（2012.5重印）
（施工现场业务管理细节大全丛书）
ISBN 978-7-111-32268-9

Ⅰ.①资…　Ⅱ.①陈…　②姚…　Ⅲ.①建筑工程—技术档案—档案管理　Ⅳ.①G275.3

中国版本图书馆CIP数据核字（2010）第203164号

机械工业出版社（北京市百万庄大街22号　邮政编码100037）
策划编辑：何文军　责任编辑：何文军　责任校对：薛　娜
封面设计：王伟光　责任印制：李　妍

唐山丰电印务有限公司印刷

2012年5月第2版第3次印刷
184mm×260mm·17.75印张·437千字
标准书号：ISBN 978-7-111-32268-9
定价：39.00元

凡购本书，如有缺页、倒页、脱页，由本社发行部调换

电话服务
社服务中心：（010）88361066
销售一部：（010）68326294
销售二部：（010）88379649
读者购书热线：（010）88379203

网络服务
门户网：http://www.cmpbook.com
教材网：http://www.cmpedu.com

《施工现场业务管理细节大全丛书·资料员》（第2版）编写人员

主　编　陈洪刚　姚　鹏

参　编　（按姓氏笔画排序）

双　全　王红英　王洪德　王钦秋
王　静　王燕琦　白桂欣　白雅君
卢　玲　孙　元　石云峰　李方刚
刘香燕　刘家兴　刘　捷　刘　磊
陈煜淼　谷文来　邱　东　宋砚秋
张　军　张吉文　张　彤　张建铎
张　慧　宫国盛　胡　风　胡　君
胡　俊　姜　雷　唐　颖　徐芳芳
徐旭伟　袁嘉仑　崔立坤　董文晖
韩实彬　解　华

第2版前言

《施工现场业务管理细节大全丛书　资料员》自第1版出版发行以来，一直深受广大读者的喜爱。由于近几年建筑业发展很快，各种新技术、新材料、新设备、新工艺不断出现，为了使资料员能够掌握最基本、最实用的资料管理专业知识和工作细则，此次修订对相应内容进行了更全面、更完善的改进。

由于编者的水平有限，书中缺陷乃至错误在所难免，望广大读者给予批评、指正。

编　者

2010年7月

第1版前言

使人疲惫不堪的不是远方的高山，而是鞋里的一粒砂子。许多事情的失败，往往是由于在细节上没有尽心尽力而造成的。我们应该始终把握工作细节，而且在做事的细节中，认真求实、埋头苦干，从而使工作走上成功之路。

改革开放以来，我国建筑业发展很快，城镇建设规模日益扩大，建筑施工队伍不断增加，建筑工程基层施工组织中的资料员肩负着重要的职责。施工资料是建筑施工中的重要组成部分，是工程建设及竣工检查验收的主要内容，也是对工程进行检查、维护、管理、使用、改建和扩建等相关工程的重要依据。为此，任何一项工程如果施工技术资料不符合标准规定，就可能判定该项工程不合格。所以，资料员的工作在很大程度上制约着工程项目施工现场能否有序、高效、高质量地按期完成任务。

为了进一步健全和完善施工现场全面质量管理，不断提高资料员素质和工作水平，以更多的建筑精品工程满足日益激烈的建筑市场竞争需求，根据《建筑工程施工质量验收统一标准》(GB 50300—2001)和《建设工程文件归档整理规范》(GB/T 50328—2001)、《建设工程监理规程》(GB 50319—2000)等相关规范和标准的规定，并结合施工现场资料编制的要求编写了《施工现场业务管理细节大全丛书·资料员》。

本书主要介绍施工现场资料管理基本的细节要求，以及土建工程施工、设备安装工程施工、建筑工程竣工组卷、工程监理、建筑工程施工安全等工程资料员应掌握的最基本、最实用的资料管理的专业知识和工作细则。其主要内容都以细节中的要点详细阐述，表现形式新颖，易于理解，便于执行，方便读者抓住主要问题，及时查阅和学习。本书通俗易懂，操作性、实用性强，可供施工现场资料管理人员、施工技术人员、相关专业大中专及职业学校的师生学习或参考使用。

我们希望通过本书的介绍，对施工一线各岗位的人员及广大读者均有所帮助。由于编者的经验和学识有限，加之当今我国建筑业施工水平的迅速发展，尽管编者尽心尽力，但书中难免有疏漏或未尽之处，敬请有关专家和广大读者予以批评指正。

编　者

目　录

1 建筑工程资料管理基础知识

细节：资料员的管理职责

1. 通用职责

1）工程资料的形成应符合国家相关的法律、法规、施工质量验收标准和规范、工程合同与设计文件等规定。

2）工程各参建单位应将工程资料的形成和积累纳入工程建设管理的各个环节和有关人员的职责范围。

3）工程资料应随工程进度同步收集、整理并按规定移交。

4）工程资料应实行分级管理，由建设、监理、施工等单位主管(技术)负责人组织本单位工程资料的全过程管理工作。建设过程中工程资料的收集、整理工作和审核工作应有专人负责，并按规定取得相应的岗位资格。

5）工程各参建单位应确保各自文件的真实、有效、完整和齐全，对工程资料进行涂改、伪造、随意抽撤或损毁、丢失等的，应按有关规定予以处罚，情节严重的，应依法追究法律责任。

2. 工程各参建单位职责

工程各参建单位的职责见下表：

项　目	主 要 内 容
建设单位职责	1）应负责基建文件的管理工作，并设专人对基建文件进行收集、整理和归档 2）在工程招标及与参建各方签订合同或协议时，应对工程资料和工程档案的编制责任、套数、费用、质量和移交期限等提出明确要求 3）必须向参与工程建设的勘察、设计、施工、监理等单位提供与建设工程有关的资料 4）由建设单位采购的建筑材料、构配件和设备，建设单位应保证建筑材料、构配件和设备符合设计文件和合同要求，并保证相关物资文件的完整、真实和有效 5）应负责监督和检查各参建单位工程资料的形成、积累和立卷工作，也可委托监理单位检查工程资料的形成、积累和立卷工作 6）对须建设单位签认的工程资料应签署意见 7）应收集和汇总勘察、设计、监理和施工等单位立卷归档的工程档案 8）应负责组织竣工图的绘制工作，也可委托施工单位、监理单位或设计单位，并按相关文件规定承担费用 9）列入城建档案馆接收范围的工程档案，建设单位应在组织工程竣工验收前，提请城建档案馆对工程档案进行预验收，未取得《建设工程竣工档案预验收意见》的，不得组织工程竣工验收 10）建设单位应在工程竣工验收后三个月内将工程档案移交城建档案馆
勘察、设计单位职责	1）应按合同和规范要求提供勘察、设计文件 2）对须勘察、设计单位签认的工程资料应签署意见 3）工程竣工验收，应出具工程质量检查报告

（续）

项　目	主 要 内 容
监理单位职责	1）应负责监理资料的管理工作，并设专人对监理资料进行收集、整理和归档 2）应按照合同约定，在勘察、设计阶段，对勘察、设计文件的形成、积累、组卷和归档进行监督、检查；在施工阶段，应对施工资料的形成、积累、组卷和归档进行监督、检查，使工程资料的完整性、准确性符合有关要求 3）列入城建档案馆接收范围的监理资料，监理单位应在工程竣工验收后两个月内移交建设单位
施工单位职责	1）应负责施工资料的管理工作，实行技术负责人负责制，逐级建立健全施工资料管理岗位责任制 2）应负责汇总各分包单位编制的施工资料，分包单位应负责其分包范围内施工资料的收集和整理，并对施工资料的真实性、完整性和有效性负责 3）应在工程竣工验收前，将工程的施工资料整理、汇总完成 4）应负责编制两套施工资料，其中移交建设单位一套，自行保存一套

3. 城建档案馆职责

1）负责接收、收集、保管和利用城建档案的日常管理工作。

2）负责对城建档案的编制、整理、归档工作进行监督、检查、指导，对国家和各省、市重点、大型工程项目的工程档案编制、整理、归档工作应指派专业人员进行指导。

3）在工程竣工验收前，应对列入城建档案馆接收范围的工程档案进行预验收，并出具《建设工程竣工档案预验收意见》。

细节：各种施工管理资料的内容

1. 工程施工资料的内容

施工资料包括：施工管理资料、施工技术资料、施工物资资料、施工测量记录、施工记录、施工试验记录、施工验收资料及质量评定资料。

2. 施工管理资料的内容

施工管理资料包括：工程概况表、施工进度计划分析、项目大事记、施工日志、不合格项处置记录、工程质量事故报告、建设工程质量事故调(勘)查笔录、建设工程质量事故报告书及施工总结。

3. 施工技术资料的内容

施工技术资料包括：工程技术文件报审表、技术管理资料、技术交底记录、施工组织设计、施工方案、设计变更文件、图纸审查记录、设计交底记录及设计变更、洽商记录。

4. 施工物资资料的内容

施工物资资料包括：工程物资选样送审表、工程物资进场报验表、产品质量证明文件、半成品钢筋出厂合格证、预拌混凝土出厂合格证、预制混凝土构件出厂合格证、钢构件出厂合格证、材料与设备进场检验记录、设备开箱检查记录、材料与配件检验记录、设备及管道附件试验记录、产品复试记录/报告、材料试验报告(通用)、水泥试验报告、钢筋原材料试验报告、砌墙砖（砌块）试验报告、砂试验报告、碎（卵）石试验报告、轻骨料试验报告、防水卷材试验报告、防水涂料试验报告、混凝土掺和料试验报告、混凝土外加剂试验报告、钢材力学性能试验报告及金相试验报告。

5. 施工测量记录的内容

施工测量记录包括：工程定位测量记录、基槽验线记录、楼层放线记录及沉降观测记录。

6. 施工记录的内容

施工记录包括：通用记录、隐蔽工程检查记录表、预检工程检查记录表、施工通用记录表、中间检查交接记录、土建专用施工记录、地基处理记录、地基钎探记录、桩基施工记录、混凝土搅拌测温记录表、混凝土养护测温记录表、砂浆配合比申请单及通知单、混凝土配合比申请单及通知单、混凝土开盘鉴定、预应力钢筋张拉记录（一）、预应力钢筋张拉记录（二）、有粘结预应力结构灌浆记录、建筑烟（风）道与垃圾道检查记录、电梯专用施工记录、电梯承重梁与起重吊环埋设隐蔽工程检查记录、电梯钢丝绳头灌注隐蔽工程检查记录、自动扶梯与自动人行道安装条件记录。

7. 施工试验记录的内容

施工试验记录包括：施工试验记录（通用）、设备试运转记录、设备单机试运转记录、调试报告、土建专用施工试验记录、钢筋连接试验报告、回填土干密度试验报告、土工击实试验报告、砌筑砂浆抗压强度试验报告、混凝土抗压强度试验报告、混凝土抗渗试验报告、超声波探伤报告、超声波探伤记录、钢构件射线探伤报告、砌筑砂浆试块强度统计与评定记录、混凝土试块强度统计与评定记录、防水工程试水检查记录、电气专用施工试验记录、电气接地电阻测试记录、电气绝缘电阻测试记录、电气器具通电安全检查记录、电气照明与动力试运行记录、综合布线测试记录、光纤损耗测试记录、视频系统末端测试记录、管道专用施工试验记录、管道灌水试验记录、管道强度与严密性试验记录、管道通水试验记录、管道吹（冲）洗（脱脂）试验记录、室内排水管道通球试验记录、伸缩器安装记录表、通风空调专用施工试验记录、现场组装除尘器与空调机漏风检测记录、风管漏风检测记录、各房间室内风量测量记录、管网风量平衡记录、通风系统试运行记录、制冷系统气密性试验记录、电梯专用施工试验记录、电梯主要功能检查试验记录表、电梯电气安全装置检查试验记录、电梯整机功能检验记录、电梯层门安全装置检查试验记录表、电梯负荷运行试验记录表、轿厢平层准确度测量记录表、电梯负荷运行试验曲线图表、电梯噪声测试记录表及自动扶梯、自动人行道运行试验记录。

8. 施工验收资料的内容

施工验收资料包括：分部分项工程施工报验表、分部工程验收记录、竣工验收通用记录、基础/主体工程验收记录、幕墙工程验收记录、单位工程验收记录及工程竣工报告。

细节：施工资料管理的规定和流程

1. 施工资料管理规定

1）施工资料应实行报验、报审管理。施工过程中形成的资料应按报验、报审程序，通过相关施工单位审核后，方可报建设(监理)单位。

2）施工资料的报验、报审应有时限性要求。工程相关各单位宜在合同中约定报验、报审资料的申报时间及审批时间，并约定应承担的责任。当无约定时，施工资料的申报、审批不得影响正常施工。

3）建筑工程实行总承包的，应在与分包单位签订施工合同中明确施工资料的移交套数、移交时间、质量要求及验收标准等。分包工程完工后，应将有关施工资料按约定移交。

2. 施工技术资料管理流程

（1）施工技术资料管理流程 施工技术资料管理流程如图1-1所示。

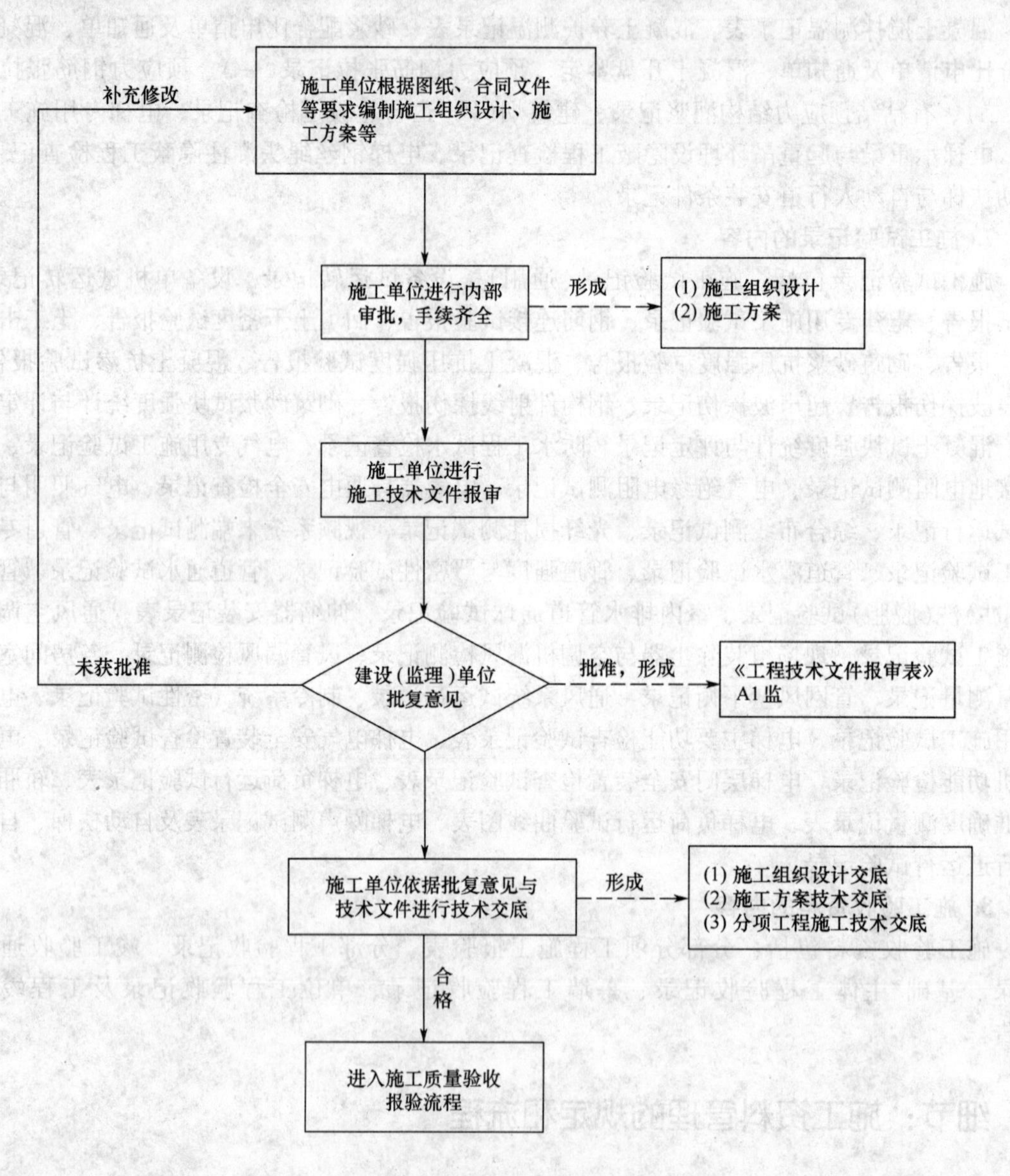

图1-1 施工技术资料管理流程

（2）施工物资资料管理流程 施工物资资料管理流程如图1-2所示。

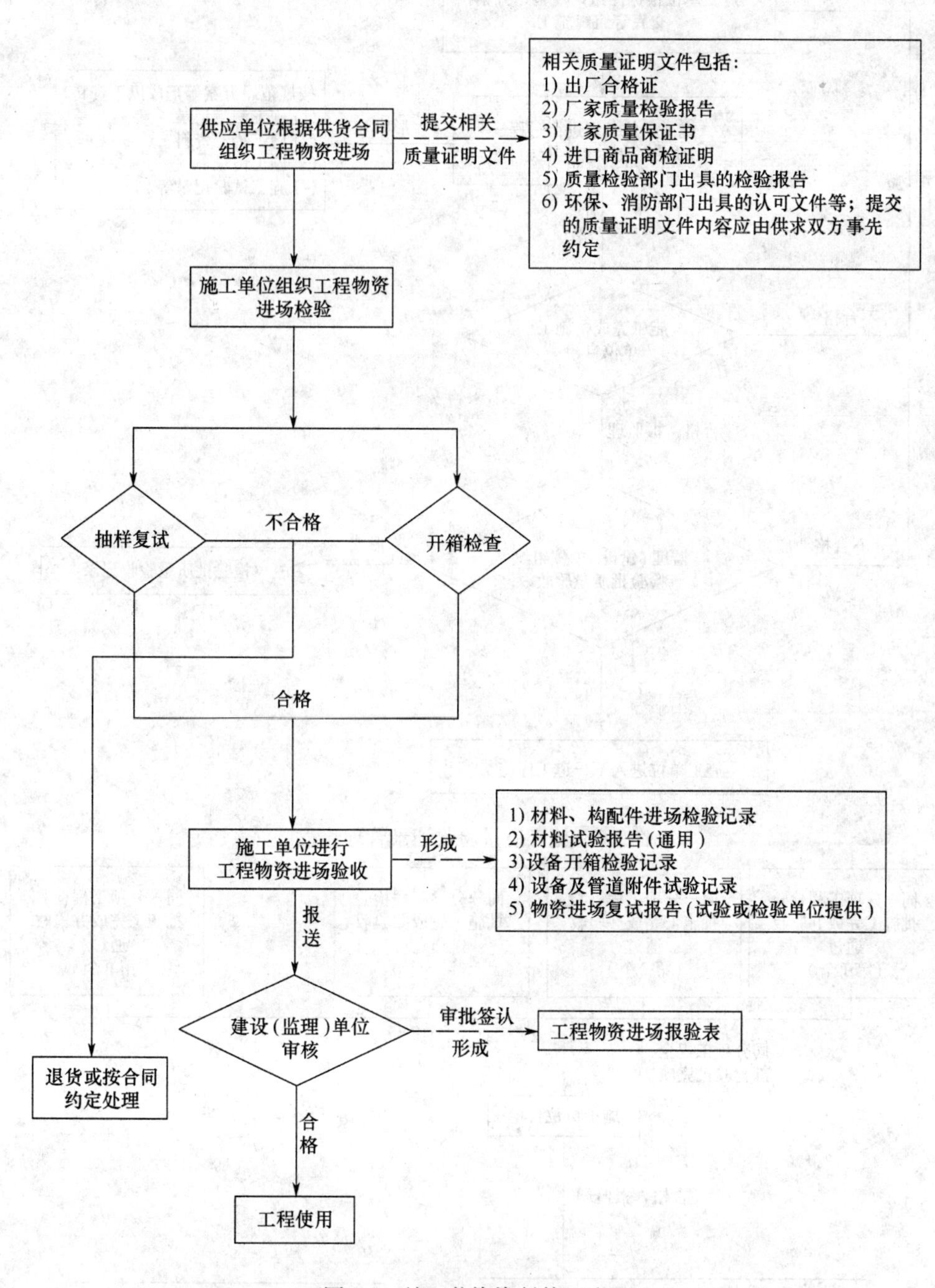

图1-2 施工物资资料管理流程

（3）施工质量验收记录管理流程 施工质量验收记录管理流程如图1-3所示。

（4）分项工程质量验收流程 分项工程质量验收流程如图1-4所示。

（5）子分部工程质量验收流程 子分部工程质量验收流程如图1-5所示。

（6）分部工程质量验收流程 分部工程质量验收流程如图1-6所示。

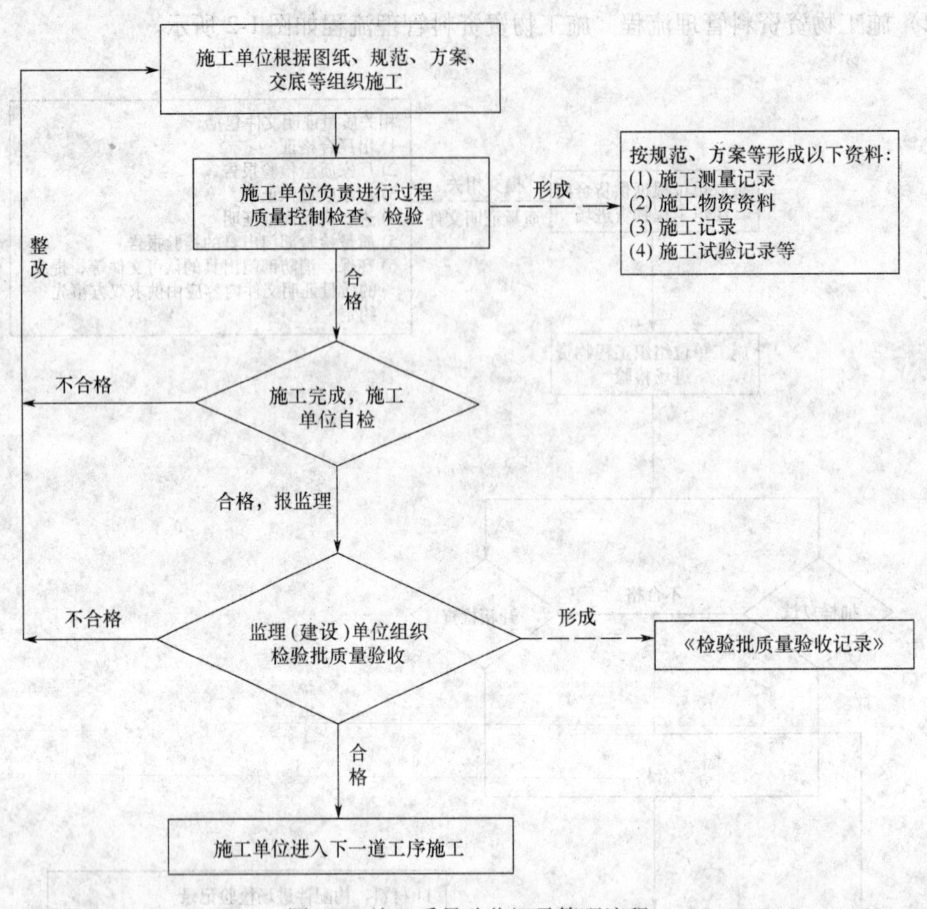

图1-3　施工质量验收记录管理流程

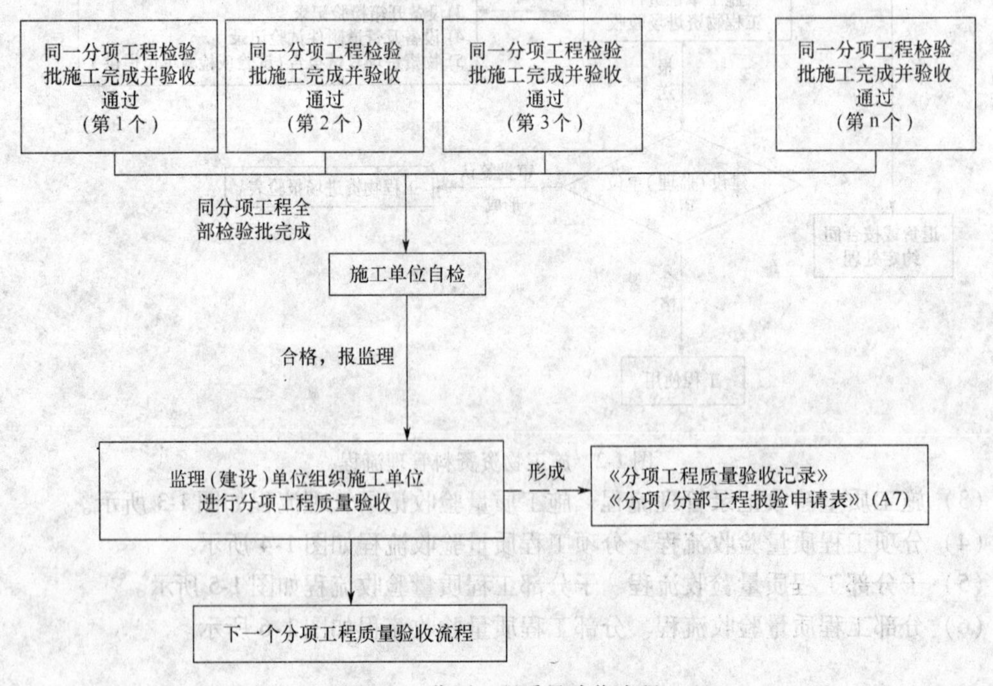

图1-4　分项工程质量验收流程

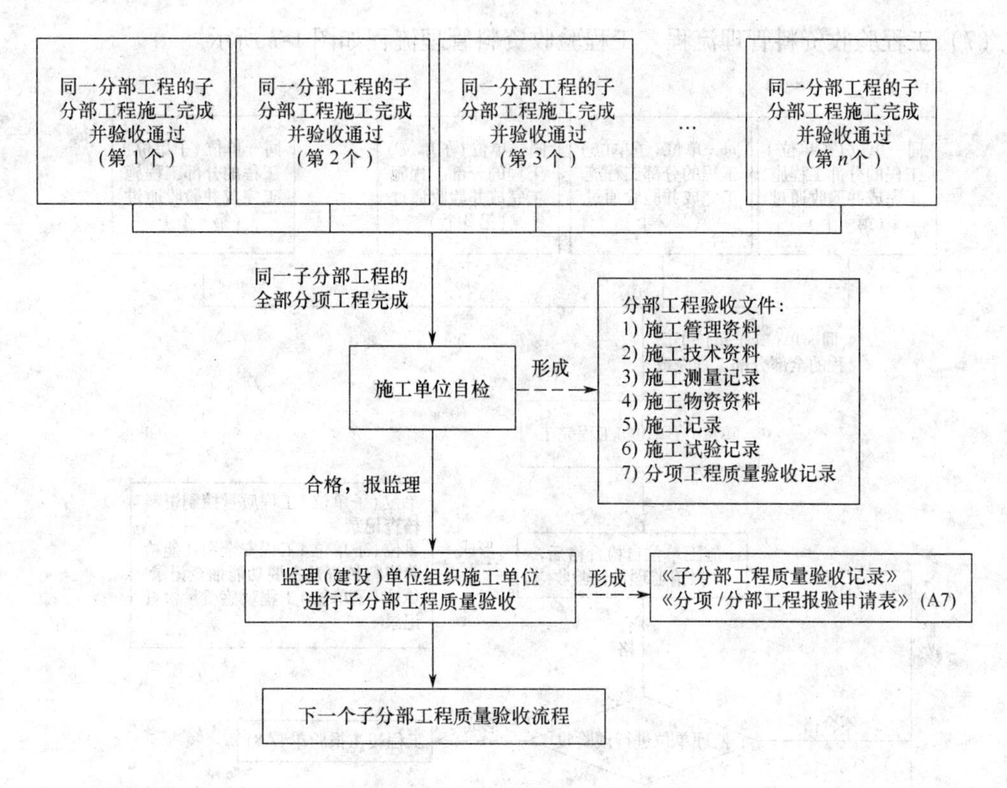

图1-5 子分部工程质量验收流程

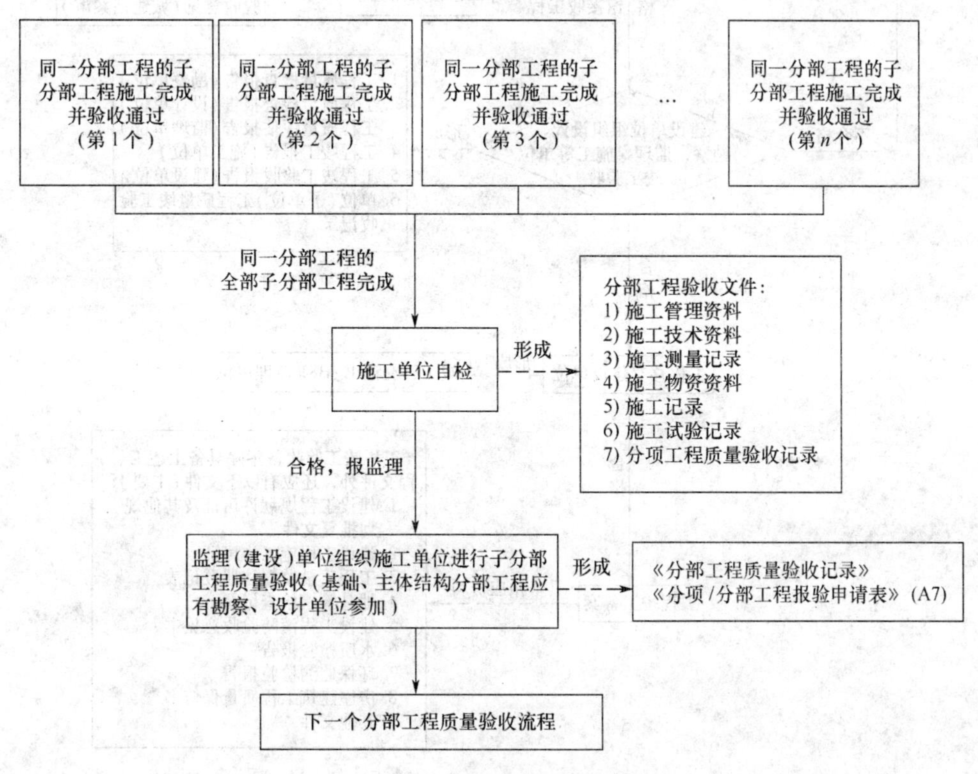

图1-6 分部工程质量验收流程

（7）工程验收资料管理流程 工程验收资料管理流程如图1-7所示。

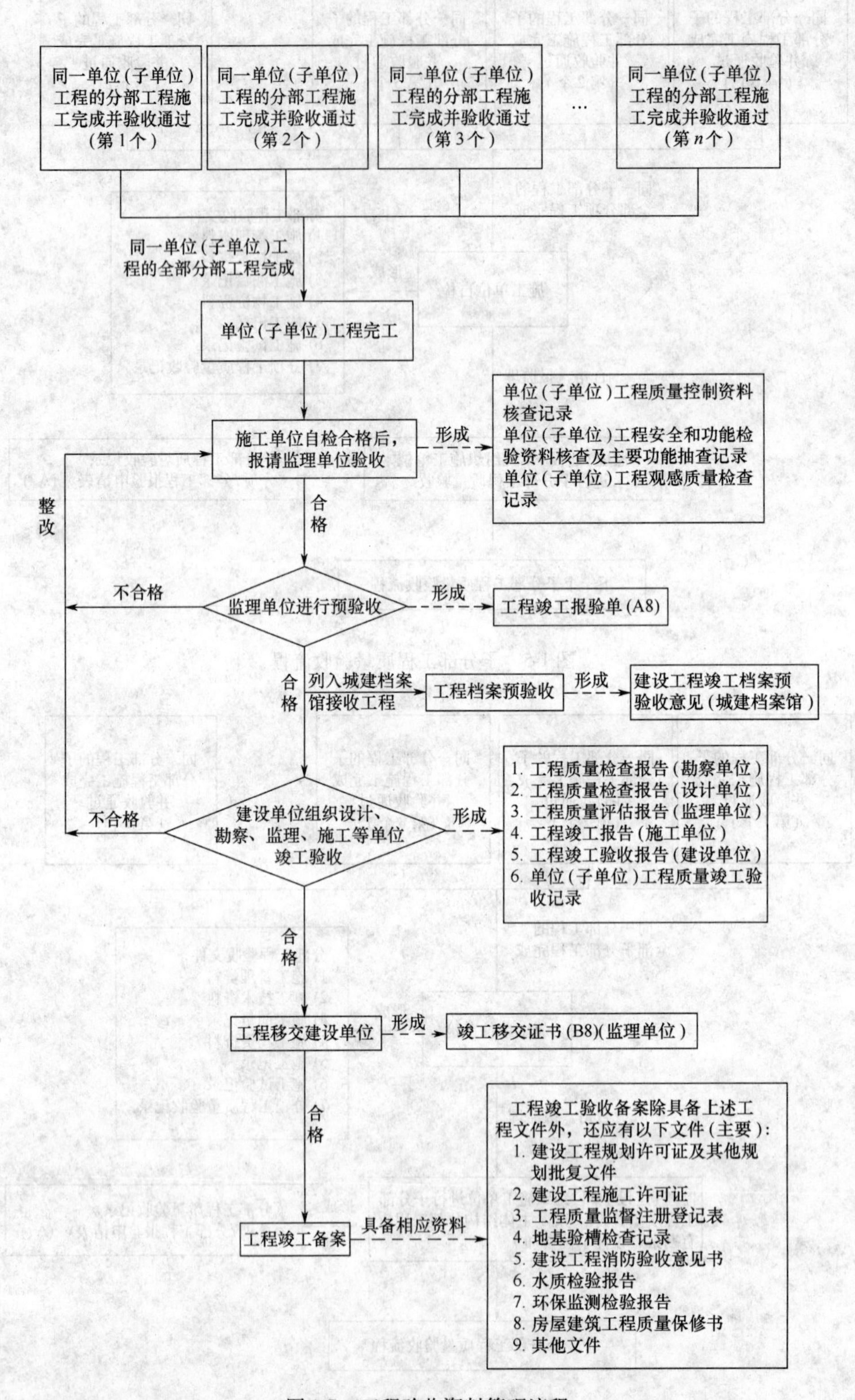

图1-7 工程验收资料管理流程

细节：建设工程资料编制的基本规定

建设、勘察、设计、施工、监理等单位应将工程文件的形成和积累纳入工程建设管理的各个环节和有关人员的职责范围。

在工程文件与档案的整理立卷、验收移交工作中，建设单位应履行下列职责：

1）在工程招标与勘察、设计、施工、监理等单位签订协议、合同时，应对工程文件的套数、费用、质量、移交时间等提出明确要求。

2）收集和整理工程准备阶段、竣工验收阶段形成的文件，并应进行立卷归档。

3）负责组织、监督和检查勘察、设计、施工、监理等单位的工程文件的形成、积累和立卷归档工作；也可委托监理单位监督、检查工程文件的形成、积累和立卷归档工作。

4）收集和汇总勘察、设计、施工、监理等单位立卷归档的工程档案。

5）在组织工程竣工验收前，应提请当地的城建档案管理机构对工程档案进行预验收；未取得工程档案验收认可文件，不得组织工程竣工验收。

6）对列入城建档案馆(室)接收范围的工程，工程竣工验收后3个月内，向当地城建档案馆(室)移交一套符合规定的工程档案。

勘察、设计、施工、监理等单位应将本单位形成的工程文件立卷后向建设单位移交。

建设工程项目实行总承包的，总包单位负责收集、汇总各分包单位形成的工程档案，并应及时向建设单位移交；各分包单位应将本单位形成的工程文件整理、立卷后及时移交总承包单位。建设工程项目由几个单位承包的，各承包单位负责收集、整理、立卷其承包项目的工程文件，并应及时向建设单位移交。

城建档案馆(室)针对工程文件的立卷归档工作进行监督、检查、指导。在工程竣工验收前，应对工程档案进行预验收，验收合格后，须出具工程档案认可文件。

细节：监理资料编制的基本规定

监理资料管理的基本要求是：整理及时、真实齐全、分类有序。

总监理工程师应指定专人进行监理资料管理，总监理工程师为总负责人。

应要求承包单位将有监理人员签字的施工技术和管理文件，上报项目监理部存档备查。

应利用计算机建立图、表等系统文件辅助监理工作控制和管理，可在计算机内建立如下监理管理台账：

1）工程材料、构配件、设备报验台账。

2）施工试验(混凝土、钢筋、水、电、暖、通等)报审台账。

3）分项、分部工程验收台账。

4）工程量、月工程进度款报审台账。

5）其他。

监理工程师应根据基本要求认真审核资料，不得接受经涂改的报验资料，并在审核整理后交资料管理人员存放。

在监理工作过程中，监理资料应按单位工程建立案卷盒(夹)，分专业存放保管，并编目，以便于跟踪检查。

监理资料的收发、借阅必须通过资料管理人员履行手续。

细节：工程资料归档范围

根据《建设工程文件归档整理规范》（GB/T 50328—2001）的规定，建设工程文件归档范围应包括：工程准备阶段文件、监理文件、施工文件、竣工图、竣工验收文件五部分组成，具体的文件归档范围与保管期限见表1-1。

表1-1 建设工程文件归档范围和保管期限表

序号	归档文件	保存单位和保管期限				
		建设单位	施工单位	设计单位	监理单位	城建档案馆
工程准备阶段文件						
一	立项文件					
1	项目建议书	永久				√
2	项目建议书审批意见及前期工作通知书	永久				√
3	可行性研究报告及附件	永久				√
4	可行性研究报告审批意见	永久				√
5	关于立项有关的会议纪要、领导讲话	永久				√
6	专家建议文件	永久				√
7	调查资料及项目评估研究材料	长期				√
二	建设用地、征地、拆迁文件					
1	选址申请及选址规划意见通知书	永久				√
2	用地申请报告及县级以上人民政府城乡建设用地批准书	永久				√
3	拆迁安置意见、协议、方案等	长期				√
4	建设用地规划许可证及其附件	永久				√
5	划拨建设用地文件	永久				√
6	国有土地使用证	永久				√
三	勘察、测绘、设计文件					
1	工程地质勘察报告	永久		永久		√
2	水文地质勘察报告、自然条件、地震调查	永久		永久		√
3	建设用地钉桩通知单（书）	永久				√
4	地形测量和拨地测量成果报告	永久		永久		√
5	申报的规划设计条件和规划设计条件通知书	永久		长期		√
6	初步设计图纸和说明	长期		长期		
7	技术设计图纸和说明	长期		长期		

（续）

序号	归档文件	保存单位和保管期限				
		建设单位	施工单位	设计单位	监理单位	城建档案馆
	工程准备阶段文件					
8	审定设计方案通知书及审查意见	长期		长期		√
9	有关行政主管部门（人防、环保、消防、交通、园林、市政、文物、通信、保密、河湖、教育、白蚁防治、卫生等）批准文件或取得的有关协议	永久				√
10	施工图及其说明	长期		长期		
11	设计计算书	长期		长期		
12	政府有关部门对施工图设计文件的审批意见	永久		长期		√
四	招投标文件					
1	勘察设计招投标文件	长期				
2	勘察设计承包合同	长期		长期		√
3	施工招投标文件	长期				
4	施工承包合同	长期	长期			√
5	工程监理招投标文件	长期				
6	监理委托合同	长期			长期	√
五	开工审批文件					
1	建设项目列入年度计划的申报文件	永久				√
2	建设项目列入年度计划的批复文件或年度计划项目表	永久				√
3	规划审批申报表及报送的文件和图纸	永久				
4	建设工程规划许可证及其附件	永久				√
5	建设工程开工审查表	永久				
6	建设工程施工许可证	永久				√
7	投资许可证、审计证明、缴纳绿化建设费等证明	长期				√
8	工程质量监督手续	长期				√
六	财务文件					
1	工程投资估算材料	短期				
2	工程设计概算材料	短期				
3	施工图预算材料	短期				
4	施工预算	短期				
七	建设、施工、监理机构及负责人					
1	工程项目管理机构（项目经理部）及负责人名单	长期				√

（续）

序 号	归档文件	保存单位和保管期限				
		建设单位	施工单位	设计单位	监理单位	城建档案馆
	工程准备阶段文件					
2	工程项目监理机构（项目监理部）及负责人名单	长期			长期	√
3	工程项目施工管理机构（施工项目经理部）及负责人名单	长期	长期			√
	监理文件					
1	监理规划					
1.1	监理规划	长期			短期	√
1.2	监理实施细则	长期			短期	√
1.3	监理部总控制计划等	长期			短期	√
2	监理月报中的有关质量问题	长期			长期	√
3	监理会议纪要中的有关质量问题	长期			长期	√
4	进度控制					
4.1	工程开工/复工审批表	长期			长期	√
4.2	工程开工/复工暂停令	长期			长期	√
5	质量控制					
5.1	不合格项目通知	长期			长期	√
5.2	质量事故报告及处理意见	长期			长期	√
6	造价控制					
6.1	预付款报审与支付	短期				
6.2	月付款报审与支付	短期				
6.3	设计变更、洽商费用报审与签认	长期				
6.4	工程竣工决算审核意见书	长期				√
7	分包资质					
7.1	分包单位资质材料	长期				
7.2	供货单位资质材料	长期				
7.3	试验等单位资质材料	长期				
8	监理通知					
8.1	有关进度控制的监理通知	长期			长期	
8.2	有关质量控制的监理通知	长期			长期	
8.3	有关造价控制的监理通知	长期			长期	
9	合同与其他事项管理					
9.1	工程延期报告及审批	永久			长期	√
9.2	费用索赔报告及审批	长期			长期	

（续）

序　　号	归档文件	保存单位和保管期限				
		建设单位	施工单位	设计单位	监理单位	城建档案馆
	监理文件					
9.3	合同争议、违约报告及处理意见	永久			长期	√
9.4	合同变更材料	长期			长期	√
10	监理工作总结					
10.1	专题总结	长期			短期	
10.2	月报总结	长期			短期	
10.3	工程竣工总结	长期			长期	√
10.4	质量评价意见报告	长期			长期	√
	施工文件					
一	建筑安装工程					
（一）	土建（建筑与结构）工程					
1	施工技术准备文件					
1.1	施工组织设计	长期				
1.2	技术交底	长期	长期			
1.3	图纸会审记录	长期	长期	长期		√
1.4	施工预算的编制和审查	短期	短期			
1.5	施工日志	短期	短期			
2	施工现场准备					
2.1	控制网设置资料	长期	长期			√
2.2	工程定位测量资料	长期	长期			√
2.3	基槽开挖线测量资料	长期	长期			√
2.4	施工安全措施	短期	短期			
2.5	施工环保措施	短期	短期			
3	地基处理记录					
3.1	地基钎探记录和钎探平面布点图	永久	长期			√
3.2	验槽记录和地基处理记录	永久	长期			√
3.3	桩基施工记录	永久	长期			√
3.4	试桩记录	长期	长期			√
4	工程图纸变更记录					
4.1	设计会议会审记录	永久	长期	长期		√
4.2	设计变更记录	永久	长期	长期		√
4.3	工程洽商记录	永久	长期	长期		√
5	施工材料、预制构件质量证明文件及复试试验报告					

（续）

序　　号	归 档 文 件	保存单位和保管期限				
		建设单位	施工单位	设计单位	监理单位	城建档案馆
	施 工 文 件					
5.1	砂、石、砖、水泥、钢筋、防水材料、隔热保温材料、防腐材料、轻骨料试验汇总表	长期				√
5.2	砂、石、砖、水泥、钢筋、防水材料、隔热保温、防腐材料、轻骨料出厂证明文件	长期				√
5.3	砂、石、砖、水泥、钢筋、防水材料、轻骨料、焊条、沥青复试试验报告	长期				√
5.4	预制构件（钢、混凝土）出厂合格证、试验记录	长期				√
5.5	工程物质选样送审表	短期				
5.6	进场物质批次汇总表	短期				
5.7	工程物质进场报验表	短期				
6	施工试验记录					
6.1	土壤（素土、灰土）干密度试验报告	长期				√
6.2	土壤（素土、灰土）击实试验报告	长期				√
6.3	砂浆配合比通知单	长期				
6.4	砂浆（试块）抗压强度试验报告	长期				√
6.5	混凝土配合比通知单	长期				
6.6	混凝土（试块）抗压强度试验报告	长期				√
6.7	混凝土抗渗试验报告	长期				√
6.8	商品混凝土出厂合格证、复试报告	长期				√
6.9	钢筋接头（焊接）试验报告	长期				√
6.10	防水工程防水检验记录	长期				
6.11	楼地面、屋面坡度检查记录	长期				
6.12	土壤、砂浆、混凝土、钢筋连接、混凝土抗渗试验报告汇总表	长期				√
7	隐蔽工程检查记录					
7.1	基础和主体结构钢筋工程	长期	长期			√
7.2	钢结构工程	长期	长期			√
7.3	防水工程	长期	长期			√
7.4	高程控制	长期	长期			√
8	施工记录					
8.1	工程定位测量检查记录	永久	长期			√
8.2	预检工程检查记录	短期				

（续）

序号	归档文件	保存单位和保管期限				
		建设单位	施工单位	设计单位	监理单位	城建档案馆
	施工文件					
8.3	冬期施工混凝土搅拌测温记录	短期				
8.4	冬期施工混凝土养护测温记录	短期				
8.5	烟道、垃圾道检查记录	短期				
8.6	沉降观测记录	长期				√
8.7	结构吊装记录	长期				
8.8	现场施工预应力记录	长期				√
8.9	工程竣工测量	长期	长期			√
8.10	新型建筑材料	长期	长期			√
8.11	施工新技术	长期	长期			√
9	工程质量事故处理记录	永久				√
10	工程质量检验记录					
10.1	检验批质量验收记录	长期	长期		长期	
10.2	分项工程质量验收记录	长期	长期		长期	
10.3	基础、主体工程验收记录	永久	长期		长期	√
10.4	幕墙工程验收记录	永久	长期		长期	√
10.5	分部(子分部)工程质量验收记录	永久	长期		长期	√
(二)	电气、给水排水、消防、采暖、通风、空调、燃气、建筑智能化、电梯工程					
1	一般施工记录					
1.1	施工组织设计	长期	长期			
1.2	技术交底	短期				
1.3	施工日志	短期				
2	图纸变更记录					
2.1	图纸会审	永久	长期			√
2.2	设计变更	永久	长期			√
2.3	工程洽商	永久	长期			√
3	设备、产品质量检查、安装记录					
3.1	设备、产品质量合格证、质量保证书	长期				√
3.2	设备装箱单、商检证明和说明书、开箱报告	长期				
3.3	设备安装记录	长期	长期			√
3.4	设备试运行记录	长期				√
3.5	设备明细表	长期				√
4	预检记录	短期				

（续）

序号	归档文件	保存单位和保管期限				
		建设单位	施工单位	设计单位	监理单位	城建档案馆
	施工文件					
5	隐蔽工程检查记录	长期	长期			√
6	施工试验记录					
6.1	电气接地电阻、绝缘电阻、综合布线、有线电视末端等测试记录	长期				√
6.2	楼宇自控、监视、安装、视听、电话等系统调试记录	长期				√
6.3	变配电设备安装、检查、通电、满负荷测试记录	长期				√
6.4	给水排水、消防、采暖、通风、空调、燃气等管道强度、严密性、灌水、通水、吹洗、漏风、试压、通球、阀门等试验记录	长期				√
6.5	电气照明、动力、给水排水、消防、采暖、通风、空调、燃气等系统调试、试运行记录	长期				√
6.6	电梯接地电阻、绝缘电阻测试记录；空载、半载、满载、超载试运行记录；平稳、运速、噪声调整试验报告	长期				√
7	质量事故处理记录	永久	长期			√
8	工程质量检验记录					
8.1	检验批质量验收记录	长期	长期		长期	
8.2	分项工程质量验收记录	长期	长期		长期	
8.3	分部(子分部)工程质量验收记录	永久	长期		长期	√
（三）	室外工程					
1	室外安装(给水、雨水、污水、热力、燃气、电信、电力、照明、电视、消防等)施工文件	长期				√
2	室外建筑环境(建筑小品、水景、道路、园林绿化等)施工文件	长期				√
二	市政基础设施工程					
（一）	施工技术准备					
1	施工组织设计	短期	短期			
2	技术交底	长期	长期			
3	图纸会审记录	长期	长期			√
4	施工预算的编制和审查	短期	短期			
（二）	施工现场准备					

（续）

序　　号	归 档 文 件	保存单位和保管期限				
		建设单位	施工单位	设计单位	监理单位	城建档案馆
	施 工 文 件					
1	工程定位测量资料	长期	长期			√
2	工程定位测量复核记录	长期	长期			√
3	导线点、水准点测量复核记录	长期	长期			√
4	工程轴线、定位桩、高程测量复核记录	长期	长期			√
5	施工安全措施	短期	短期			
6	施工环保措施	短期	短期			
（三）	设计变更、洽商记录					
1	设计变更通知单	长期	长期			√
2	洽商记录	长期	长期			√
（四）	原材料、成品、半成品、构配件、设备出厂质量合格证及试验报告					
1	砂、石、砌块、水泥、钢筋（材）、石灰、沥青、涂料、混凝土外加剂、防水材料、粘接材料、防腐保温材料、焊接材料等试验汇总表	长期				√
2	砂、石、砌块、水泥、钢筋（材）、石灰、沥青、涂料、混凝土外加剂、防水材料、粘接材料、防腐保温材料、焊接材料等质量合格证书和出厂检（试）验报告及现场复试报告	长期				√
3	水泥、石灰、粉煤灰混合料；沥青混合料、商品混凝土等试验汇总表	长期				√
4	水泥、石灰、粉煤灰混合料；沥青混合料、商品混凝土等出厂合格证和试验报告、现场复试报告	长期				√
5	混凝土预制构件、管材、管件、钢结构构件等试验汇总表	长期				√
6	混凝土预制构件、管材、管件、钢结构构件等出厂合格证书和相应的施工技术资料	长期				√
7	厂站工程的成套设备、预应力混凝土张拉设备、各类地下管线井室设施、产品等汇总表	长期				√
8	厂站工程的成套设备、预应力混凝土张拉设备、各类地下管线、井室设施、产品等出厂合格证书及安装使用说明	长期				√
9	设备开箱报告	短期				

（续）

序　号	归档文件	保存单位和保管期限				
		建设单位	施工单位	设计单位	监理单位	城建档案馆
	施工文件					
（五）	施工试验记录					
1	砂浆、混凝土试块强度、钢筋（材）电焊连接、填土、路基强度试验等汇总表	长期				√
2	道路压实度、强度试验记录					
2.1	回填土、路床压实度试验及土质的最大干密度和最佳含水量试验报告	长期				√
2.2	石灰类、水泥类、二灰类无机混合料基层的标准击实试验报告	长期				√
2.3	道路基层混合料强度试验记录	长期				√
2.4	道路面层压实度试验记录	长期				√
3	混凝土试块强度试验记录					
3.1	混凝土配合比通知单	短期				
3.2	混凝土试块强度试验报告	长期				√
3.3	混凝土试块抗渗、抗冻试验报告	长期				√
3.4	混凝土试块强度统计、评定记录	长期				√
4	砂浆试块强度试验记录					
4.1	砂浆配合比通知单	短期				
4.2	砂浆试块强度试验报告	长期				√
4.3	砂浆试块强度统计评定记录	长期				√
5	钢筋（材）焊、连接试验报告	长期				√
6	钢管、钢结构安装及焊缝处理外观质量检查记录	长期				
7	桩基础试（检）验报告	长期				√
8	工程物质选样送审记录	短期				
9	进场物质批次汇总记录	短期				
10	工程物质进场报验记录	短期				
（六）	施工记录					
1	地基与基槽验收记录					
1.1	地基钎探记录及钎探位置图	长期	长期			√
1.2	地基与基槽验收记录	长期	长期			√
1.3	地基处理记录及示意图	长期	长期			√
2	桩基施工记录					
2.1	桩基位置平面示意图	长期	长期			√

（续）

序　号	归档文件	保存单位和保管期限				
		建设单位	施工单位	设计单位	监理单位	城建档案馆
	施工文件					
2.2	打桩记录	长期	长期			√
2.3	钻孔桩钻进记录及成孔质量检查记录	长期	长期			√
2.4	钻孔(挖孔)桩混凝土浇灌记录	长期	长期			√
3	构件设备安装和调试记录					
3.1	钢筋混凝土大型预制构件、钢结构等吊装记录	长期	长期			
3.2	厂(场)、站工程大型设备安装调试记录	长期	长期			√
4	预应力张拉记录					
4.1	预应力张拉记录表	长期				√
4.2	预应力张拉孔道压浆记录	长期				√
4.3	孔位示意图	长期				√
5	沉井工程下沉观测记录	长期				√
6	混凝土浇灌记录	长期				
7	管道、箱涵等工程项目推进记录	长期				√
8	构筑物沉降观测记录	长期				√
9	施工测温记录	长期				
10	预制安装水池壁板缠绕钢丝应力测定记录	长期				√
（七）	预检记录					
1	模板预检记录	短期				
2	大型构件和设备安装前预检记录	短期				
3	设备安装位置检查记录	短期				
4	管道安装检查记录	短期				
5	补偿器冷拉及安装情况记录	短期				
6	支(吊)架位置、各部位连接方式等检查记录	短期				
7	保温、防腐、涂装等施工检查记录	短期				
（八）	隐蔽工程检查(验收)记录	长期	长期			√
（九）	工程质量检查评定记录					
1	工序工程质量评定记录	长期	长期			
2	部位工程质量评定记录	长期	长期			
3	分部工程质量评定记录	长期	长期			√
（十）	功能性试验记录					
1	道路工程的弯沉试验记录	长期				√

（续）

序　号	归档文件	保存单位和保管期限				
		建设单位	施工单位	设计单位	监理单位	城建档案馆
	施工文件					
2	桥梁工程的动、静载试验记录	长期				√
3	无压力管道的严密性试验记录	长期				√
4	压力管道的强度试验、严密性试验、通球试验等记录	长期				√
5	水池满水试验	长期				√
6	消化池气密性试验	长期				√
7	电气绝缘电阻、接地电阻测试记录	长期				√
8	电气照明、动力试运行记录	长期				√
9	供热管网、燃气管网等管网试运行记录	长期				√
10	燃气储罐总体试验记录	长期				√
11	电信、宽带网等试运行记录	长期				√
（十一）	质量事故及处理记录					
1	工程质量事故报告	永久	长期			√
2	工程质量事故处理记录	永久	长期			√
（十二）	竣工测量资料					
1	建筑物、构筑物竣工测量记录及测量示意图	永久	长期			√
2	地下管线工程竣工测量记录	永久	长期			√
	竣　工　图					
一	建筑安装工程竣工图					
（一）	综合竣工图					
1	综合图					
1.1	总平面布置图（包括建筑、建筑小品、水景、照明、道路、绿化等）	永久	长期			√
1.2	竖向布置图	永久	长期			√
1.3	室外给水、排水、热力、燃气等管网综合图	永久	长期			√
1.4	电气（包括电力、电信、电视系统等）综合图	永久	长期			√
1.5	设计总说明书	永久	长期			√
2	室外专业图					
2.1	室外给水	永久	长期			√
2.2	室外雨水	永久	长期			√
2.3	室外污水	永久	长期			√
2.4	室外热力	永久	长期			√
2.5	室外燃气	永久	长期			√

（续）

序　　号	归 档 文 件	保存单位和保管期限				
		建设单位	施工单位	设计单位	监理单位	城建档案馆
	竣　工　图					
2.6	室外电信	永久	长期			√
2.7	室外电力	永久	长期			√
2.8	室外电视	永久	长期			√
2.9	室外建筑小品	永久	长期			√
2.10	室外消防	永久	长期			√
2.11	室外照明	永久	长期			√
2.12	室外水景	永久	长期			√
2.13	室外道路	永久	长期			√
2.14	室外绿化	永久	长期			√
（二）	专业竣工图					
1	建筑竣工图	永久	长期			√
2	结构竣工图	永久	长期			√
3	装修（装饰）工程竣工图	永久	长期			√
4	电气工程（智能化工程）竣工图	永久	长期			√
5	给水排水工程（消防工程）竣工图	永久	长期			√
6	采暖、通风、空调工程竣工图	永久	长期			√
7	燃气工程竣工图	永久	长期			√
二	市政基础设施工程竣工图					
1	道路工程	永久	长期			√
2	桥梁工程	永久	长期			√
3	广场工程	永久	长期			√
4	隧道工程	永久	长期			√
5	铁路、公路、航空、水运等交通工程	永久	长期			√
6	地下铁道等轨道交通工程	永久	长期			√
7	地下人防工程	永久	长期			√
8	水利防灾工程	永久	长期			√
9	排水工程	永久	长期			√
10	供水、供热、供气、电力、电信等地下管线工程	永久	长期			√
11	高压架空输电线工程	永久	长期			√
12	污水处理、垃圾处理处置工程	永久	长期			√
13	场、厂、站工程	永久	长期			√

（续）

序　号	归 档 文 件	保存单位和保管期限				
		建设单位	施工单位	设计单位	监理单位	城建档案馆
	竣工验收文件					
一	工程竣工总结					
1	工程概况表	永久				√
2	工程竣工总结	永久				√
二	竣工验收记录					
（一）	建筑安装工程					
1	单位(子单位)工程质量验收记录	永久	长期			√
2	竣工验收证明书	永久	长期			√
3	竣工验收报告	永久	长期			√
4	竣工验收备案表(包括各专项验收认可文件)	永久				√
5	工程质量保修书	永久	长期			√
（二）	市政基础设施工程					
1	单位工程质量评定表及报验单	永久	长期			√
2	竣工验收证明书	永久	长期			√
3	竣工验收报告	永久	长期			√
4	竣工验收备案表(包括各专项验收认可文件)	永久	长期			√
5	工程质量保修书	永久	长期			√
三	财务文件					
1	决算文件	永久				√
2	交付使用财产总表和财产明细表	永久	长期			√
四	声像、缩微、电子档案					
1	声像档案					
1.1	工程照片	永久				√
1.2	录音、录像材料	永久				√
2	缩微品	永久				√
3	电子档案					
3.1	光盘	永久				√
3.2	磁盘	永久				√

注：“√”表示应向城建档案馆移交。

细节：分部(子分部)工程划分及代号编号规定

分部(子分部)工程代号规定应参考统一标准《建筑工程施工质量验收统一标准》(GB 50300—2001)的分部(子分部)工程划分原则与国家质量验收推荐表格编码要求，并结合施工资料分类编号特点制定。

建筑工程共分为九个分部工程，分部(子分部)工程划分及代号见表1-2。对于专业化程度高、施工工艺复杂、技术先进的子分部工程应分别单独组卷。须单独组卷的子分部名称及代号见表1-2。

表1-2 分部(子分部)工程划分及代号

<table>
<tr><th>序号</th><th>分部工程名称</th><th>分部工程代号</th><th>应单独组卷的子分部</th><th>应单独组卷的子分部代号</th></tr>
<tr><td rowspan="4">1</td><td rowspan="4">地基与基础</td><td rowspan="4">01</td><td>有支护土方</td><td>02</td></tr>
<tr><td>地基(复合)</td><td>03</td></tr>
<tr><td>桩基</td><td>04</td></tr>
<tr><td>钢结构</td><td>09</td></tr>
<tr><td rowspan="4">2</td><td rowspan="4">主体结构</td><td rowspan="4">02</td><td>预应力</td><td>01</td></tr>
<tr><td>钢结构</td><td>04</td></tr>
<tr><td>木结构</td><td>05</td></tr>
<tr><td>网架与索膜</td><td>06</td></tr>
<tr><td>3</td><td>建筑装饰装修</td><td>03</td><td>幕墙</td><td>07</td></tr>
<tr><td>4</td><td>建筑屋面</td><td>04</td><td>—</td><td>—</td></tr>
<tr><td>5</td><td>建筑给水、排水及采暖</td><td>05</td><td>供热锅炉及辅助设备</td><td>10</td></tr>
<tr><td>6</td><td>建筑电气</td><td>06</td><td>变配电室(高压)</td><td>02</td></tr>
<tr><td rowspan="6">7</td><td rowspan="6">智能建筑</td><td rowspan="6">07</td><td>通信网络系统</td><td>01</td></tr>
<tr><td>建筑设备监控系统</td><td>03</td></tr>
<tr><td>火灾报警及消防联动系统</td><td>04</td></tr>
<tr><td>安全防范系统</td><td>05</td></tr>
<tr><td>综合布线系统</td><td>06</td></tr>
<tr><td>环境</td><td>09</td></tr>
<tr><td>8</td><td>通风与空调</td><td>08</td><td>—</td><td>—</td></tr>
<tr><td>9</td><td>电梯</td><td>09</td><td>—</td><td>—</td></tr>
</table>

细节：施工资料编号的组成

1）施工资料编号应填入右上角的编号栏。

2）通常情况下，资料编号应7位编号，由分部工程代号(2位)、资料类别编号(2位)和顺序号(3位)组成，每部分之间用横线隔开。

编号形式如下：

××——××—×××

① ② ③——共7位编号

① 为分部工程代号(共2位)，应根据资料所属的分部工程，按表1-2规定的代号填写。

② 为资料的类别编号(共2位)，应根据资料所属类别，按表1-3规定的类别编号填写。

③ 为顺序号(共3位)，应根据相同表格、相同检查项目，按时间自然形成的先后顺序号

填写。

举例如下：

表 1-3　工程资料类别、来源及保存

工程资料类别		工程资料名称	工程资料来源	归档保存单位			
				施工单位	监理单位	建设单位	城建档案馆
A 类		工程准备阶段文件					
A1 类	决策立项文件	项目建议书	建设单位	—	—	●	●
		项目建议书的批复文件	建设行政管理部门	—	—	●	●
		可行性研究报告及附件	建设单位	—	—	●	●
		可行性报告的批复文件	建设行政管理部门	—	—	●	●
		关于立项的会议纪要、领导批示	建设单位	—	—	●	●
		工程立项的专家建议资料	建设单位	—	—	●	●
		项目评估研究资料	建设单位	—	—	●	●
A2 类	建设用地文件	选址申请及选址规划意见通知书	建设单位规划部位	—	—	●	●
		建设用地批准文件	土地行政管理部门	—	—	●	●
		拆迁安置意见、协议、方案等	建设单位	—	—	●	●
		建设用地规划许可证及其附件	规划行政管理部门	—	●	●	●
		国有土地使用证	土地行政管理部门	—	—	●	●
		划拨建设用地文件	土地行政管理部位	—	—	●	●
A3 类	勘察设计文件	岩土工程勘察报告	勘察单位	●	●	●	●
		建设用地钉桩通知单(书)	规划行政管理部门	●	●	●	●
		地形测量和拨地测量成果报告	测绘单位	—	—	●	●
		审定设计方案通知书及审查意见	规划行政管理部门	—	—	●	●
		审定设计方案通知书要求征求有关部门的审查意见和要求取得的有关协议	有关部门	—	—	●	●
		初步设计图及设计说明	设计单位	—	—	●	—
		消防设计审核意见	公安机关消防机构	○	○	●	●
		施工图设计文件审查通知书及审查报告	施工图审查机构	○	○	●	●
		施工图及设计说明	设计单位	○	○	●	—

（续）

工程资料类别		工程资料名称	工程资料来源	归档保存单位			
				施工单位	监理单位	建设单位	城建档案馆
A4 类	招投标及合同文件	勘察招投标文件	建设单位 勘察单位	—	—	●	—
		勘察合同*	建设单位 勘察单位	—	—	●	●
		设计招投标文件	建设单位 设计单位	—	—	●	—
		设计合同*	建设单位 设计单位	—	—	●	●
		监理招投标文件	建设单位 监理单位	—	●	●	—
		委托监理合同*	建设单位 监理单位	—	●	●	●
		施工招投标文件	建设单位 施工单位	●	○	●	—
		施工合同*	建设单位 施工单位	●	○	●	●
B1 类	监理管理资料	工作联系单	监理单位 施工单位	○	○	—	—
		监理工程师通知	监理单位	○	○	—	—
		监理工程师通知回复单*	施工单位	○	○	—	—
		工程暂停令	监理单位	○	○	○	●
		工程复工报审表*	施工单位	●	●	●	●
B2 类	进度控制资料	工程开工报审表*	施工单位	●	●	●	●
		施工进度计划报审表*	施工单位	○	○	—	—
B3 类	质量控制资料	质量事故报告及处理资料	施工单位	●	●	●	●
		旁站监理记录*	监理单位	○	●	●	—
		见证取样和送检见证人员备案表	监理单位 或建设单位	●	●	●	—
		见证记录*	监理单位	●	●	●	—
		工程技术文件报审表*	施工单位	○	○	—	—

（续）

工程资料类别		工程资料名称	工程资料来源	归档保存单位			
				施工单位	监理单位	建设单位	城建档案馆
B4类	造价控制资料	工程款支付申请表	施工单位	○	○	●	—
		工程款支付证书	监理单位	○	○	●	—
		工程变更费用报审表*	施工单位	○	○	●	—
		费用索赔申请表	施工单位	○	○	●	—
		费用索赔审批表	监理单位	○	○	●	—
B5类	合同管理资料	委托监理合同*	监理单位	—	●	●	●
		工程延期申请表	施工单位	●	●	●	●
		工程延期审批表	监理单位	●	●	●	●
		分包单位资质报审表*	施工单位	●	●	●	—
B6类	竣工验收资料	单位(子单位)工程竣工预验收报验表*	施工单位	●	●	●	—
		单位(子单位)工程质量竣工验收记录**	施工单位	●	●	●	●
		单位(子单位)工程质量控制资料核查记录*	施工单位	●	●	●	●
		单位(子单位)工程安全和功能检验资料核查及主要功能抽查记录*	施工单位	●	●	●	●
		单位(子单位)工程观感质量检查记录*	施工单位	●	●	●	●
		工程质量评估报告	监理单位	●	●	●	●
		监理费用决算资料	监理单位	—	○	●	—
		监理资料移交书	监理单位	—	●	●	—
		B类其他资料					
C类		施工资料					
C1类	施工管理资料	工程概况表	施工单位	●	●	●	●
		施工现场质量管理检查记录*	施工单位	○	○	—	—
		企业资质证书及相关专业人员岗位证书	施工单位	○	○	—	—
		分包单位资质报审表*	施工单位	●	●	●	—
		建设工程质量事故调查、勘查记录	调查单位	●	●	●	●
		建设工程质量事故报告书	调查单位	●	●	●	●
		施工检测计划	施工单位	○	○	—	—
		见证记录*	监理单位	●	●	●	—
		见证试验检测汇总表	施工单位	●	●	—	—
		施工日志	施工单位	●	—	—	—
		监理工程师通知回复单*	施工单位	○	○	—	—

（续）

工程资料类别		工程资料名称	工程资料来源	归档保存单位			
				施工单位	监理单位	建设单位	城建档案馆
C2类	施工技术资料	工程技术文件报审表	施工单位	○	○	—	—
		施工组织设计及施工方案	施工单位	○	○	—	—
		危险性较大分部分项工程施工方案专家论证表	施工单位	○	○	—	—
		技术交底记录	施工单位	○	—	—	—
		图纸会审记录**	施工单位	●	●	●	●
		设计变更通知单**	设计单位	●	●	●	●
		工程洽商记录(技术核定单)**	施工单位	●	●	●	●
C3类	进度造价资料	工程开工报审表*	施工单位	●	●	●	●
		工程复工报审表*	施工单位	●	●	●	●
		施工进度计划报审表*	施工单位	○	○	—	—
		施工进度计划	施工单位	○	○	—	—
		人、机、料动态表	施工单位	○	○	—	—
		工程延期申请表	施工单位	●	●	●	●
		工程款支付申请表	施工单位	○	○	●	—
		工程变更费用报审表	施工单位	○	○	●	—
		费用索赔申请表施工单位	○	○	●	—	
C4类	施工物资资料	出厂质量证明文件及检测报告					
		砂、石、砖、水泥、钢筋、隔热保温、防腐材料、轻集料出厂质量证明文件	施工单位	●	●	●	●
		其他物资出厂合格证、质量保证书、检测报告和报关单或商检证等	施工单位	●	○	○	—
		材料、设备的相关检验报告、型式检测报告、3C强制认证合格证书或3C标志	采购单位	●	○	○	—
		主要设备、器具的安装使用说明书	采购单位	●	○	○	—
		进口的主要材料设备的商检证明文件	采购单位	●	○	●	●
		涉及消防、安全、卫生、环保、节能的材料，设备的检测报告或法定机构出具的有效证明文件	采购单位	●	●	●	—

（续）

工程资料类别		工程资料名称	工程资料来源	归档保存单位			
				施工单位	监理单位	建设单位	城建档案馆
C4类	施工物资资料	进场检验通用表格					
		材料、构配件进场检验记录*	施工单位	○	○	—	—
		设备开箱检验记录*	施工单位	○	○	—	—
		设备及管道附件试验记录*	施工单位	●	○	●	—
		进场复试报告					
		钢材试验报告	检测单位	●	●	●	●
		水泥试验报告	检测单位	●	●	●	●
		砂试验报告	检测单位	●	●	●	●
		碎(卵)石试验报告	检测单位	●	●	●	●
		外加剂试验报告	检测单位	●	●	○	●
		防水涂料试验报告	检测单位	●	○	●	—
		防水卷材试验报告	检测单位	●	○	●	—
		砖(砌块)试验报告	检测单位	●	●	●	●
		预应力筋复试报告	检测单位	●	●	●	●
		预应力锚具、夹具和连接器复试报告	检测单位	●	●	●	●
		装饰装修用门窗复试报告	检测单位	●	○	●	—
		装饰装修用人造木板复试报告	检测单位	●	○	●	—
		装饰装修用花岗石复试报告	检测单位	●	○	●	—
		装饰装修用安全玻璃复试报告	检测单位	●	○	●	—
		装饰装修用外墙面砖复试报告	检测单位	●	○	●	—
		结构用钢材复试报告	检测单位	●	●	●	●
		结构用防火涂料复试报告	检测单位	●	●	●	●
		结构用焊接材料复试报告	检测单位	●	●	●	●
		钢结构用高强度大六角头螺栓连接副复试报告	检测单位	●	●	●	●
		钢结构用扭剪型高强度螺栓连接副复试报告	检测单位	●	●	●	●
		幕墙用铝塑板、石材、玻璃、结构胶复试报告	检测单位	●	●	●	●
		散热器、采暖系统保温材料、通风与空调工程绝热材料、风机盘管机组、低压配电系统电缆的见证取样复试报告	检测单位	●	○	●	—
		节能工程材料复试报告	检测单位	●	●	●	—

（续）

工程资料类别		工程资料名称	工程资料来源	归档保存单位			
				施工单位	监理单位	建设单位	城建档案馆
C5类	施工记录	通用表格					
		隐蔽工程验收记录	施工单位	●	●	●	●
		施工检查记录	施工单位	○	—	—	—
		交接检查记录	施工单位	○	—	—	—
		专用表格					
		工程定位测量记录*	施工单位	●	●	●	●
		基槽验线记录	施工单位	●	●	●	●
		楼层平面放线记录	施工单位	○	○	—	—
		楼层标高抄测记录	施工单位	○	○	—	—
		建筑物垂直度、标高观测记录*	施工单位	●	○	●	—
		沉降观测记录	建设单位委托测量单位提供	●	○	●	●
		基坑支护水平位移监测记录	施工单位	○	○	—	—
		桩基、支护测量放线记录	施工单位	○	○	—	—
		地基验槽记录**	施工单位	●	●	●	●
		地基钎探记录	施工单位	○	○	●	●
		混凝土浇灌申请书	施工单位	○	○	—	—
		预拌混凝土运输单	施工单位	○	—	—	—
		混凝土开盘鉴定	施工单位	○	○	—	—
		混凝土拆模申请单	施工单位	○	○	—	—
		混凝土预拌测温记录	施工单位	○	—	—	—
		混凝土养护测温记录	施工单位	○	—	—	—
		大体积混凝土养护测温记录	施工单位	○	—	—	—
		大型构件吊装记录	施工单位	○	○	●	●
		焊接材料烘焙记录	施工单位	○	—	—	—
		地下工程防水效果检查记录*	施工单位	○	○	●	—
		防水工程试水检查记录*	施工单位	○	○	●	—
		通风(烟)道、垃圾道检查记录*	施工单位	○	○	●	—
		预应力筋张拉记录	施工单位	●	○	●	●
		有粘结预应力结构灌浆记录	施工单位	●	○	●	●
		钢结构施工记录	施工单位	●	○	●	—
		网架(索膜)施工记录	施工单位	●	○	●	●
		木结构施工记录	施工单位	●	○	●	—
		幕墙注胶检查记录	施工单位	●	○	●	—

（续）

工程资料类别		工程资料名称	工程资料来源	归档保存单位			
				施工单位	监理单位	建设单位	城建档案馆
C5类	施工记录	专用表格					
		自动扶梯、自动人行道的相邻区域检查记录	施工单位	●	○	●	—
		电梯电气装置安装检查记录	施工单位	●	○	●	—
		自动扶梯、自动人行道电气装置检查记录	施工单位	●	○	●	—
		自动扶梯、自动人行道整机安装质量检查记录	施工单位	●	○	●	—
C6类	施工试验记录及检测报告	通用表格					
		设备单机试运转记录*	施工单位	●	○	●	●
		系统试运转调试记录*	施工单位	●	○	●	●
		接地电阻测试记录*	施工单位	●	○	●	●
		绝缘电阻测试记录*	施工单位	●	○	●	—
		专用表格					
		建筑与结构工程					
		锚杆试验报告	检测单位	●	○	●	●
		地基承载力检验报告	检测单位	●	○	●	●
		桩基检测报告	检测单位	●	○	●	●
		土工击实试验报告	检测单位	●	○	●	●
		回填土试验报告(应附图)	检测单位	●	○	●	●
		钢筋机械连接试验报告	检测单位	●	○	●	●
		钢筋焊接连接试验报告	检测单位	●	○	●	●
		砂浆配合比申请单、通知单	施工单位	○	○	—	—
		砂浆抗压强度试验报告	检测单位	●	○	●	●
		砌筑砂浆试块强度统计、评定记录	施工单位	●	—	●	●
		混凝土配合比申请单、通知单	施工单位	○	○	—	—
		混凝土抗压强度试验报告	检测单位	●	○	●	●
		混凝土试块强度统计、评定记录	施工单位	●	—	●	●
		混凝土抗渗试验报告	检测单位	●	○	●	●
		砂、石、水泥放射性指标报告	施工单位	●	○	●	●
		混凝土碱总量计算书	施工单位	●	○	●	●
		外墙饰面砖样板粘结强度试验报告	检测单位	●	○	●	●

（续）

工程资料类别		工程资料名称	工程资料来源	归档保存单位			
				施工单位	监理单位	建设单位	城建档案馆
C6类	施工试验记录及检测报告	专用表格					
		后置埋件抗拔试验报告	检测单位	●	○	●	●
		超声波探伤报告、探伤记录	检测单位	●	○	●	●
		钢构件射线探伤报告	检测单位	●	○	●	●
		磁粉探伤报告	检测单位	●	○	●	●
		高强度螺栓抗滑移系数检测报告	检测单位	●	○	●	●
		钢结构焊接工艺评定	检测单位	○	○	—	—
		网架节点承载力试验报告	检测单位	●	○	●	●
		钢结构防腐、防火涂料厚度检测报告	检测单位	●	○	●	●
		木结构胶缝试验报告	检测单位	●	○	●	—
		木结构构件力学性能试验报告	检测单位	●	○	●	●
		木结构防护剂试验报告	检测单位	●	○	●	●
		幕墙双组分硅酮结构密封胶混匀性及拉断试验报告	检测单位	●	○	●	●
		幕墙的抗风压性能、空气渗透性能、雨水渗透性能及平面内变形性能检测报告	检测单位	●	○	●	●
		外门窗的抗风压性能、空气渗透性能和雨水渗透性能检测报告	检测单位	●	○	●	●
		墙体节能工程保温板材与基层粘结强度现场拉拔试验	检测单位	●	○	●	●
		外墙保温浆料同条件养护试件试验报告	检测单位	●	○	●	●
		结构实体混凝土强度检验记录*	施工单位	●	○	●	●
		结构实体钢筋保护层厚度检验记录*	施工单位	●	○	●	●
		漏电开关模拟试验记录	施工单位	●	○	●	—
		大容量电气线路结点测温记录	施工单位	●	○	●	—
		低压配电电源质量测试记录	施工单位	●	○	●	—
		建筑物照明系统照度测试记录	施工单位	○	○	●	—
		智能建筑工程					
		综合布线测试记录*	施工单位	●	○	●	●
		光纤损耗测试记录*	施工单位	●	○	●	●

（续）

工程资料类别		工程资料名称	工程资料来源	归档保存单位			
				施工单位	监理单位	建设单位	城建档案馆
C6类	施工试验记录及检测报告	智能建筑工程					
		视频系统末端测试记录*	施工单位	●	○	●	●
		子系统检测记录*	施工单位	●	○	●	●
		系统试运行记录*	施工单位	●	○	●	●
		通风与空调工程					
		风管漏光检测记录*	施工单位	○	○	●	—
		风管漏风检测记录*	施工单位	●	○	●	—
		现场组装除尘器、空调机漏风检测记录	施工单位	○	○	—	—
		各房间室内风量测量记录	施工单位	●	○	●	—
		管网风量平衡记录	施工单位	●	○	●	—
		空调系统试运转调试记录	施工单位	●	○	●	●
		空调水系统试运转调试记录	施工单位	●	○	●	●
		制冷系统气密性试验记录	施工单位	●	○	●	●
		净化空调系统检测记录	施工单位	●	○	●	●
		防排烟系统联合试运行记录	施工单位	●	○	●	●
		电梯工程					
		轿厢平层准确度测量记录	施工单位	○	○	●	—
		电梯层门安全装置检测记录	施工单位	●	○	●	—
		电梯电气安全装置检测记录	施工单位	●	○	●	—
		电梯整机功能检测记录	施工单位	●	○	●	—
		电梯主要功能检测记录	施工单位	●	○	●	—
		电梯负荷运行试验记录	施工单位	●	○	●	●
		电梯负荷运行试验曲线图表	施工单位	●	○	●	—
		电梯噪声测试记录	施工单位	○	○	○	—
		自动扶梯、自动人行道装置检测记录	施工单位	●	○	●	—
		自动扶梯、自动人行道整机性能、运行试验记录	施工单位	●	○	●	●
C7类	施工质量验收记录	检验批质量验收记录*	施工单位	○	○	●	—
		分项工程质量验收记录*	施工单位	●	●	●	—
		分部（子分部）工程质量验收记录**	施工单位	●	●	●	●

（续）

工程资料类别		工程资料名称	工程资料来源	归档保存单位			
				施工单位	监理单位	建设单位	城建档案馆
C7类	施工质量验收记录	建筑节能分部工程质量验收记录**	施工单位	●	●	●	●
		自动喷水系统验收缺陷项目划分记录	施工单位	●	○	○	—
		程控电话交换系统分项工程质量验收记录	施工单位	●	○	●	—
		会议电视系统分项工程质量验收记录	施工单位	●	○	●	—
		卫星数字电视系统分项工程质量验收记录	施工单位	●	○	●	—
		有线电视系统分项工程质量验收记录	施工单位	●	○	●	—
		公共广播与紧急广播系统分项工程质量验收记录	施工单位	●	○	●	—
		计算机网络系统分项工程质量验收记录	施工单位	●	○	●	—
		应用软件系统分项工程质量验收记录	施工单位	●	○	●	—
		网络安全系统分项工程质量验收记录	施工单位	●	○	●	—
		空调与通风系统分项工程质量验收记录	施工单位	●	○	●	—
		变配电系统分项工程质量验收记录	施工单位	●	○	●	—
		公共照明系统分项工程质量验收记录	施工单位	●	○	●	—
		给排水系统分项工程质量验收记录	施工单位	●	○	●	—
		热源与热交换系统分项工程质量验收记录	施工单位	●	○	●	—
		冷冻和冷却水系统分项工程质量验收记录	施工单位	●	○	●	—
		电梯和自动扶梯系统分项工程质量验收记录	施工单位	●	○	●	—
		数据通信接口分项工程质量验收记录	施工单位	●	○	●	—
		中央管理工作站及操作分站分项工程质量验收记录	施工单位	●	○	●	—
		系统实时性、可维护性、可靠性分项工程质量验收记录	施工单位	●	○	●	—

（续）

工程资料类别		工程资料名称	工程资料来源	归档保存单位			
				施工单位	监理单位	建设单位	城建档案馆
C7类	施工质量验收记录	现场设备安装及检测分项工程质量验收记录	施工单位	●	○	●	—
		火灾自动报警及消防联动系统分项工程质量验收记录	施工单位	●	○	●	—
		综合防范功能分项工程质量验收记录	施工单位	●	○	●	—
		视频安防监控系统分项工程质量验收记录	施工单位	●	○	●	—
		入侵报警系统分项工程质量验收记录	施工单位	●	○	●	—
		出入口控制（门禁）系统分项工程质量验收记录	施工单位	●	○	●	—
		巡更管理系统分项工程质量验收记录	施工单位	●	○	●	—
		停车场（库）管理系统分项工程质量验收记录	施工单位	●	○	●	—
		安全防范综合管理系统分项工程质量验收记录	施工单位	●	○	●	—
		综合布线系统安装分项工程质量验收记录	施工单位	●	○	●	—
		综合布线系统性能检测分项工程质量验收记录	施工单位	●	○	●	—
		系统集成网络连接分项工程质量验收记录	施工单位	●	○	●	—
		系统数据集成分项工程质量验收记录	施工单位	●	○	●	—
		系统集成整体协调分项工程质量验收记录	施工单位	●	○	●	—
		系统集成综合管理及冗余功能分项工程质量验收记录	施工单位	●	○	●	—
		系统集成可维护性和安全性分项工程质量验收记录	施工单位	●	○	●	—
		电源系统分项工程质量验收记录	施工单位	●	○	●	—
C8类	竣工验收资料	工程竣工报告	施工单位	●	●	●	●
		单位（子单位）工程竣工预验收报验表*	施工单位	●	●	●	—
		单位（子单位）工程质量竣工验收记录**	施工单位	●	●	●	●
		单位（子单位）工程质量控制资料核查记录*	施工单位	●	●	●	●

（续）

工程资料类别		工程资料名称		工程资料来源	归档保存单位			
					施工单位	监理单位	建设单位	城建档案馆
C8类	竣工验收资料	单位(子单位)工程安全和功能检验资料核查及主要功能抽查记录*		施工单位	●	●	●	●
C8类	竣工验收资料	单位(子单位)工程观感质量检查记录**		施工单位	●	●	●	●
C8类	竣工验收资料	施工决算资料		施工单位	○	○	●	—
C8类	竣工验收资料	施工资料移交书		施工单位	●	—	●	—
C8类	竣工验收资料	房屋建筑工程质量保修书		施工单位	●	●	●	—
		C类其他资料						
D类	竣工图							
D类	竣工图	建筑与结构竣工图	建筑竣工图	编制单位	●	—	●	●
D类	竣工图	建筑与结构竣工图	结构竣工图	编制单位	●	—	●	●
D类	竣工图	建筑与结构竣工图	钢结构竣工图	编制单位	●	—	●	●
D类	竣工图	建筑装饰与装修竣工图	幕墙竣工图	编制单位	●	—	●	●
D类	竣工图	建筑装饰与装修竣工图	室内装饰竣工图	编制单位	●	—	●	—
D类	竣工图	建筑给水、排水与采暖竣工图		编制单位	●	—	●	●
D类	竣工图	建筑电气竣工图		编制单位	●	—	●	●
D类	竣工图	智能建筑竣工图		编制单位	●	—	●	●
D类	竣工图	通风与空调竣工图		编制单位	●	—	●	●
D类	竣工图	室外工程竣工图	室外给水、排水、供热、供电、照明管线等竣工图	编制单位	●	—	●	●
D类	竣工图	室外工程竣工图	室外道路、园林绿化、花坛、喷泉等竣工图	编制单位	●	—	●	●
		D类其他资料						
E类	工程竣工文件							
E1类	竣工验收文件	单位(子单位)工程质量竣工验收记录**		施工单位	●	●	●	●
E1类	竣工验收文件	勘察单位工程质量检查报告		勘察单位	○	○	●	●
E1类	竣工验收文件	设计单位工程质量检查报告		设计单位	○	○	●	●
E1类	竣工验收文件	工程竣工验收报告		建设单位	●	●	●	●
E1类	竣工验收文件	规划、消防、环保等部门出具的认可文件或准许使用文件		政府主管部门	●	●	●	●
E1类	竣工验收文件	房屋建筑工程质量保修书		施工单位	●	●	●	—
E1类	竣工验收文件	住宅质量保证书、住宅使用说明书		建设单位	—	—	●	—
E1类	竣工验收文件	建设工程竣工验收备案表		建设单位	●	●	●	●

（续）

工程资料类别		工程资料名称	工程资料来源	归档保存单位			
				施工单位	监理单位	建设单位	城建档案馆
E2类	竣工决算文件	施工决算资料*	施工单位	○	○	●	—
		监理费用决算资料*	监理单位	—	○	●	—
E3类	竣工交档文件	工程竣工档案预验收意见	城建档案管理部门	—	—	●	●
		施工资料移交书*	施工单位	●	—	●	—
		监理资料移交书*	监理单位	—	●	●	—
		城市建设档案移交书	建设单位	—	—	●	—
E4类	竣工总结文件	工程竣工总结	建设单位	—	—	●	●
		竣工新貌影像资料	建设单位	●	—	●	●
	E类其他资料						

注：1. 表中工程资料名称与资料保存单位所对应的栏中“●”表示“归档保存”；“○”表示“过程保存”，是否归档保存可自行确定。

2. 表中注明“*”的表，宜由施工单位和监理或建设单位共同形成；表中注明“**”的表，宜由建设、设计、监理、施工等多方共同形成。

3. 勘察单位保存资料内容应包括工程地质勘察报告、勘察招投标文件、勘察合同、勘察单位工程质量检查报告以及勘察单位签署的有关质量验收记录等。

4. 设计单位保存资料内容应包括审定设计方案通知书及审查意见、审定设计方案通知书要求征求有关部门的审查意见和要求取得的有关协议、初步设计图及设计说明、施工图及设计说明、消防设计审核意见、施工图设计文件审查通知书及审查报告、设计招投标文件、设计合同、图纸会审记录、设计变更通知单、设计单位签署意见的工程洽商记录（包括技术核定单）、设计单位工程质量检查报告以及设计单位签署的有关质量验收记录。

3）应单独组卷的子分部工程（表1-2），资料编号应为9位编号，由分部工程代号（2位）、子分部工程代号（2位）、资料的类别编号（2位）和顺序号（3位）组成，每部分之间用横线隔开。

编号形式如下：

××—××—××—×××

①　②　③　④——共9位编号

① 为分部工程代号（2位），应根据资料所属的分部工程，按表1-2规定的代号填写。

② 为子分部工程代号（2位），应根据资料所属的子分部工程，按表1-2规定的代号填写。

③ 为资料的类别编号，（2位），应根据资料所属类别，按表1-3规定的类别编号填写。

④ 为顺序号（共3位），应根据相同表格、相同检查项目，按时间自然形成的先后顺序号填写。

举例如下：

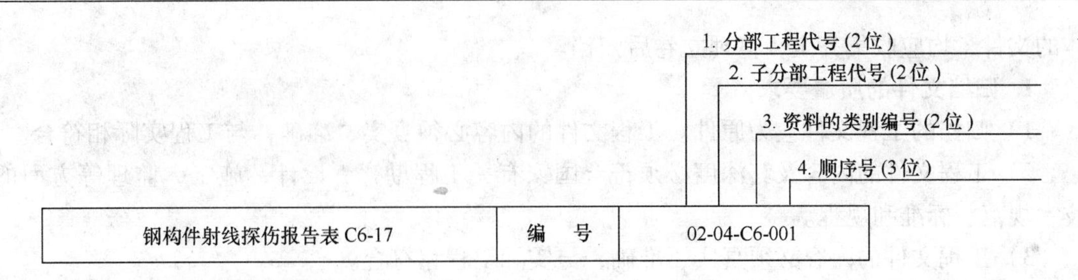

细节：序号编号原则

1）对于施工专用表格，顺序号应按时间先后顺序，用阿拉伯数字从001开始连续标注。

2）对于同一施工表格（如隐蔽工程检查记录、预检记录等）涉及多个（子）分部工程时，顺序号应根据（子）分部工程的不同，按（子）分部工程的各检查项目分别从001开始连续标注。举例如下（见表1-4～表1-6）：

表1-4　预检记录　　编号：03-C5-001

工 程 名 称			
预检项目	门窗安装（预埋件、锚固件或螺栓）	预检日期	

表1-5　预检记录　　编号：03-C5-002

工 程 名 称			
预检项目	吊顶安装（龙骨、吊件）	预检日期	

表1-6　预检记录　　编号：03-C5-003

工 程 名 称			
预检项目	轻质隔墙安装（预埋件、连接件或拉结筋）	预检日期	

细节：监理资料编号

1）监理资料编号应填入右上角的编号栏。

2）对于相同的表格或相同的文件材料，应分别按时间自然形成的先后顺序从001开始，连续标注。

3）监理资料中的施工测量放线报验申请表、工程材料/构配件/设备报审表应根据报验项目编号，对于相同的报验项目，应分别按时间自然形成的先后顺序从001开始，连续标注。

细节：工程资料归档的程序

对与工程建设有关的重要活动、记载工程建设主要过程和现状、具有保存价值的各种载体的文件，均应收集齐全，整理立卷后归档。

1. 归档文件的质量要求

1）归档的工程文件应为原件。工程文件的内容必须真实、准确，与工程实际相符合。

2）工程文件的内容及其深度必须符合国家有关工程勘察、设计、施工、监理等方面的技术规范、标准和规程。

3）工程文件的内容必须真实、准确，与实际工程相符合。

4）工程文件应采用耐久性强的书写材料，如碳素墨水、蓝黑墨水，不得使用易褪色的书写材料。

5）工程文件应字迹清楚，图样清晰，图表整洁，签字盖章手续完备。

6）工程文件中文字材料幅面尺寸规格宜为A4幅面（297mm×210mm）。图纸宜采用国家标准图幅。

7）工程文件的纸张应采用能够长期保存的韧力大、耐久性强的纸张。图纸一般采用蓝晒图，竣工图应是新蓝图。计算机出图必须清晰，不得使用计算机出图的复印件。

8）所有竣工图均应加盖竣工图章：

① 竣工图章的基本内容应包括：“竣工图”字样、施工单位、编制人、审核人、技术负责人、编制日期、监理单位、现场监理、总监。

② 竣工图章如图1-8所示。

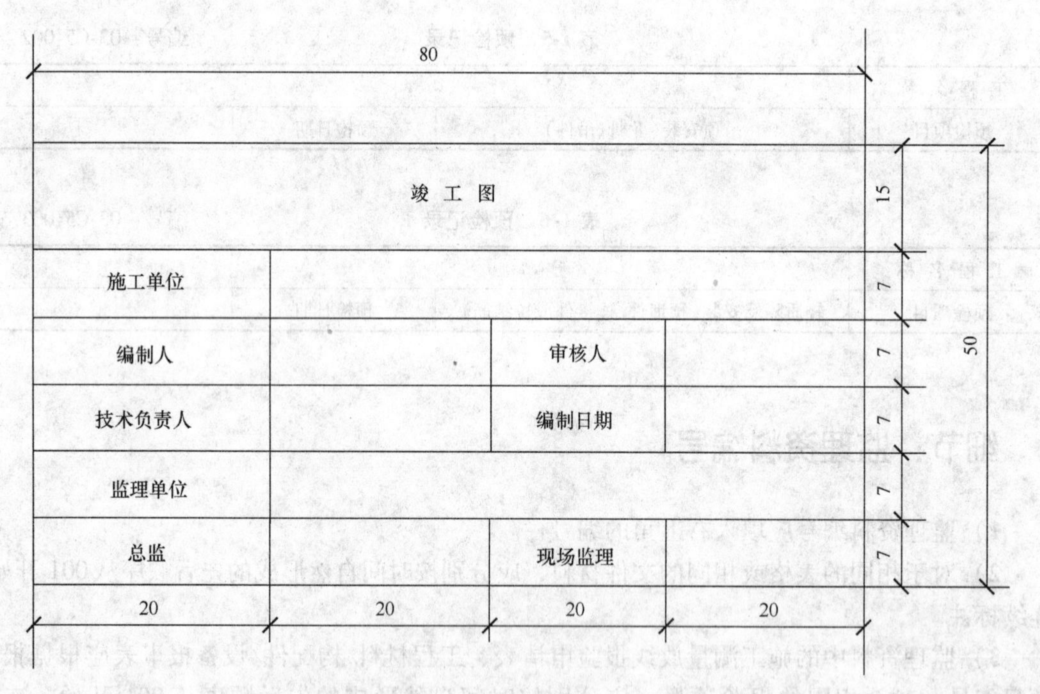

图1-8　竣工图章示例

③ 竣工图章尺寸为：50mm×80mm。

④ 竣工图章应使用不易褪色的红印泥，应盖在图标栏上方空白处。

9）利用施工图改绘竣工图，必须标明变更修改依据；凡施工图结构、工艺、平面布置等有重大改变，或变更部分超过图面1/3的应当重新绘制竣工图。不同幅面的工程图纸应按

《技术制图 复制图的折叠方法》（GB 10609.3—2010）统一折叠成 A4 幅面（297mm × 210mm），图标栏露在外面。

2. 工程文件的立卷

立卷应遵循工程文件的自然形成规律，保持卷内文件的有机联系，利于档案的保管和利用。一个建设工程由多个单位工程组成时，工程文件应按单位工程组卷。

立卷可采用如下方法：

1）工程文件可按建设程序划分为工程准备阶段的文件、监理文件、施工文件、竣工图、竣工验收文件 5 部分。

2）工程准备阶段文件可按建设程序、专业、形成单位等组卷。

3）监理文件可按单位工程、分部工程、专业、阶段等组卷。

4）施工文件可按单位工程、分部工程、专业、阶段等组卷。

5）竣工图可按单位工程、专业等组卷。

6）竣工验收文件按单位工程、专业等组卷。

立卷过程中宜遵循下列要求：

1）案卷不宜过厚，一般不超过 410mm。

2）案卷内不应有重份文件；不同载体的文件一般应分别组卷。

3. 卷内文件的排列

1）文字材料按事项、专业顺序排列。同一事项的请示与批复、同一文件的印本与定稿、主件与附件不能分开，并按批复在前、请示在后，印本在前、定稿在后，主件在前、附件在后的顺序排列。

2）图纸按专业排列，同专业图纸按图号顺序排列。

3）既有文字材料又有图纸的案卷，文字材料排前，图纸排后。

4. 案卷的编目

1）编制卷内文件页号应符合下列规定：

① 卷内文件均按有书写内容的页面编号。每卷单独编号，页号从“1”开始。

② 页号编写位置：单面书写的文件在右下角；双面书写的文件，正面在右下角，背面在左下角。折叠后的图纸一律在右下角。

③ 成套图纸或印刷成册的科技文件材料，自成一卷的，原目标可代替卷内目录，不必重新编写页码。

④ 案卷封面、卷内目录、卷内备考表不编写页号。

2）卷内目录的编制应符合下列规定：

① 卷内目录的式样见表 1-7：

表 1-7 卷内目录

序 号	文件编号	责任者	文件题名	日 期	页 次	备 注

（续）

序　号	文件编号	责任者	文件题名	日　期	页　次	备　注

② 序号：以一份文件为单位，用阿拉伯数字从“1”依次标注。

③ 责任者：填写文件的直接形成单位和个人。有多个责任者时，选择两个主要责任者，其余用“等”代替。

④ 文件编号：填写工程文件原有的文号或图号。

⑤ 文件题名：填写文件标题的全称。

⑥ 日期：填写文件形成的日期。

⑦ 页次：填写文件在卷内所排的起始页号。最后一份文件页号。

⑧ 卷内目录排列在卷内文件首页之前。

3）案卷封面的编制应符合下列规定：

① 案卷封面印刷在卷盒、卷夹的正表面，也可采用内封面形式。案卷封面的式样宜符合《建设工程文件归档整理规范》（GB/T 50328—2001）附录D的要求。

② 案卷封面的内容应包括：档号、档案馆代号、案卷题名、编制单位、起止日期、密级、保管期限、共几卷、第几卷。

③ 档号应由分类号、项目号和案卷号组成。档号由档案保管单位填写。

④ 档案馆代号应填写国家给定的本档案馆的编号。档案馆代号由档案馆填写。

⑤ 案卷题名应简明、准确地揭示卷内文件的内容。案卷题名应包括工程名称、专业名称、卷内文件的内容。

⑥ 编制单位应填写案卷内文件的形成单位或主要责任者。

⑦ 起止日期应填写案卷内全部文件形成的起止日期。

⑧ 保管期限分为永久、长期、短期三种期限。各类文件的保管期限详见《建设工程文件归档整理规范》（GB/T 50328—2001）附录A。

a. 永久是指工程档案需永久保存。

b. 长期是指工程档案的保存期限等于该工程的使用寿命。

c. 短期是指工程档案保存20年以下。

同一案卷内有不同保管期限的文件，该案卷保管期限应从长。

⑨ 密级分为绝密、机密、秘密三种。同一案卷内有不同密级的文件，应以高密级为本卷密级。

4）卷内目录、卷内备考表、案卷内封面应采用70g以上白色书写纸制作，幅面统一采用A4幅面。

5. 案卷装订

1）案卷可采用装订与不装订两种形式。文字材料必须装订。既有文字材料，又有图纸的案卷应装订。装订应采用线绳三孔左侧装订法，要整齐、牢固，便于保管和利用。

2）装订时必须剔除金属物。

6. 建设工程资料的归档

1）归档应符合下列规定：

① 归档文件必须完整、准确、系统，能够反映工程建设活动的全过程。

② 归档的文件必须经过分类整理，并应组成符合要求的案卷。

2）归档时间应符合下列规定：

① 根据建设程序和工程特点，归档可以分阶段分期进行，也可以在单位或分部工程通过竣工验收后进行。

② 勘察、设计单位应当在任务完成时，施工、监理单位应当在工程竣工验收前，将各自形成的有关工程档案向建设单位归档。

3）勘察、设计、施工单位在收齐工程文件并整理立卷后，建设单位、监理单位应根据城建档案管理机构的要求对档案文件完整、准确、系统情况和案卷质量进行审查。审查合格后向建设单位移交。

4）工程档案一般不少于两套，一套由建设单位保管，一套（原件）移交当地城建档案馆（室）。

5）勘察、设计、施工、监督等单位向建设单位移交档案时，应编制移交清单，双方签字、盖章后方可交接。

6）凡设计、施工及监理单位需要向本单位归档的文件，应按国家有关规定和相关要求单位立卷归档。

2　土建工程施工资料管理

细节：施工物资资料的定义及管理原则

1. 施工物资资料的定义

施工物资资料是反映工程所用物资质量和性能指标等的各种证明文件和相关配套文件（如使用说明书、安装维修文件等）的统称。

2. 施工物资资料的管理原则

（1）对文件资料的要求

1）工程物资主要包括建筑材料、成品、半成品、构配件、设备等，建筑工程所使用的工程物资均应有出厂质量证明文件（包括产品合格证、出厂检验（试验）报告、产品生产许可证和质量保证书等）。质量证明文件应反映工程物资的品种、规格、数量、性能指标等，并与实际进场物资相符。当无法或不便提供质量证明文件原件时，复印件亦可。复印件必须清晰可辨认，其内容应与原件一致，并应加盖原件存放单位公章、注明原件存放处、有经办人签字和时间。

2）涉及结构安全和使用功能的材料需要代换且改变了设计要求时，必须有设计单位签署的认可文件。涉及安全、卫生、环保的物资应有相应资质等级检测单位的检测报告，如压力容器、消防设备、生活供水设备、卫生洁具等。

3）凡使用的新材料、新产品，应由具备鉴定资格的单位或部门出具鉴定证书，同时具有产品质量标准和试验要求，使用前应按其质量标准和试验要求进行试验或检验。新材料、新产品还应提供安装、维修、使用和工艺标准等相关技术文件。

4）进口材料和设备等应有商检证明（国家认证委员会公布的强制性[COC]产品除外）、中文版的质量证明文件、性能检测报告以及中文版的安装、维修、使用、试验要求等技术文件。

（2）对进场检验的要求　建筑工程采用的主要材料、半成品、成品、构配件、器具、设备等应实行进场验收，做进场检验记录；涉及安全、功能的有关物资应按工程施工质量验收规范及相关规定进行复试和有见证取样送检，及时提供相应试（检）验报告。

（3）对分级管理的要求

1）分级管理的原则。供应单位或加工单位负责收集、整理和保存所供物资原材料的质量证明文件，施工单位则需收集、整理和保存供应单位或加工单位提供的质量证明文件和进场后进行的试（检）验报告。各单位应对各自范围内工程资料的汇集、整理结果负责，并保证工程资料的可追溯性。

2）钢筋资料的分级管理。钢筋采用场外委托加工形式时，加工单位应保存钢筋的原材出厂质量证明、复试报告、接头连接试验报告等资料，并保证资料的可追溯性；加工单位必须向施工单位提供《半成品钢筋出厂合格证》，半成品钢筋进场后施工单位还应进行外观质量检查，如对质量产生怀疑或有其他约定时可进行力学性能和工艺性能的抽样复试。

3）混凝土资料的分级管理。

① 预拌混凝土供应单位必须向施工单位提供以下资料：

配合比通知单。

混凝土运输单。

混凝土出厂合格证(32d 内提供)。

混凝土氯化物和碱总量计算书。

② 预拌混凝土供应单位除向施工单位提供上述资料外，还应保证以下资料的可追溯性：试配记录、水泥出厂合格证和试(检)验报告、砂和碎(卵)石试验报告、轻骨料试(检)验报告、外加剂和掺和料产品合格证和试(检)验报告、开盘鉴定、混凝土抗压强度报告(出厂检验混凝土强度值应填入预拌混凝土出厂合格证)、抗渗试验报告(试验结果应填入预拌混凝土出厂合格证)、混凝土坍落度测试记录(搅拌站测试记录)和原材料有害物含量检测报告。

③ 施工单位应形成以下资料：

混凝土浇灌申请书。

混凝土抗压强度报告(现场检验)。

抗渗试验报告(现场检验)。

混凝土试块强度统计、评定记录(现场)。

④ 采用现场搅拌混凝土方式的，施工单位应收集、整理上述资料中除预拌混凝土出厂合格证、预拌混凝土运输单之外的所有资料。

4）预制构件资料的分级管理。施工单位使用预制构件时，预制构件加工单位应保存各种原材料(如钢筋、钢材、钢丝、预应力筋、木材、混凝土组成材料)的质量合格证明、复试报告等资料以及混凝土、钢构件、木构件的性能试验报告和有害物含量检测报告等资料，并应保证各种资料的可追溯性，施工单位必须保存加工单位提供的《预制混凝土构件出厂合格证》、《钢构件出厂合格证》以及其他构件合格证和进场后的试(检)验报告。

细节：建设工程概况表

建设工程概况表见表 2-1。

表 2-1 建设工程概况表

建设工程概况(建筑工程类) 表 A6-7		档号 (由档案馆编写)	×××
建筑工程名称		工程曾用名	/
建筑工程地址	××市××区××路××号		
规划用地许可证号	××规拨字第××号	规划许可证号	××规建字第××号
施工许可证号	××××	工程设计号	××××
工程档案登记号	×××	工程决算	××万元
开工日期	××年×月×日	竣工日期	××年×月×日

（续）

<table>
<tr><td colspan="3">建设工程概况（建筑工程类）
表A6-7</td><td colspan="2">档号
（由档案馆编写）</td><td>×××</td></tr>
<tr><td rowspan="3">建设单位</td><td>单位名称</td><td>××××</td><td colspan="2">单位代码</td><td>×××</td></tr>
<tr><td>单位地址</td><td>市××区××路××号</td><td colspan="2">邮政编码</td><td>××××</td></tr>
<tr><td>联系人</td><td>×××</td><td colspan="2">电话</td><td>××××××××</td></tr>
<tr><td colspan="2">建设单位上级主管</td><td colspan="4">北京市教育局</td></tr>
<tr><td colspan="2">与本工程有关单位</td><td colspan="2">单位名称</td><td colspan="2">单位代码</td></tr>
<tr><td colspan="2">产权单位</td><td colspan="2">××××</td><td colspan="2">×××</td></tr>
<tr><td colspan="2">规划批准单位</td><td colspan="2">××××</td><td colspan="2">×××</td></tr>
<tr><td colspan="2">设计单位</td><td colspan="2">××××</td><td colspan="2">×××</td></tr>
<tr><td colspan="2">施工单位</td><td colspan="2">××××</td><td colspan="2">×××</td></tr>
<tr><td colspan="2">监理单位</td><td colspan="2">××××</td><td colspan="2">×××</td></tr>
<tr><td colspan="2">勘察单位</td><td colspan="2">××××</td><td colspan="2">×××</td></tr>
<tr><td colspan="2">管理单位</td><td colspan="2">××××</td><td colspan="2">×××</td></tr>
<tr><td colspan="2">使用单位</td><td colspan="2">××××</td><td colspan="2">×××</td></tr>
<tr><td>总建筑面积/m²</td><td>××</td><td>总占地面积/m²</td><td>××</td><td>主要建筑物
最高高度/m</td><td>××</td></tr>
<tr><td>填表单位</td><td colspan="2">××××　基建处</td><td>填表人</td><td colspan="2">×××</td></tr>
<tr><td>审核人</td><td colspan="2">×××</td><td>填表日期</td><td colspan="2">××年××月××日</td></tr>
</table>

本表由建设单位填写，工程竣工后，建设单位向城建档案馆移交工程档案时使用本表。

细节：工程材料/构配件/设备报审表

工程材料/构配件/设备报审表见表2-2。

表2-2　工程材料/构配件/设备报审表

工程名称：××××工程　　　　编号：×××

致：××××监理公司（监理单位）

我方于 ×× 年 × 月 × 日进场的工程材料/构配件/设备数量如下（见附件）。现将质量证明文件及自检结果报上，拟用于下述部位：

____

____

请予以审核。

附件：

1. 数量清单

（续）

工程材料/构配件/设备名称	主要规格	单位	数量	取样报审表编号
××	××	×	××	××××
××	××	×	××	××××
××	××	×	××	××××
××	××	×	××	××××
××	××	×	××	××××

2. 质量证明文件

3. 自检结果

承包单位(章) ××建筑工程公司

项目经理 ×××

日　期 ××年×月×日

审查意见：

项目监理机构 ××监理公司××项目监理部

总/专业监理工程师 ×××

日　期 ××年×月×日

注：本表由施工单位填报，建筑单位、监理单位、施工单位各保存一份。

工程材料/构配件/设备报审表填写说明：

1. 附件收集

1）物资进场报验须附资料应根据具体情况（合同、规范、施工方案等要求）由监理、施工单位和物资供应单位预先协商确定。

2）由施工单位负责收集附件（包括产品出厂合格证、性能检测报告、出厂试验报告、进场复试报告、材料构配件进场检验记录。产品备案文件、进口产品的中文说明和商检证等）。

2. 资料流程

由直接使用所报验施工物资的施工单位填写（总承包单位或分承包单位）。

3. 相关规定与要求

1）工程物资进场后，施工单位要及时检查外观、数量及供货单位提供的质量证明文件等，合格后填写本表。

2）填写齐全且收集全所需附件后报上级单位检查（若由总包单位填写，则直接上报监理单位审批；若由分包单位填写，需先上报总包单位检查，总包检查合格并签认后由总包上报监理单位审批)。

3）监理单位审批后将资料返还总包单位，若本表是由分包单位填写的则总包单位还应返还给分包单位。

4）上述流程中涉及的各单位(监理、总包、分包等)均应将签认后的资料留取备份并按要求存档。

4. 注意事项

1）施工单位和监理单位应约定涉及结构安全、使用功能、建筑外观、环保要求的主要物资的进场报验范围和要求。

2）工程名称填写应准确、统一，报验日期应准确。

3）物资名称、规格、单位、数量等填写应规范、准确，与附件内容相符。

4）附件必须齐全、真实、清晰、有效。

5）检查意见及相关人员签字应清晰可辨认，严禁其他人代签。

6）物资报验和审批的时间应在合同规定时限内，未经审批认可之前严禁使用。

细节：材料、构配件进场检验记录

1. 材料、构配件主要检查内容

主要检验内容包括：

1）物资出厂质量证明文件及检测报告是否齐全。

2）实际进场物资数量、规格和型号等是否满足设计和施工计划要求。

3）物资外观质量是否满足设计要求或规范规定。

4）按规定须抽检的材料、构配件是否及时抽检等。

2. 填表说明

(1) 附件收集

1）物资进场报验须附资料应根据具体情况(合同、规范、施工方案等要求)由监理、施工单位和物资供应单位预先协商确定。

2）由施工单位负责收集附件(包括产品出厂合格证、性能检测报告、出厂试验报告、进场复试报告、材料构配件进场检验记录、产品备案文件、进口产品的中文说明和商检证等)。

(2) 资料流程　由直接使用所检查的材料及配件的施工单位填写，作为工程物资进场报验表填表进入资料流程。

(3) 相关规定与要求　工程物资进场后，施工单位应及时组织相关人员检查外观、数量及供货单位提供的质量证明文件等，合格后填写材料、构配件进厂检验记录。

(4) 注意事项

1）工程名称填写应准确、统一，日期应准确。

2）物资名称、规格、数量、检验项目和结果等填写应规范、准确。

3）检验结论及相关人员签字应清晰可辨认，严禁其他人代签。

4）按规定应进场复试的工程物资，必须在进场检查验收合格后取样复试。

3. 材料、构配件进场检验记录

材料、构配件进场检验记录见表2-3。

表 2-3 材料、构配件进场检验记录

编号：________

<table>
<tr><td colspan="2">工 程 名 称</td><td colspan="2"></td><td colspan="2">检 验 日 期</td><td colspan="2"></td></tr>
<tr><td rowspan="2">序 号</td><td rowspan="2">名 称</td><td rowspan="2">规格
型号</td><td rowspan="2">进场
数量</td><td>生产厂家</td><td rowspan="2">检验
项目</td><td rowspan="2">检验
结果</td><td rowspan="2">备 注</td></tr>
<tr><td>合格证号</td></tr>
<tr><td></td><td></td><td></td><td></td><td></td><td></td><td></td><td></td></tr>
<tr><td></td><td></td><td></td><td></td><td></td><td></td><td></td><td></td></tr>
<tr><td></td><td></td><td></td><td></td><td></td><td></td><td></td><td></td></tr>
<tr><td></td><td></td><td></td><td></td><td></td><td></td><td></td><td></td></tr>
<tr><td></td><td></td><td></td><td></td><td></td><td></td><td></td><td></td></tr>
<tr><td></td><td></td><td></td><td></td><td></td><td></td><td></td><td></td></tr>
<tr><td colspan="8">检验结论：</td></tr>
<tr><td rowspan="3">签字栏</td><td colspan="2" rowspan="2">建设(监理)单位</td><td colspan="5">施工单位</td></tr>
<tr><td colspan="2">专业质检员</td><td colspan="2">专业工长</td><td>检验员</td></tr>
<tr><td colspan="2"></td><td colspan="2"></td><td colspan="2"></td><td></td></tr>
</table>

注：本表由施工单位填写并保存。

细节：水泥试验报告

1. 资料准备

1）水泥生产厂家必须提供有出厂质量合格证明文件，内容有厂别、品种、出厂日期、出厂编号和必要的试验数据；水泥生产单位应在水泥出厂 7d 内提供 28d 强度以外的各项试验结果，28d 强度结果应在水泥发出日起 32d 内补报。

2）用于承重结构的水泥、用于使用部位有强度等级要求的水泥、水泥出厂超过三个月（快硬硅酸盐水泥为一个月）和进口水泥在使用前必须进行复试，具有应有的试验报告；混凝土和砌筑砂浆用水泥应实行有见证的取样和送检。

2. 水泥试验报告

水泥试验报告见表 2-4。

表 2-4 水泥试验报告

编　　号：________

试验编号：________

委托编号：________

<table>
<tr><td>工程名称</td><td colspan="2"></td><td>试样编号</td><td colspan="2"></td></tr>
<tr><td>委托单位</td><td colspan="2"></td><td>试验委托人</td><td colspan="2"></td></tr>
<tr><td>品种及强度
等级</td><td></td><td>出厂编号及
日期</td><td></td><td>厂别牌号</td><td></td></tr>
</table>

（续）

代表数量/t			来样日期			试验日期		
试验结果	细度		80μm 方孔筛余量					
	细度		比表面积					
	标准稠度用水量（P）							
	凝结时间		初凝			终凝		
	安定性		雷氏法			饼法		
	其他							
	强度/MPa							
	抗折强度				抗压强度			
	3d		28d		3d		28d	
	单块值	平均值	单块值	平均值	单块值	平均值	单块值	平均值
结论：								
批准			审核			试验		
试验单位								
报告日期								

注：本表由试验单位提供，建设单位、施工单位、城建档案馆各保存一份。

细节：钢筋（材）试验报告

1. 资料准备

1）钢筋（材）及相关材料（如钢筋连接用机械连接套筒）必须有质量证明文件。

2）钢筋及重要钢材应按现行规范规定取样做力学性能的复试，承重结构钢筋及重要钢材应实行有见证取样和送检。

3）当使用进口钢材、钢筋脆断、焊接性能不良或力学性能显著不正常时，应进行化学成分检验或其他专项检验，有相应检验报告。

2. 钢筋(材)试验报告

钢筋(材)试验报告见表2-5。

表2-5 钢筋(材)试验报告

编　　号：________

试验编号：________

委托编号：________

<table>
<tr><td colspan="2">工程名称</td><td colspan="4"></td><td>证件编号</td><td colspan="3"></td></tr>
<tr><td colspan="2">委托单位</td><td colspan="4"></td><td>试验委托人</td><td colspan="3"></td></tr>
<tr><td colspan="2">钢材种类</td><td></td><td>规格和牌号</td><td colspan="2"></td><td>生产厂</td><td colspan="3"></td></tr>
<tr><td colspan="2">代表数量</td><td></td><td>来样日期</td><td colspan="2"></td><td>试验日期</td><td colspan="3"></td></tr>
<tr><td colspan="2">公称直径(厚度)</td><td colspan="4">mm</td><td>公称面积</td><td colspan="3"></td></tr>
<tr><td rowspan="9">实验结果</td><td colspan="5">力学性能</td><td colspan="4">弯曲性能</td></tr>
<tr><td>屈服点/MPa</td><td>抗拉强度/MPa</td><td>伸长率(%)</td><td>$\sigma_{b实}/\sigma_{s实}$</td><td>$\sigma_{s实}/\sigma_{b标}$</td><td>弯心直径</td><td>角度</td><td colspan="2">结果</td></tr>
<tr><td></td><td></td><td></td><td></td><td></td><td></td><td></td><td colspan="2"></td></tr>
<tr><td></td><td></td><td></td><td></td><td></td><td></td><td></td><td colspan="2"></td></tr>
<tr><td colspan="7">化学分析</td><td colspan="2" rowspan="5">其他：</td></tr>
<tr><td rowspan="2">分析编号</td><td colspan="6">化学成分</td></tr>
<tr><td>C</td><td>Si</td><td>Mn</td><td>P</td><td>S</td><td>C_{eq}</td></tr>
<tr><td></td><td></td><td></td><td></td><td></td><td></td><td></td></tr>
<tr><td></td><td></td><td></td><td></td><td></td><td></td><td></td></tr>
<tr><td colspan="10">结论：</td></tr>
<tr><td colspan="2">批准</td><td></td><td colspan="2">审核</td><td></td><td>试验</td><td colspan="3"></td></tr>
<tr><td colspan="2">试验单位</td><td colspan="8"></td></tr>
<tr><td colspan="2">报告日期</td><td colspan="8"></td></tr>
</table>

注：本表由试验单位提供，建设单位、施工单位、城建档案馆各保存一份。

细节：砂与碎(卵)石试验报告

1. 资料准备

砂、石使用前应按规定取样复试，具有应有的试验报告。

2. 砂与碎(卵)石试验报告

砂试验报告见表2-6。

表 2-6 砂试验报告

编　　号：______
试验编号：______
委托编号：______

<table>
<tr><td colspan="2">工程名称</td><td colspan="3"></td><td colspan="2">试样编号</td><td colspan="2"></td></tr>
<tr><td colspan="2">委托单位</td><td colspan="3"></td><td colspan="2">试验委托人</td><td colspan="2"></td></tr>
<tr><td colspan="2">种类</td><td colspan="3"></td><td colspan="2">产地</td><td colspan="2"></td></tr>
<tr><td colspan="2">代表数量</td><td></td><td colspan="2">来样日期</td><td colspan="2"></td><td>试验日期</td><td></td></tr>
<tr><td rowspan="8">试验结果</td><td rowspan="2">筛分析</td><td colspan="2">细度模数(μ_f)</td><td colspan="5"></td></tr>
<tr><td colspan="2">级配区域</td><td colspan="5">区</td></tr>
<tr><td>含泥量</td><td colspan="7">%</td></tr>
<tr><td>泥块含量</td><td colspan="7">%</td></tr>
<tr><td>表观密度</td><td colspan="7">kg/m^3</td></tr>
<tr><td>堆积密度</td><td colspan="7">kg/m^3</td></tr>
<tr><td>碱活性指标</td><td colspan="7"></td></tr>
<tr><td>其他</td><td colspan="7"></td></tr>
<tr><td colspan="9">结论：</td></tr>
<tr><td colspan="2">批准</td><td></td><td colspan="2">审核</td><td colspan="2"></td><td>试验</td><td></td></tr>
<tr><td colspan="2">试验单位</td><td colspan="7"></td></tr>
<tr><td colspan="2">报告日期</td><td colspan="7"></td></tr>
</table>

注：本表由试验单位提供，建设单位、施工单位、城建档案馆各保存一份。

碎(卵)石试验报告见表2-7。

表 2-7 碎(卵)石试验报告

编　　号：______
试验编号：______
委托编号：______

<table>
<tr><td colspan="2">工程名称</td><td colspan="3"></td><td colspan="2">试样编号</td><td colspan="2"></td></tr>
<tr><td colspan="2">委托单位</td><td colspan="3"></td><td colspan="2">试验委托人</td><td colspan="2"></td></tr>
<tr><td colspan="2">种类、产地</td><td colspan="3"></td><td colspan="2">公称粒径</td><td colspan="2">mm</td></tr>
<tr><td colspan="2">代表数量</td><td></td><td colspan="2">来样日期</td><td colspan="2"></td><td>试验日期</td><td></td></tr>
<tr><td rowspan="3">试验结果</td><td rowspan="3">筛分析</td><td colspan="2">级配情况</td><td colspan="5">□连续粒级　□单粒级</td></tr>
<tr><td colspan="2">级配结果</td><td colspan="5"></td></tr>
<tr><td colspan="2">最大粒径</td><td colspan="5">mm</td></tr>
</table>

（续）

试验结果	含泥量	%			
	泥块含量	%			
	针、片状颗粒含量	%			
	压碎指示值	%			
	表观密度	kg/m³			
	堆积密度	kg/m³			
	碱活性指标				
	其他				
结论：					
批准		审核		试验	
试验单位					
报告日期					

注：本表由试验单位提供，建设单位、施工单位、城建档案馆各保存一份。

细节：混凝土外加剂试验报告

1. 资料准备

1）外加剂主要包括减水剂、早强剂、缓凝剂、泵送剂、防水剂、防冻剂、膨胀剂、引气剂和速凝剂等。

2）外加剂必须提供有质量合格证明书或合格证、相应资质等级检测材料检测部门出具的检测报告、产品性能和使用说明书等。

3）使用前，应按照现行产品标准和检测方法标准进行规定取样复试，应具有复试报告；承重结构混凝土使用的外加剂应实行有见证取样和送检。

2. 混凝土外加剂试验报告

混凝土外加剂试验报告的具体内容与表式见表2-8。

表2-8 混凝土外加剂试验报告

编　　号：________

试验编号：________

委托编号：________

工程名称			试样编号		
委托单位			试验委托人		
产品名称		生产厂		生产日期	
代表数量		来样日期		试验日期	
试验项目					

（续）

<table>
<tr><td rowspan="4">试验结果</td><td>试 验 项 目</td><td colspan="5">试 验 结 果</td></tr>
<tr><td></td><td colspan="5"></td></tr>
<tr><td></td><td colspan="5"></td></tr>
<tr><td></td><td colspan="5"></td></tr>
<tr><td colspan="7">结论：</td></tr>
<tr><td colspan="2">批准</td><td></td><td>审核</td><td></td><td>试验</td><td></td></tr>
<tr><td colspan="2">试验单位</td><td colspan="5"></td></tr>
<tr><td colspan="2">报告日期</td><td colspan="5"></td></tr>
</table>

细节：混凝土掺和料试验报告

1. 资料准备

1）掺和料主要包括粉煤灰、粒化高炉矿渣粉、沸石粉、硅灰和复合掺和料等。

2）掺和料应有必须有出厂质量合格证明文件。

2. 混凝土掺和料试验报告

混凝土掺和料试验报告见表2-9。

表2-9 混凝土掺和料试验报告

编　　号：________

试验编号：________

委托编号：________

<table>
<tr><td colspan="2">工程名称</td><td colspan="2"></td><td>试样编号</td><td colspan="2"></td></tr>
<tr><td colspan="2">委托单位</td><td colspan="2"></td><td>试验委托人</td><td colspan="2"></td></tr>
<tr><td colspan="2">掺和料种类</td><td></td><td>等级</td><td></td><td>产地</td><td></td></tr>
<tr><td colspan="2">代表数量</td><td></td><td>来样日期</td><td></td><td>试验日期</td><td></td></tr>
<tr><td rowspan="7">试验结果</td><td rowspan="2">细度</td><td>0.045mm 方孔筛筛余</td><td colspan="4">%</td></tr>
<tr><td>80μm 方孔筛筛余</td><td colspan="4">%</td></tr>
<tr><td colspan="2">需水量比</td><td colspan="4"></td></tr>
<tr><td colspan="2">吸氨值</td><td colspan="4">%</td></tr>
<tr><td colspan="2">28d 水泥胶砂抗压强度比</td><td colspan="4"></td></tr>
<tr><td colspan="2">烧失量</td><td colspan="4">%</td></tr>
<tr><td colspan="2">其他</td><td colspan="4"></td></tr>
<tr><td colspan="7">结论：</td></tr>
<tr><td colspan="2">批准</td><td></td><td>审核</td><td></td><td>试验</td><td></td></tr>
<tr><td colspan="2">试验单位</td><td colspan="5"></td></tr>
<tr><td colspan="2">报告日期</td><td colspan="5"></td></tr>
</table>

细节：防水材料试验报告

1. 资料准备

1）防水材料主要包括防水涂料、防水卷材、粘结剂、止水带、膨胀胶条、密封膏、密封胶、水泥基渗透结晶性防水材料等。

2）防水材料必须有出厂质量合格证、法定相应资质等级检测部门出具的检测报告、产品性能和使用说明书。

3）防水材料进场后应进行外观检查，合格后按规定取样复试，并实行有见证取样和送检。

2. 防水涂料试验报告

防水涂料试验报告见表2-10。

表2-10 防水涂料试验报告

编　　号：________
试验编号：________
委托编号：________

<table>
<tr><td colspan="3">工程名称及部位</td><td colspan="4"></td><td>试样编号</td><td colspan="4"></td></tr>
<tr><td colspan="3">委托单位</td><td colspan="4"></td><td>试验委托人</td><td colspan="4"></td></tr>
<tr><td colspan="3">种类、型号</td><td colspan="4"></td><td>生产厂</td><td colspan="4"></td></tr>
<tr><td colspan="2">代表数量</td><td colspan="3"></td><td colspan="2">来样日期</td><td colspan="2"></td><td colspan="2">试验日期</td><td></td></tr>
<tr><td rowspan="9">试验结果</td><td colspan="3">延伸性</td><td colspan="8">mm</td></tr>
<tr><td colspan="3">拉伸强度</td><td colspan="8">MPa</td></tr>
<tr><td colspan="3">断裂伸长率</td><td colspan="8">%</td></tr>
<tr><td colspan="3">粘接性</td><td colspan="8">MPa</td></tr>
<tr><td colspan="3">耐热度</td><td colspan="2">温度/℃</td><td colspan="2"></td><td colspan="2">评定</td><td colspan="2"></td></tr>
<tr><td colspan="3">不透水性</td><td colspan="8"></td></tr>
<tr><td colspan="3">柔韧性(低温)</td><td colspan="2">温度/℃</td><td colspan="2"></td><td colspan="2">评定</td><td colspan="2"></td></tr>
<tr><td colspan="3">固体含量</td><td colspan="8">%</td></tr>
<tr><td colspan="3">其他</td><td colspan="8"></td></tr>
<tr><td colspan="12">结论：</td></tr>
<tr><td colspan="2">批准</td><td colspan="3"></td><td colspan="2">审核</td><td colspan="2"></td><td colspan="2">试验</td><td></td></tr>
<tr><td colspan="2">试验单位</td><td colspan="10"></td></tr>
<tr><td colspan="2">报告日期</td><td colspan="10"></td></tr>
</table>

注：本表由试验单位提供，建设单位、施工单位、城建档案馆各保存一份。

防水卷材试验报告见表2-11。

表2-11 防水卷材试验报告

编　　号：________

试验编号：________

委托编号：________

<table>
<tr><td colspan="2">工程名称及部位</td><td colspan="2"></td><td colspan="2">试样编号</td><td></td></tr>
<tr><td colspan="2">委托单位</td><td colspan="2"></td><td colspan="2">试验委托人</td><td></td></tr>
<tr><td colspan="2">种类、等级、牌号</td><td colspan="2"></td><td colspan="2">生产厂</td><td></td></tr>
<tr><td colspan="2">代表数量</td><td></td><td>来样日期</td><td></td><td>试验日期</td><td></td></tr>
<tr><td rowspan="7">试验结果</td><td rowspan="2">拉力试验</td><td>拉力</td><td>纵</td><td>N</td><td>横</td><td>N</td></tr>
<tr><td>拉伸强度</td><td>纵</td><td>MPa</td><td>横</td><td>MPa</td></tr>
<tr><td colspan="2">断裂伸长率（延伸率）</td><td>纵</td><td>%</td><td>横</td><td>%</td></tr>
<tr><td>耐热度</td><td>温度/℃</td><td colspan="2"></td><td>评定</td><td></td></tr>
<tr><td>不透水性</td><td colspan="5"></td></tr>
<tr><td>柔韧性（低温柔性、低温弯折性）</td><td>温度/℃</td><td colspan="2"></td><td>评定</td><td></td></tr>
<tr><td>其他</td><td colspan="5"></td></tr>
<tr><td colspan="7">结论：</td></tr>
<tr><td>批准</td><td></td><td>审核</td><td></td><td>试验</td><td colspan="2"></td></tr>
<tr><td>试验单位</td><td colspan="6"></td></tr>
<tr><td>报告日期</td><td colspan="6"></td></tr>
</table>

注：本表由试验单位提供，建设单位、施工单位、城建档案馆各保存一份。

细节：砖与砌块试验报告

1. 资料准备

砖与砌块生产厂家必须提供有出厂质量合格证明文件。

2. 砖与砌块试验报告

砖与砌块试验报告见表2-12。

表 2-12 砖与砌块试验报告

编　　号：______
试验编号：______
委托编号：______

工程名称			试样编号		
委托单位			试验委托人		
种类			生产厂		
强度等级		密度等级		代表数量	
试件处理日期		来样日期		试验日期	

试验结果

烧结普通砖

抗压强度平均值 f/MPa	变异系数 $\delta \leqslant 0.21$	变异系数 $\delta > 0.21$
	强度标准值 f_k/MPa	单块最小强度值 f_k/MPa

轻骨料混凝土小型空心砌块

砌块抗压强度/MPa		砌块干燥表观密度/(kg/m³)
平均值	最小值	

其他种类

抗压强度/MPa						抗折强度/MPa	
平均值	最小值	大面		条面		平均值	最小值
		平均值	最小值	平均值	最小值		

结论：					
批准		审核		试验	
试验单位					
报告日期					

注：本表由试验单位提供，建设单位、施工单位、城建档案馆各保存一份。

细节：轻骨料试验报告

1. 资料准备

轻骨料必须有质量证明文件。

轻骨料试验报告是对用于工程中的轻骨料的筛分指标等进行复试后，由试验单位出具的质量证明文件。

资料要求如下：

1）粗细骨料试验报告必须是经项目监理机构审核同意的试验室出具的试验报告单。

2）按工程需要的品种、规格，先试后用且符合标准的质量要求为正确。

3）不试为不符合要求。

2. 轻骨料试验报告

轻骨料试验报告见表2-13。

表2-13 轻骨料试验报告

编　　号：________

试验编号：________

委托编号：________

<table>
<tr><td colspan="2">工程名称</td><td colspan="3"></td><td colspan="2">试样编号</td><td></td></tr>
<tr><td colspan="2">委托单位</td><td colspan="3"></td><td colspan="2">试验委托人</td><td></td></tr>
<tr><td>种类</td><td></td><td>密度等级</td><td colspan="2"></td><td>产地</td><td colspan="2"></td></tr>
<tr><td>代表数量</td><td></td><td>来样日期</td><td colspan="2"></td><td>试验日期</td><td colspan="2"></td></tr>
<tr><td rowspan="9">试验结果</td><td rowspan="3">筛分析</td><td>密度模数（细骨料）</td><td colspan="5"></td></tr>
<tr><td>最大粒径（粗骨粒）</td><td colspan="5">mm</td></tr>
<tr><td>级配情况</td><td colspan="5">□连续粒级　□单粒级</td></tr>
<tr><td>表观密度</td><td colspan="6">kg/m³</td></tr>
<tr><td>堆积密度</td><td colspan="6">kg/m³</td></tr>
<tr><td>筒压强度</td><td colspan="6">MPa</td></tr>
<tr><td>吸水率（1h）</td><td colspan="6">%</td></tr>
<tr><td>粒型系数</td><td colspan="6"></td></tr>
<tr><td>其他</td><td colspan="6"></td></tr>
<tr><td colspan="8">结论：</td></tr>
<tr><td>批准</td><td></td><td>审核</td><td colspan="2"></td><td>试验</td><td colspan="2"></td></tr>
<tr><td>试验单位</td><td colspan="7"></td></tr>
<tr><td>报告日期</td><td colspan="7"></td></tr>
</table>

注：本表由试验单位提供，施工单位保存。

细节：其他土建工程施工物资资料管理

1. 装饰装修物资资料

（1）资料准备

1）装饰、装修物资主要包括抹灰材料、地面材料、门窗材料、吊顶材料、轻质隔墙材料、饰面板（砖）、涂料、裱糊与软包材料和细部工程材料等。

2）装饰、装修工程所用的主要物资均应有出厂质量证明文件，包括出厂合格证、检验（测）报告和质量保证书等。

(2) 注意事项

1) 进场后需要应进行复验复试的物资(如建筑外窗、人造木板、室内花岗石、外墙面砖和安全玻璃等)，应须按照现行相关规范规定执行进行复试，并具有相应复试报告。

2) 建筑外窗应有抗风压性能、空气渗透性能和雨水渗透性能检测报告。

3) 有隔声、隔热、防火阻燃、防水防潮和防腐等特殊要求的物资应有相应的性能检测报告。

4) 当规范或合同约定应对材料进行做见证检验(测)时，或对材料质量发生产生争议异议时，应须进行见证检验，具有相应检验(测)报告。

2. 预应力工程物资资料

(1) 资料准备

1) 预应力工程物资主要包括预应力筋、锚(夹)具和连接器、水泥和预应力筋用螺旋管等。

2) 主要物资应有出厂质量合格证明文件，包括出厂合格证、检验(测)报告等。

(2) 注意事项

1) 预应力筋、锚(夹)具和连接器等应有进场复试报告。涂包层和套管、孔道灌浆用水泥及外加剂应按照规定取样复试，并有复试报告。

2) 预应力筋用涂包层和套管、孔道灌浆用水泥及外加剂应按照规定取样复试。

3) 预应力混凝土结构所使用的外加剂的检测报告应有氯化物含量检测内容报告，严禁使用含氯化物的外加剂。

3. 钢结构工程物资资料

(1) 资料准备

1) 钢结构工程物资主要包括钢材、钢构件、焊接材料、连接用紧固件及配件、防火防腐涂料、焊接(螺栓)球、封板、锥头、套筒和金属板等。

2) 主要物资应有出厂质量合格证明文件，包括出厂合格证、检验(测)报告和中文标志等。

(2) 注意事项

1) 钢材、钢构件应有性能检验报告，其品种、规格和性能等应符合现行国家标准、设计和合同规定标准要求。按规定应复验复试的钢材必须有复验复试报告，并按规定实行有见证取样和送检。

2) 重要钢结构采用焊接材料应有复试报告，并按规定实行有见证取样和送检。焊接材料应有性能检验报告。重要钢结构采用焊接材料应进行抽样复验，具有复验报告并按规定实行有见证取样和送检。

3) 高强度大六角头螺栓连接副和扭剪型高强度螺栓连接副应有扭矩系数和紧固轴力(预拉力)检验报告，并按规定做进场复验复试，实行有见证取样和送检。

4) 防火涂料应有相应资质等级国家法定检测机构出具的检测报告。

4. 木结构工程物资资料

(1) 资料准备

1) 木结构工程物资主要物资包括木材方木、原木、胶合木、胶结剂和钢连接件等。

2) 主要物资应有出厂质量合格证明文件，包括产品合格证、检测报告等。

（2）注意事项

1）按规定须复试的木材、胶合木的胶缝和钢件应有复试报告。

2）木构件应有含水率试验报告。

3）木结构用圆钉应有强度检测报告。

5. 幕墙工程物资资料

（1）资料准备 幕墙工程物资主要包括玻璃、石材、铝塑金属板、铝合金型材、钢材、粘结剂及密封材料、五金件及配件、连接件和涂料等。

（2）注意事项

1）按规定应复试的幕墙物资必须有复试报告。幕墙工程用玻璃、石材和铝塑板应有法定检测机构出具的性能检测报告。

2）幕墙应有抗风压性能、空气渗透性能、雨水渗透性能及平面变形性能的检测报告。

3）硅酮结构胶应有国家指定检测机构出具的相容性和剥离粘结性检验报告。

4）玻璃、石材和金属板应有法定相应资质等级检测机构出具的性能检测报告。应复验的幕墙物资须按现行规范要求，在正式使用前取样复试，具有复试报告。

5）幕墙用铝合金型材应有涂膜厚度的检测，并符合设计和规范要求。

6）幕墙用防火材料应有相应资质等级国家法定检测机构出具的耐火性能检测报告。

细节：施工测量放线报验申请表

施工测量放线报验申请表见表2-14。

表2-14 施工测量放线报验申请表

工程名称：________ 编号：________

致：________（监理单位） 我单位已完成了________工作，现报上该工程报验申请表，请予以审查和验收。 附件： 承包单位（章）________ 项目经理________ 日　期________
审查意见： 项目监理机构________ 总/专业监理工程师________ 日　期________

应按下列要求填表：

1）应收集放线的依据材料，如“工程定位测量记录”、“楼层平面放线记录”等施工测量记录。

2）由施工单位填写后报送监理单位，经审批后返还，建设单位、施工单位及监理单位各存一份。

3）施工单位应将在完成施工测量方案、红线桩的校核成果、水准点的引测成果及施工过程中各种测量记录后，填写《施工测量放线报验申请表》，报监理单位审核。

4）“测量员”必须由具有相应资格的技术人员签字，并填写岗位证书号。

细节：工程定位测量记录

工程定位测量记录见表2-15。

表2-15　工程定位测量记录

编号：________

<table>
<tr><td colspan="2">工程名称</td><td colspan="2"></td><td>委托单位</td><td></td></tr>
<tr><td colspan="2">图纸编号</td><td colspan="2"></td><td>施测日期</td><td></td></tr>
<tr><td colspan="2">平面坐标依据</td><td colspan="2"></td><td>复测日期</td><td></td></tr>
<tr><td colspan="2">高程依据</td><td colspan="2"></td><td>使用仪器</td><td></td></tr>
<tr><td colspan="2">允许误差</td><td colspan="2"></td><td>仪器校验日期</td><td></td></tr>
<tr><td colspan="6">定位抄测示意图：</td></tr>
<tr><td colspan="6">复测结果：</td></tr>
<tr><td rowspan="3">签字栏</td><td rowspan="2">建设(监理)单位</td><td colspan="2">施工(测量)单位</td><td colspan="2">测量人员岗位证书号</td></tr>
<tr><td>专业技术负责人</td><td>测量负责人</td><td>复测人</td><td>施测人</td></tr>
<tr><td></td><td></td><td></td><td></td><td></td></tr>
</table>

注：本表由建设单位、监理单位、施工单位、城建档案馆各保存一份。

应按下列要求填表：

1）附件可附水准原始记录。

2）本表由施工单位填写，随相应的测量放线报验表进入资料流程。

3）测绘部门根据建设工程规划许可证(附件)批准的建筑工程位置及标高依据，测定出建筑的红线桩。

4）施工测量单位应依据测绘部门提供的放线成果、红线桩及场地控制网(或建筑物控制网)，测定建筑物位置、主控轴线及尺寸、建筑物±0.0000绝对高程，并填写《工程定位测量记录》报监理单位审核。

5）工程定位测量完成后，应由建设单位报请政府具有相关应资质的测绘部门申请验线，填写《建设工程验线申请表》报请政府测绘部门验线。

6）“委托单位”填写建设单位或总承包单位。

7）“平面坐标依据、高程依据”由测绘院或建设单位提供，应以市规划委员会钉桩坐标为标准，在填写时应注明点位编号，且与交桩资料中的点位编号一致。

细节：基槽验线记录

基槽验线记录见表2-16。

表2-16　基槽验线记录

<table>
<tr><td colspan="2">工程名称</td><td colspan="2"></td><td>日期</td><td></td></tr>
<tr><td colspan="6">验线依据及内容：</td></tr>
<tr><td colspan="6">基槽平面、剖面简图：</td></tr>
<tr><td colspan="6">检查意见：</td></tr>
<tr><td rowspan="3">签字栏</td><td rowspan="2">建设（监理）单位</td><td colspan="4">施工测量单位</td></tr>
<tr><td>专业技术负责人</td><td colspan="2">专业质检员</td><td>施测人</td></tr>
<tr><td></td><td></td><td colspan="2"></td><td></td></tr>
</table>

注：本表由建设单位、施工单位、城建档案馆各保存一份。

应按下列要求填表：

1）附件应包括“普通测量成果”及基础平面图等。

2）由施工单位填写，随相应部位的测量放线报验表进入资料流程。

3）相关规定与要求施工测量单位应根据主控轴线和基槽底平面图，检验建筑物基底外轮廓线、集水坑、电梯井坑、垫层底标高（高程）、基槽截面尺寸和坡度等，填写《基槽验线记录》报监理单位审核。

4）重点工程或大型工业厂房应有测量原始记录。

细节：焊接试验资料

1. 钢筋焊接方法

钢筋的焊接一般有电阻点焊、闪光对焊、电弧焊、电渣压力焊、埋弧压力焊和气压焊六种焊接方法。其中电弧焊又分为帮条焊、搭接焊、熔槽帮条焊、坡口焊、钢筋与钢板搭接焊和预埋件T形接头电弧焊（贴角焊和穿孔塞焊）等焊接方法。

2. 钢筋焊接前的注意事项

工程中每批钢筋正式焊接之前，必须进行现场条件下钢筋焊接性能试验。钢筋电阻定位焊、闪光对焊、电渣压力焊及埋弧压力焊，焊前应试焊两个接头，经外观检查合格后，方可按选定的焊接参数进行生产。检查应做预检记录存档。

3. 钢筋焊接前的准备工作

进口钢筋、小厂钢筋和与预制阳台、外挂板外留筋焊接的钢筋应在现场焊接前，先按同品种、同规格和同批量做可焊性试验。可焊性试验的资料包括有：

1）钢筋试焊外观预检记录。

2）试件焊接试验报告。

3）预制阳台及外挂板等在现场有焊接要求的预制混凝土构件，构件厂应提供钢筋可焊性试验记录。

可焊性试验试件不得少于每项试验1组。做可焊性试验前，应检查钢筋是否有原材料合格证明和力学性能试验报告，进口钢筋还要有化学分析报告。

4. 焊接试验的必试项目

按焊接种类划分见下表：

焊 接 种 类	必 试 项 目
定位焊（焊接骨架和焊接网片）	抗剪试验、抗拉试验
闪光对焊	抗拉试验、冷弯试验
电弧焊接头	抗拉试验
电渣压力焊	抗拉试验
预埋件T形接头、埋弧压力焊	抗拉试验
钢筋气压焊	抗拉试验，冷弯试验

5. 焊接钢筋试件的取样方法和数量

焊接钢筋试验的试件应分班前焊试件和班中焊试件，班前焊试件是用于焊工正式焊接前的考核和焊接参数的确定。班中焊试件是用于对成品质量的检验。

班前焊试件制作，在焊接前，按同一焊工，同钢筋级别、规格，同焊接形式取模拟试件1组。试验项目按班中焊要求。

班中焊试件的取样方法和数量按焊接种类分别叙述：

（1）定位焊（焊接骨架和焊接网片）

1）凡钢筋级别、规格、尺寸均相同的焊接制品。即为同一类型制品。同一类型制品，每200件为一验收批。

2）热轧钢筋定位焊，每批取1组试件（3个）做抗剪试验。

3）冷拔低碳钢丝定位焊，每批取2组试件（每组3个），其中一组做抗剪试验，另一组对较小直径钢丝做拉伸试验。

4）取样方法：

① 试件应从每批成品中切取。

② 试件应从外观检查合格的成品中切取。

（2）钢筋闪光对焊接头

1）钢筋加工单位：同一工作班内，同一焊工，同一钢筋级别规格，同一焊接参数，每

200 个接头为一验收批。不足 200 个接头时，按一批计。

2）施工现场：每单位工程的同一焊工，同一钢筋级别、规格，同一焊接参数，每 200 个接头为一验收批。不足 200 个接头时，按一批计。

3）每一验收批中取样 1 组(3 个拉力试件,3 个弯曲试件)。

4）取样方法：

① 试件应从每批成品中切取。

② 焊接等长的预应力钢筋，可按生产条件制作模拟试件。

③ 模拟试验结果不符合要求时，复验应从成品中切取试件，取样数量和要求与初试时相同。

（3）钢筋电弧焊接头

1）钢筋加工单位：同一焊工，同一钢筋级别、规格，同一类型接头，每 300 个接头为一验收批。不足 300 个接头时，按一批计。

2）每一验收批取样 1 组(3 个试件)进行拉力试验。

3）取样方法：

① 试件应从每批成品中切取。

② 对于装配结构，节点的钢筋焊接接头，可按生产条件制作模拟试件。

③ 模拟试验结果不符合要求时，复验应从成品中切取试件，其数量与初试时相同。

（4）钢筋电渣压力焊

1）在一般构筑物中，同钢筋级别、同规格的同类型接头每 300 个接头为一验收批。不足 300 个接头时，按一批计。

2）在现浇钢筋混凝土框架结构中，每一楼层的同一钢筋级别，同一规格的同类型接头，每 300 个接头为一验收批。不足 300 个接头时，按一批计。

3）每一验收批取试样 1 组(3 个试件)进行拉力试验。

4）取样方法：

① 试件应从成品中切取，不得做模拟试件。

② 若试验结果不符合要求时，应取双倍数量的试件进行复试。

（5）预埋件钢筋 T 形接头埋弧压力焊

1）同一工作班内以每 300 件同类型产品为一验收批，不足 300 件时，按一批计。

2）1 周内连续焊接时，可以累计计算，每 300 件同类型产品为一验收批。不足 300 件时，按一批计。

3）每一验收批取试样 1 组(3 个试件)进行拉力试验。

4）取样方法：

① 试件应从每批成品中切取。

② 若从成品中取的试件尺寸过小，不能满足试验要求时，可按生产条件制作模拟试件。

③ 试验结果不符合要求时，应取双倍数量的试件进行复验。

（6）钢筋气压焊

1）工艺试验：在正式焊接生产前，采用与生产相同的钢筋，在现场条件下，进行钢筋焊接工艺性能试验，经试验合格，才允许正式生产。

检验方法为每批钢筋取 6 根试件，3 根做拉伸试验，3 根做弯曲试验，试验方法和要求与质量验收相同。

2）外观检查：

① 镦粗区最大直径为 1.4d ~ 1.6d，变形长度为 1.2d ~ 1.5d。

② 压焊区两钢筋轴线的相对偏心量小于 0.15d，同时不大于 4mm。

③ 接头处钢筋轴线的曲折角不大于 4°。

④ 镦粗区最大直径处与压焊面偏移要小于 0.2d。

⑤ 压焊区表面不得有严重烧伤，纵向裂纹不得大于 3mm。

⑥ 压焊区表面不能有横向裂纹。

外观检查全部接头，首先由焊工自己负责进行，后由质检人员进行检查，发现不符合质量要求的，要校正或割去后重新焊接。

3）强度检验：

① 接头拉伸试验结果，强度应达到该钢筋等级的规定数值；全部试件断于压焊面之外，并呈塑性断裂。

② 冷弯试验，试件受压面的凸起部分应除去，与钢筋外表面齐平，弯至 90°，试件不得在压焊面发生破断或出现宽度大于 0.5mm 的裂纹。

检验方法为以 200 个接头为 1 批，不足 200 个接头的仍为一批，每批接头切取 6 个试件做强度、冷弯试验，强度试验结果若有 1 个试件不符合要求，应取两倍试样，进行复验，若仍有 1 个试件不合格，则该批接头判为不合格品。

6. 钢筋焊接试验报告（式样见表 2-17）

表 2-17　钢筋试验报告

试验编号：

委托单位：　　　　委托试样编号：

工程名称及部位：

试件种类：　　　　钢材种类：　　　　试验项目：

焊接操作人：　　　　焊条型号：　　　　试件代表数量：

送样日期：　　　　试验委托人：

试样编号	规格	面积/mm^2	屈服点/(N/mm^2)	极限强度/(N/mm^2)	伸长率δ_5(%)	断口位置及判定	冷弯			备注
							弯心直径	角度	评定	
一、力学试验										

二、化学试验　　　　试验编号：

编号	碳	硫	磷	锰	硅		

三、试验结论

负责人：　　　　审核：　　　　计算：　　　　试验：

报告日期：　　年　　月　　日

钢筋焊接试验报告中，上部分内容应由施工生产单位按实际情况填写齐全，不要有空缺项。其余部分由试验室填写。

填表时，试件种类要写具体，如双面搭接电弧焊，不能只填电弧焊；钢材种类，填钢筋的品种和规格，钢筋的符号要写正确（HPB235、HRB335、HRB400、HRB500）。

试验项目按规范规定填写，填写焊接试验报告单时，试验项目要写拉伸、冷弯。

表头：钢筋焊接试验报告要把表头中括弧内的“原材”二字划去。

7. 钢筋焊接试验评定标准

（1）电阻定位焊 焊点的抗剪试验结果，应符合表2-18规定的数值。拉伸试验结果，应不低于冷拔低碳钢丝乙级的规定数值，见表2-19。

表2-18 钢筋焊点抗剪力指标

（单位：kN）

项次	钢筋级别	较小一根钢筋直径/mm								
		3	4	5	6	6.5	8	10	12	14
1	HPB235				6.8	8.0	12.1	18.8	27.1	36.9
2	HRB335						17.1	26.7	38.5	52.3
3	冷拔低碳钢丝	2.5	4.5	7.0						

表2-19 冷拔低碳钢丝的力学性能

级别	公称直径/mm	抗拉强度/MPa 不小于	断后伸长率（%） 不小于	反复弯曲次数/（次/180°） 不小于
甲级	5.0	650	3.0	4
		600		
	4.0	700	2.5	
		650		
乙级	3.0，4.0，5.0，6.0	550	2.0	

试验结果，如有1个试件达不到上述要求，则取双倍数量的试件进行复验。复验结果，若仍有1个试件不能达到上述要求，则该批制品即为不合格。对于不合格品，经采取加固处理后，可提交二次验收。

（2）闪光对焊 钢筋对焊接头拉伸试验时，应符合下列要求：

1）3个试件的抗拉强度均不得低于该级别钢筋的规定抗拉强度值。

2）至少有两个试件断于焊缝之外，并呈塑性断裂。

当试验结果有1个试件的抗拉强度低于规定指标，或有2个试件（≥50%）在焊缝或热影响区发生脆性断裂时，应取双倍数量的试件进行复验。复验结果，若仍有1个试件的抗拉强度低于规定指标，或有2个试件（≥50%）呈脆性断裂，则该批接头即为不合格品。

模拟试件的试验结果不符合要求时，复验应从成品中切取试件，其数量和要求与初试时相同。

预应力钢筋与螺纹端杆对焊接头只做拉伸试验，但要求全部试件断于焊缝之外，并呈塑性断裂。

钢筋闪光对焊接头弯曲试验时，应将受压面的金属毛刺和镦粗变形部分去除，与母材的外表齐平。

弯曲试验可在万能材料试验机或其他弯曲机上进行，焊缝应处于弯曲的中心点，弯曲直径见表2-20。弯曲至90°时，接头外侧不得出现宽度大于0.15mm的横向裂纹。

表2-20 钢筋对焊接头弯曲试验指标

钢筋牌号	弯心直径	弯曲角(°)	钢筋牌号	弯心直径	弯曲角(°)
HPB235	$2d$	90	HRB400、RRB400	$5d$	90
HRB335	$4d$	90	HRB500	$7d$	90

注：1. d为钢筋直径(mm)。

2. 直径大于25mm的钢筋焊接接头，弯心直径应增加1倍钢筋直径。

弯曲试验结果如有2个试件未达到上述要求，应取双倍数量的试件进行复验，复验结果若有3个试件不符合要求，该批接头即为不合格品。

(3) 电弧焊　钢筋电弧焊接头拉伸试验结果应符合下列要求：

1) 3个试件的抗拉强度均不得低于该级别钢筋的规定抗拉强度值。

2) 至少有2个试件(≥50%)呈塑性断裂。

当检验结果有1个试件的抗拉强度低于规定指标，或有两个试件(≥50%)发生脆性断裂时，应取双倍数量的试件进行复验。复验结果若仍有1个试件的抗拉强度低于规定指标，或有3个试件(≥50%)呈脆性断裂时，则该批接头即为不合格品。

模拟试件的数量和要求与从成品中切取相同。当模拟试件试验结果不符合要求时，复验应从成品中切取试件，其数量与初试时相同。

(4) 电渣压力焊　3个试件均不得低于该级别钢筋规定抗拉强度值，并至少有两个试件(≥50%)断于焊缝之外，呈塑性断裂。

(5) 预埋件电弧焊和预埋件埋弧压力焊　3个试件均不得低于该级别钢筋规定抗拉强度值。

(6) 钢结构焊接　承受拉力或压力且要求与母材等强度的焊缝，必须经超声波或X射线探伤检验。

承受拉力且要求与母材等强度的焊缝为一级焊缝，应全数做超声波检查，并做X射线抽查检验，抽查焊缝长度的2%至少应有一张底片。若缺陷超标，应加倍透照，如不合格应全部透照。

承受压力且要求与母材等强度的焊缝为二级焊缝，应抽焊缝长度的50%做超声波检验。有疑点时，用X射线透照复验，如发现有超标缺陷，应用超声波全部检验。

焊缝超声波或X射线检验质量标准见表2-21。

表2-21 焊缝X射线检验质量标准

项次	项目	质量标准	
		一级	二级
1	裂纹	不允许	不允许
2	未熔合	不允许	不允许

（续）

项次	项目		质量标准	
			一级	二级
3	未焊透	对接焊缝及要求焊透的K形焊缝	不允许	不允许
		管件单面焊	不允许	深度≤10% δ，但不大于1.5mm；长度≤条状夹渣总长
4	气孔和点状夹渣	母材厚度/mm	点数	点数
		5.0	4	6
		10.0	6	9
		20.0	8	12
		50.0	12	18
		120.0	18	24
5	条状夹渣	单个条状夹渣	(1/3)δ	(2/3)δ
		条状夹渣总长	在12δ的长度内，不得超过δ	在6δ的长度内，不得超过δ
		条状夹渣间距/mm	6L	3L

注：δ——母材厚度(mm)。

L——相邻两夹渣中较长者(mm)。

点数——计算指数。是指X射线底片上任何10mm×50mm焊缝区域内(宽度小于10mm的焊缝,长度仍用50mm)允许的气孔点数。母材厚度在表中所列厚度之间时，其允许气孔点数用插入法计算取整数。各种不同直径的气孔应按表2-22换算点数。

表2-22 气孔点数换算

气孔直径/mm	<0.5	0.6~1.0	1.1~1.5	1.6~2.0	2.1~3.0	3.1~4.0	4.1~5.0	5.1~6.0	6.1~7.0
换算点数	0.5	1	2	3	5	6	12	16	20

8. 资料整理

钢材焊接试验资料有：

1）钢筋焊接试验报告。

2）钢结构焊接焊缝超声波或X射线探伤检验报告。

钢材焊接试(检)验报告应装订在一起，按时间顺序编写并要有子目录，与其他施工试验资料订装在一册。

9. 常见问题

1）缺少班前模拟试件焊接试验报告。

2）进口钢筋、小厂钢筋及与预制阳台、外挂板外留筋焊接的钢筋未按同品种、同规格和同批量做可焊性试验。

3）HRB400级钢筋采用搭接电弧焊。

4）焊接试验项目不全，对焊、气压焊不做冷弯试验，电阻定位焊不做抗剪试验。

5）每组试件只取两根。

6）焊接试验报告中，无断口判定。

7）焊接试验不合格，未取双倍试件复试。

细节：楼层平面放线记录

楼层平面放线记录可按表 2-23 的式样填写。

表 2-23 楼层平面放线记录

编号：________

<table>
<tr><td>工程名称</td><td colspan="2"></td><td>日期</td><td></td></tr>
<tr><td>放线部位</td><td colspan="2"></td><td>放线内容</td><td></td></tr>
<tr><td colspan="5">放线依据：</td></tr>
<tr><td colspan="5">放线简图：</td></tr>
<tr><td colspan="5">检查意见：</td></tr>
<tr><td rowspan="3">签字栏</td><td rowspan="2">建设(监理)单位</td><td>施工单位</td><td colspan="2"></td></tr>
<tr><td>专业技术负责人</td><td>专业质检员</td><td>施测人</td></tr>
<tr><td></td><td></td><td></td><td></td></tr>
</table>

注：本表由施工单位填写并保存。

应按以下几点要求填表：

1）可附平面图。

2）本表由施工单位填写，随相应部位的测量放线报验表进入资料流程。

3）楼层平面放线内容包括轴线竖向投测控制线、各层墙柱轴线、墙柱边线、门窗洞口位置线、垂直度偏差等，由施工单位应在完成楼层平面放线后，填写《楼层平面放线记录》并报监理单位审核。

4）“放线部位”及“放线依据”应详细、准确。

细节：楼层标高抄测记录

楼层标高抄测记录见表2-24。

表2-24　楼层标高抄测记录

编号：______

<table>
<tr><td colspan="2">工程名称</td><td colspan="2"></td><td>日期</td><td></td></tr>
<tr><td colspan="2">抄测部位</td><td colspan="2"></td><td>抄测内容</td><td></td></tr>
<tr><td colspan="6">抄测依据：</td></tr>
<tr><td colspan="6">检查说明：</td></tr>
<tr><td colspan="6">检查意见：</td></tr>
<tr><td rowspan="3">签字栏</td><td rowspan="2">建设(监理)单位</td><td colspan="4">施工单位</td></tr>
<tr><td>专业技术负责人</td><td colspan="2">专业质检员</td><td>施测人</td></tr>
<tr><td></td><td></td><td colspan="2"></td><td></td></tr>
</table>

注：本表由施工单位填写并保存。

应按以下要求填表：

1）可附平面图及立面图。

2）本表由施工单位填写，随相应部位的测量放线报验表进入资料流程。

3）楼层标高抄测内容包括楼层+1.5m(或+1.0m)水平控制线、皮树杆等，由施工单位在完成楼层标高抄测记录后，填写《楼层标高抄测楼层放线记录》报监理单位审核。

4）基础、砖墙必须设置皮数杆，以此控制标高，用水准仪校核(允许误差为±3m)。

细节：建筑物垂直度、标高测量记录

建筑物垂直度、标高观测记录见表 2-25。

表 2-25 建筑物垂直度、标高观测记录

编号：________

<table>
<tr><td colspan="2">工程名称</td><td colspan="3"></td></tr>
<tr><td colspan="2">施工阶段</td><td></td><td>观测日期</td><td></td></tr>
<tr><td colspan="5">观测说明(附观测示意图)：</td></tr>
<tr><td colspan="3">垂直度测量(全高)</td><td colspan="2">标高测量(全高)</td></tr>
<tr><td colspan="2">观测部位</td><td>实测偏差/mm</td><td>观测部位</td><td>实测偏差/mm</td></tr>
<tr><td colspan="2"></td><td></td><td></td><td></td></tr>
<tr><td colspan="2"></td><td></td><td></td><td></td></tr>
<tr><td colspan="2"></td><td></td><td></td><td></td></tr>
<tr><td colspan="2"></td><td></td><td></td><td></td></tr>
<tr><td colspan="5">结论：</td></tr>
<tr><td rowspan="3">签字栏</td><td rowspan="2">建设(监理)单位</td><td>施工单位</td><td colspan="2"></td></tr>
<tr><td>专业技术负责人</td><td>专业质检员</td><td>施测人</td></tr>
<tr><td></td><td></td><td></td><td></td></tr>
</table>

注：本表由建设单位、施工单位各保存一份。

应按以下要求填表：

1）本表由施工单位填写，随相应部位的测量放线报验表进入资料流程。

2）施工单位应在结构工程完成和工程完工竣工时，对建筑物进行垂直度测量记录和标高全高进行实测并控制记录，填写《建筑物垂直度、标高测量记录》报监理单位审核。超过允许偏差且影响结构性能的部位，应由施工单位提出技术处理方案，并经建设(监理)单位认可后进行处理。

3）“专业技术负责人”栏内填写项目总工程师，“专业质检员”栏内填写现场质量检查员，“施测人”栏内填写具体测量人员。

细节：地基验槽检查记录

地基验槽检查记录见表2-26。

表2-26 地基验槽检查记录

编号：________

<table>
<tr><td>工程名称</td><td colspan="2"></td><td>验槽日期</td><td colspan="2"></td></tr>
<tr><td>验槽部位</td><td colspan="5"></td></tr>
<tr><td colspan="6">依据：施工图纸(施工图纸号________________________)、
设计变更/洽商(编号________________)及有关规范、规程</td></tr>
<tr><td colspan="6">验槽内容：
1. 基槽开挖至勘探报告第________层，持力层为________层
2. 基底绝对高程和相对标高________m________m
3. 土质情况________________________
(附：□ 钎探记录及钎探点平面布置图)
4. 桩位置____/____、桩类型____/____、数量____/____，承载力满足设计要求。
(附：□施工记录、□桩检测记录)
注：若建筑工程无桩基或人工支护，则相应在第4条填写处划“/”
申报人：</td></tr>
<tr><td colspan="6">检查意见：

检查结论：□ 无异常，可进行下道工序 □ 需要地基处理</td></tr>
<tr><td rowspan="2">签字公章栏</td><td>建设单位</td><td>监理单位</td><td>设计单位</td><td>勘察单位</td><td>施工单位</td></tr>
<tr><td></td><td></td><td></td><td></td><td></td></tr>
</table>

应按以下要求填表：

1）应收集相关设计图纸、设计变更洽商及地质勘察报告等。

2）由总包单位填报，经各相关单位转签后存档。

3）新建建筑物应进行施工验槽，检查内容包括基坑位置、平面尺寸、基底绝对高程标高(和相对标高和绝对高程)、持力层核查、基坑土质及地下水位等，有基础桩支护或桩基的工程还应有工程桩的检查。

4）地基验槽检查记录应由建设、勘察、设计、监理、施工监理(建设)、单位施工共同验收签认。

5）地基需处理时，应由勘察、设计部门提出处理意见。

6）对于进行地基处理的基槽，还应再办理一次地基验槽记录，并将地基处理的洽商编号、处理方法等注明。

7）应由施工单位填写，建设单位、施工单位、城建档案馆各保存一份。

细节：地基处理记录

地基处理是指地基不能满足设计要求时对地基的补强处理。地基处理记录一般包括地基处理方案、地基处理的施工试验记录、地基处理检查记录。

1. 地基处理方案

1）地基处理方案一般是经验槽后，由设计勘察部门提出，施工单位记录并写成的书面处理方案。

2）地基处理方案中应有工程名称、验槽时间，有钎探记录分析。应说明实际地基与地质勘察报告是否相符合；标注清楚需要处理的部位；写明需要处理的实际情况；处理的具体方法和质量要求。最后必须要有设计、勘探人员签认。

3）地基处理方案应交质量监督部门检查、签认。

2. 地基处理记录（表2-27）

表2-27　地基处理记录

编号：________

<table>
<tr><td colspan="2">工程名称</td><td colspan="2"></td><td>日期</td><td colspan="2"></td></tr>
<tr><td colspan="7">处理依据及方式：</td></tr>
<tr><td colspan="7">处理部位及深度（或用简图表示）</td></tr>
<tr><td colspan="7">处理结果：</td></tr>
<tr><td colspan="7">检查意见：

检查日期：</td></tr>
<tr><td rowspan="3">签字栏</td><td rowspan="2">监理单位</td><td rowspan="2">设计单位</td><td rowspan="2">勘察单位</td><td colspan="3">施工单位</td></tr>
<tr><td>专业技术负责人</td><td>专业质检员</td><td>专业工长</td></tr>
<tr><td></td><td></td><td></td><td></td><td></td><td></td></tr>
</table>

应按以下要求填表：

1）应收集相关设计图纸、设计变更洽商及地质勘察报告等。

2）由总包单位填报，经各相关单位转签后存档。

3）地基需处理时，应由勘察、设计部门提出处理意见，施工单位应依据勘察、设计单位提出的处理意见进行地基处理，并完工后填写《地基处理记录》，内容包括地基处理方式、处理部位、深度及处理结果等。地基处理完成后，应报请勘察、设计、监理部门复验查。

4）当地基处理范围较大，内容较多，用文字描述较困难时，应附简图示意。

5）如勘察、设计单位委托监理单位进行复查时，应有书面的委托记录。

细节：地基钎探记录

建筑工程开槽挖至设计标高后，凡可以钎探的都应进行钎探，且钎探必须采用轻便触探的方法。地基钎探的作用主要是为了检查地基持力土层是否均匀一致，有无局部过软、过硬之处，并可以测算持力土层的承载力，作为参考。地基钎探必须作记录，钎探记录主要包括：钎探点平面布置图和钎探记录两部分。

1. 钎探点平面布置图

1）钎探点平面布置图应与实际基槽(坑)一致，应标出方向及基槽(坑)各轴线，各轴号要与设计基础图一致，见表2-28。

表2-28 基础钎探编号平面布置图

图位	
审核	制图

2）钎探点的布置：钎探点的布置依据基槽(坑)的宽度，一般槽宽每0.8m布一排钎探点，钎探间距(同一排相邻两点间距离)为1.5m。具体钎探点的布置可参照表2-29。

表2-29 钎探点的布置

槽宽/m	排 列 方 式	钎探深度/m	钎探间距/m
0.8~1.0	中心一排	1.5	1.5
1.0~2.0	两排错开1/2钎孔间距，每排距槽边为0.2m	1.5	1.5
2.0以上	梅花形	1.5	1.5

3）钎探平面布置图上各点应与现场各钎探点一一对应，不能有误。图上各点应沿槽轴向按顺序编号，编号注在图上。

4）验槽后，应将地基需处理的部位、尺寸、标高等情况注于钎探平面布置图上。

2. 钎探记录

1）轻便触探：轻便触探试验设备主要由尖锥头、触探杆、穿心锤三部分组成。触探杆系用直径 25mm 的金属管，每根长 1.0～1.5m，或用直径为 25mm 的光圆钢筋每根长 2.2m，穿心锤重 10kg。

试验时，穿心锤落距为 0.5m，使其自由下落，将触探杆竖直打入土层中，每打入土层 0.3m 的锤击数为 N10。

2）钎探记录表见表 2-30。

表 2-30 钎探记录表

施工单位　　　　　　　　　　　　　　　　　　　　　工程名称

套锤重　　　　　　　自由落距　　　　　　　　　　　钎径　　　　　　　钎探日期

顺序号	各步锤数						顺序号	各步锤数					
	cm 0～30	cm 30～60	cm 60～90	cm 90～120	cm 120～150	备注		cm 0～30	cm 30～60	cm 60～90	cm 90～120	cm 120～150	备注

工长　　　　　　　　　　　　　质量检查员　　　　　　　　　　　钎探负责人

表 2-30 中：施工单位、工程名称要写具体，锤重、自由落距、钎径、钎探日期要依据现场情况填写，工长、质量检查员、打钎负责人的签字要齐全。

钎探记录表中，各步锤数应为现场实际打钎各步锤数的记录，每一钎探点必须钎探五步，1.5m 深。打钎中如有异常情况，要写在备注栏内。

3）标注与誊写：验槽时应先看钎探记录表，凡锤击数较少点，与周围差异较大点应标注在钎探记录表上，验槽时对该部位应进行重点检查。

钎探记录表原则上应用原始记录表，污损严重的可以重新抄写，但原始记录仍要原样保存好，誊写的记录数据、文字应与原件一致，并要注明原件保存处及有抄件人签字。

地基钎探记录作为一项重要的技术资料，一定要保存完整，不得遗失。

细节：桩基施工记录

桩基主要包括预制桩和现制桩。桩基施工应按规定认真做好施工记录。由分包单位承担桩基施工的，完工后应将记录移交总包单位。

1. 钢筋混凝土预制桩基施工记录

钢筋混凝土预制桩基施工记录主要包括：现场预制桩的检查验收资料、试桩或试验记录、桩施工记录、补桩记录、桩的节点处理记录。

（1）现场预制桩的检查验收资料

1）审批、制作、运输、堆放：钢筋混凝土预制桩的现场制作，首先制作单位要有质量监督部门的资质审批手续，经认可方可施工。钢筋混凝土桩的制作应注意：桩的钢筋骨架的主筋连接宜采用对焊，对主筋接头的位置及数量、桩尖、桩头部分钢筋绑扎的质量要认真检查。桩的混凝土浇筑应由桩顶向桩尖连续浇筑，严禁中断。桩顶和桩尖处混凝土不得有蜂窝、麻面、裂缝和掉角等缺陷。此外，对桩的制作偏差应严加控制。钢筋混凝土桩的设计强度达70%时方可起吊，达100%时方可运输和打桩。吊点应合理选择，以免产生吊装裂缝。桩的堆放场地应平整、压实。垫木保持在同一平面上，垫木的位置应和吊点位置相同，各层垫木应上下对齐。

2）现场预制桩的检查记录，钢筋混凝土预制桩检查记录见表2-31。

表2-31 钢筋混凝土预制桩检查记录

施工单位　　　　　　　　　　　　　　　工程名称

混凝土设计强度　　　　　　　　　　　　桩规格

编　号	浇筑日期	混凝土强度/MPa	外观检查	质量鉴定	备　注

工程负责人：　　　　　　　　　　　　记录：

表中质量鉴定应依据下列规定：

① 桩的表面应平整、密实，掉角的深度不应超过 10mm，且局部蜂窝和掉角的缺损总面积不得超过该桩表面全部面积的 0.5%，并不得过分集中。

② 由于混凝土收缩产生的裂缝，深度不得大于 20mm，宽度不得大于 0.25mm，横向裂缝长度不得超过边长的 1/2（管桩或多角形桩不得超过直径或对角线的 1/2）。

③ 桩顶和桩尖处不得有蜂窝、麻面、裂缝和掉角。

3）验收。预制桩上应标明编号、制作日期和吊点位置。预制桩应在制作地点验收，检验前不得修补蜂窝、裂缝、掉角及其他缺陷，检验应逐根进行。

验收时应有下列资料：

① 桩的结构图。

② 材料检验记录。

③ 钢筋隐蔽验收记录。

④ 混凝土试块强度报告。

⑤ 桩的检查记录。

⑥ 桩的养护方法等。

（2）试桩或试验记录　桩基打桩前应做试桩或桩的动荷载试验，试验记录见表 2-32。打试桩主要是了解桩的贯入度、持力层的强度、桩的承载力以及施工过程中遇到的各种问题和反常情况等。试桩或试验时应请建设单位、设计单位和质量监督部门参加，并做好试桩或试验记录，画出各土层深度，记录打入各土层的锤击次数，最后精确地测量贯入度等。

表 2-32　桩的动荷载记录表

施工单位		工程名称		气候	
桩的类型、规格及重量					
桩号及坐标					
工程及水文地质简要说明					
桩制作于　　年　　月　　日打入于　　年　　月　　日桩的复打检验于　　年　　月　　日结束					
打桩使用的桩锤类型和重量					

（续）

复打时使用的桩锤类型和重量
初打时使用的桩帽的构造及采用弹性垫层情况
复打时使用的桩帽的构造及采用弹性垫层情况
初打时锅炉蒸汽压力
复打时锅炉蒸汽压力
初打时采用的落锤高度 cm
复打时采用的落锤高度 cm
桩源码设计标高 m 桩源码实际标高 m
初打完毕最后一阵(10击)贯入度 cm
复打检查五次贯入度(1) cm，(2) cm，(3) cm，(4) cm，(5) cm
平均贯入度 cm，复打贯入度与初打贯入度的比值

工程负责人： 记录：

试桩记录表：

试桩或试验记录要根据现场情况填写清楚、齐全。建设单位、设计单位、质量监督部门提出的技术、质量意见要求应有记录，并应对试桩或试验进行签认。

（3）桩施工记录 桩施工记录表见表2-33。

表 2-33 钢筋混凝土预制桩施工记录

施工单位　　　　　　　　　　　　　　工程名称

施工班组　　　　　　　　　　　　　　桩的规格

桩锤类型及冲击部分重量

自然地面标高　　　　　　　　　　　　桩锤重量

气　　候　　　　　　　　　　　　　桩顶设计标高

编号	打桩 日期	桩入土每米锤击次数 1，2，3，4，……	落距/cm	桩顶高出或低于 设计标高/m	最后贯入度 /(cm/10 击)	备　　注

工程负责人：　　　　　　　　　　记录：

（4）补桩平面图 补桩要有补桩平面图，图中应标清原桩和补桩的平面位置，补桩要有编号，要说明补桩的规格、质量情况，有制图及补桩负责人签字。

细节：承重结构及防水混凝土的开盘鉴定及浇灌申请记录

承重结构的混凝土、防水混凝土和有特殊要求的混凝土都应有开盘鉴定及浇灌申请记录。

1. 混凝土的开盘鉴定

混凝土施工前应做开盘鉴定，不同配合比的混凝土都要有开盘鉴定。

（1）混凝土开盘鉴定的内容 混凝土开盘鉴定包括：

1）混凝土所用原材料与配合比是否符合。

2）混凝土试配配合比换算为实际使用施工配合比。

3）混凝土的计量、搅拌和运输。

4）混凝土拌和物检验。

5）混凝土试块抗压强度。

混凝土开盘鉴定要有施工单位、搅拌单位的主管技术部门和质量检验部门参加，做试配的试验室也应派人参加鉴定，混凝土开盘鉴定一般在施工现场浇筑点进行。

（2）混凝土所用原材料的检验

1）混凝土所用主要原材料，如水泥、砂、石、外加剂等，应与试配配合比所用原材料一致，不能有变化，如果有变化应重新取样做试配，并调整配合比。

2）水泥应在有效期内，外观检查有无结块现象，砂、石细度、级配、含泥量与试验报告是否吻合，并应测定砂、石中的含水率，使用外加剂，检验水与配合比是否相符合。

2. 混凝土浇灌申请

1）混凝土浇灌申请单应由施工班组填写、申报，由建设单位和工长或质量检查员批准，每一班组都应填写混凝土浇灌申请书。

2）表中各项都应填写清楚齐全。

3）准备工作必须全部完备，表上各条准备完备者打“√”，不完备的应补做好后再申请。

4）表中各项准备工作核实确系准备完备后，方可批准浇注混凝土。

3. 现场预制混凝土构件施工记录

现场预制混凝土构件施工记录应包括：

1）施工现场加工钢筋混凝土预制构件报审表。

2）施工方案和技术交底。

3）原材料试验、混凝土配合比、混凝土强度试验资料。

4）质量检查资料。

细节：混凝土施工测温记录

施工测温记录主要有混凝土冬期测温记录和大体积混凝土施工测温记录。

1. 混凝土冬期测温记录

当室外日平均气温连续5d稳定低于5℃时，即为进入冬期施工。冬期混凝土施工应有测温记录，测温记录包括大气温度、原材料温度、出罐温度、入模温度和养护温度。

1）大气测温记录。大气测温记录见表2-34。

表2-34 测温记录表

单位工程名称：　　　　　　　　　　　　　　　　　　年　　月　　日

时　分	天气情况	积　雪	风　向	风　力	气温/℃

大气测温一般为每天测室外温度不少于4次（早晨、中午、傍晚、夜间）。

2）混凝土原材料温度。混凝土的拌和水及骨料在搅拌前应加热，但不得超过表2-35的规定值。

表2-35 拌和水及骨料最高温度

项次	项　目	拌和水/℃	骨料/℃
1	强度等级小于42.5级的普通硅酸盐水泥、矿渣硅酸盐水泥	80	60
2	强度等级等于及大于42.5级的硅酸盐水泥、普通硅酸盐水泥	60	40

注：当骨料不加热时，水可加热到100℃，但水泥不应与80℃以上的水直接接触。投料顺序，应先投入骨料和已加热的水，然后再投入水泥。

3）混凝土搅拌、运输一般应做热工计算来确定温度控制值。

4）冬期施工混凝土搅拌测温记录表见表2-36。

表 2-36 冬期施工混凝土搅拌测温记录表

工程名称：					部位：			搅拌方式：			
混凝土强度等级：					坍落度： cm				水泥品种强度等级：		
配合比（水泥：砂：石：水）									外加剂名称掺量：		
测温时间				大气温度	原材料温度/℃				出罐温度	入模温度	备注
年	月	日	时		水泥	砂	石	水			

施工单位： 施工负责人： 技术员： 测温员：

表中各项均应填写清楚、准确、真实，签字齐全。

5）冬期施工混凝土养护及测温记录见表 2-37。

表 2-37 冬期施工混凝土养护及测温记录表

工程名称：								部位：						养护方法：					
测温时间			大气温度/℃	各测孔温度/℃												平均温度/℃	间隔时间	成熟度（N）/h·℃	
月	日	时		#	#	#	#	#	#	#	#	#	#	#	#			本次	累计

施工单位： 施工负责人： 技术人员： 测温员：

冬期施工混凝土必须要留有测温孔并做测温记录，测温要有测温点布置图。布置图要与结构平面图一致，要标注清楚各测温点的编号及位置。测温孔在混凝土浇筑时预留，一般每一构件不少于1个测温孔，混凝土接槎处一定要留有测温孔，测温孔一般要深入混凝土内(过主筋)。混凝土浇筑初期每2h进行一次测温，8h后，每4h测一次。

表中各项都要填写清楚、准确、真实，签字齐全。

2. 大体积混凝土施工测温记录、裂缝检查记录

大体积混凝土系指混凝土的长、宽、高均大于0.8m的混凝土。

大体积混凝土应有入模温度和养护温度测温记录以及裂缝检查记录(表2-38)。

表2-38 大体积混凝土测温记录表

工程名称： 部位： 入模温度： 养护方法：																
测温时间			大气温度/℃	各测孔温度/℃										内外温差/℃	时间间隔	裂缝检查
月	日	时														

施工单位： 施工负责人： 技术员： 测温员：

细节：混凝土检查记录

1. 混凝土浇灌申请书（表2-39）

表2-39 混凝土浇灌申请书

编号：________

工程名称		申请浇灌日期	
申请浇灌部位		申请方量/m^3	
技术要求		强度等级	
搅拌方式 （搅拌站名称）		申请人	

依据：施工图纸（施工图纸号____）、
设计变更/洽商（编号____________/____________）和有关规范、规程

施工准备检查	专业工长（质量员）签字	备 注
1. 隐检情况： □已 □未完成隐检		
2. 预检情况： □已 □未完成预检		
3. 水电预埋情况： □已 □未完成并未经检查		
4. 施工组织情况： □已 □未完备		
5. 机械设备准备情况： □已 □未准备		
6. 保温及有关准备： □已 □未准备		

审批意见

审批结论： □同意浇筑 □整改后自行浇筑 □不同意，整改后重新申请
审批人： 审批日期：
施工单位名称：

注：1. 本表由施工单位填报并保存，并交给监理一份备案。
2. “技术要求”栏应依据混凝土合同的具体要求填写。

应按以下要求填表：

1）本表由施工单位填写并保存，在浇筑混凝土之前报送监理单位备案。

2）正式浇筑混凝土前，施工单位应检查各项准备工作（如钢筋、模板工程检查；水电预埋检查；材料、设备及其他准备等），自检合格填写《混凝土浇灌申请书》报监理单位后方可浇筑混凝土。

2. 预拌混凝土运输单(表 2-40)

表 2-40 预拌混凝土运输单

编号：________

合同编号				任务单号		
供应单位				生产日期		
工程名称及施工部位						
委托单位		混凝土强度等级		抗渗等级	/	
混凝土输送方式		其他技术要求	/			
本车供应方量/m^3		要求坍落度/mm		实测坍落度/mm		
配合比编号		配合比比例				
运距/km		车号		车次		司机
出站时间		到场时间		现场出罐温度/℃		
开始浇筑时间		完成浇筑时间		现场坍落度/mm		
签字栏	现场验收人		混凝土供应单位质量员		混凝土供应单位签发人	

应按以下要求填表：

1）本表由供应单位出具，施工单位保存一份副本。

2）预拌混凝土供应单位向施工单位提供预拌混凝土运输单，内容包括工程名称、使用部位、供应方量、配合比、坍落度、出站时间、到场时间和施工单位测定的现场实测坍落度等。

3. 混凝土开盘鉴定(表 2-41)

表 2-41 混凝土开盘鉴定

编号：________

工程名称及部位					鉴定编号			
施工单位					搅拌方式			
强度等级					要求坍落度			
配合比编号					试配单位			
水灰比					砂率(%)			
材料名称	水泥	砂	石	水	外加剂		掺和料	
每 $1m^3$ 用料/kg								
调整后每盘用料/kg	砂含水率		%		石含水率		%	

（续）

<table>
<tr><td rowspan="4">鉴定结果</td><td rowspan="2">鉴定项目</td><td colspan="3">混凝土拌和物性能</td><td rowspan="2">混凝土试块抗压强度/MPa</td><td rowspan="2">原材料与申请单是否相符</td></tr>
<tr><td>坍落度</td><td>保水性</td><td>粘聚性</td></tr>
<tr><td>设计</td><td>cm</td><td></td><td></td><td rowspan="2"></td><td rowspan="2"></td></tr>
<tr><td>实测</td><td>cm</td><td></td><td></td></tr>
<tr><td colspan="7">鉴定结论：</td></tr>
</table>

建设(监理)单位	混凝土试配单位负责人	施工单位技术负责人	搅拌机组负责人
鉴定日期			

注：采用现场搅拌混凝土的工程，本表由施工单位填写并保存。

应按以下要求填表：

1）本表应由施工单位填写。

2）采用预拌混凝土的，应对首次使用的混凝土配合比在混凝土出厂前，由混凝土供应单位自行组织相关人员进行开盘鉴定。采用现场搅拌混凝土的，应由施工单位组织监理单位、搅拌机组、混凝土试配单位进行开盘鉴定工作，共同认定试验室签发的混凝土配合比确定的组成材料是否与现场施工所用材料相符，以及混凝土拌和物性能是否满足设计要求和施工需要。

3）表中各项都应根据实际情况填写清楚、齐全，要有明确的鉴定结果和结论，签字齐全。

细节：防水工程试水检查记录

防水工程试水检查记录见表2-42。

表2-42 防水工程试水检查记录

编号：________

<table>
<tr><td>工程名称</td><td colspan="3"></td></tr>
<tr><td>检查部位</td><td></td><td>检查日期</td><td></td></tr>
<tr><td rowspan="2">检查方式</td><td>□第一次蓄水 □第二次蓄水</td><td>蓄水日期</td><td>从________时
至________时</td></tr>
<tr><td colspan="3">□淋水 □雨期观察</td></tr>
<tr><td colspan="4">检查方法及内容：</td></tr>
</table>

（续）

<table>
<tr><td colspan="5">检查结果：</td></tr>
<tr><td colspan="5">复查意见：

复查人：　　　　　　　　　　复查日期：</td></tr>
<tr><td rowspan="3">签
字
栏</td><td rowspan="2">建筑(监理)单位</td><td>施工单位</td><td colspan="2"></td></tr>
<tr><td>专业技术负责人</td><td>专业质检员</td><td>专业工长</td></tr>
<tr><td></td><td></td><td></td><td></td></tr>
</table>

注：本表由施工单位填写，建设单位、施工单位各保存一份。

应按以下要求填表：

1）应有相关的图片、照片及文字说明等。

2）本表应由施工单位填写后报送建设单位及监理单位存档。

3）凡有防水要求的房间应有防水层及装修后的蓄水检查记录。检查内容包括蓄水方式、蓄水时间、蓄水深度、水落口及边缘封堵情况和有无渗漏现象等。

4）屋面工程完毕后，应对细部构造（屋面天沟、檐沟、檐口、泛水、水落口、变形缝、伸出屋面的管道等）、接缝处和保护层进行雨期观察或淋水、蓄水检查。淋水试验持续时间不得少于2h；做蓄水检查的屋面、蓄水时间不得少于24h。

细节：地下工程防水效果检查记录

地下工程防水效果检查记录见表2-43。

表2-43 地下工程防水效果检查记录

编号：________

<table>
<tr><td>工程名称</td><td colspan="3"></td></tr>
<tr><td>检查部位</td><td></td><td>检查日期</td><td></td></tr>
<tr><td colspan="4">检查方法及内容：</td></tr>
<tr><td colspan="4">检查结果：</td></tr>
</table>

（续）

<table>
<tr><td colspan="5">复查意见：

复查人：　　　　　　　　　　　　复查日期：</td></tr>
<tr><td rowspan="3">签字栏</td><td rowspan="2">建筑（监理）单位</td><td colspan="3">施工单位</td></tr>
<tr><td>专业技术负责人</td><td>专业质检员</td><td>专业工长</td></tr>
<tr><td></td><td></td><td></td><td></td></tr>
</table>

应按以下要求填表：

1）应收集背水内表面结构工程展开图、相关图片、相片及说明文件等。

2）本表应由施工单位填写，报送建设单位和监理单位，各相关单位保存。

3）地下工程验收时，应对地下工程有无渗漏现象进行检查，并填写《地下工程防水效果检查记录》，主要检查内容应包括裂缝、渗漏水部位和处理意见等。发现渗漏水现象应制作、标示好《背水内表面结构工程展开图》。

4）“检查方法及内容”栏内按《地下防水工程质量验收规范》相关内容及技术方案填写。

细节：通用施工试验记录

施工试验记录的通用样式见表2-44。

表2-44 施工试验记录

编号：________

试验编号：________

委托编号：________

<table>
<tr><td>工程名称及施工部位</td><td colspan="3"></td></tr>
<tr><td>试验日期</td><td></td><td>规格、材质</td><td></td></tr>
<tr><td colspan="4">试验项目：</td></tr>
<tr><td colspan="4">试验内容：</td></tr>
</table>

（续）

结论：					
批准		审核		试验	
试验单位					
报告日期					

注：本表由建设单位、施工单位各保存一份。

应按以下要求填表：

1）应由具备相应资质等级的检测单位出具后随相关资料进入资料流程（后续各种专用试验记录与此相同）。

2）在完成检验批的过程中，由施工单位试验负责人负责制作施工试验试件，之后送至具备相应检测资质等级的检测单位进行试验。

3）检测单位根据相关标准对送检的试件进行试验后，出具试验报告并将报告返还施工单位。

4）施工单位将施工试验记录作为检验批报验的附件，随检验批资料进入审批程序。（后续各种专用试验记录形成流程相同）。

5）按照设计要求和规范规定应做施工试验，且本规程无相应施工试验表格的，应填写施工试验记录（通用）；采用新技术、新工艺及特殊工艺时，对施工试验方法和试验数据进行记录，应填写施工试验记录（通用）。

细节：回填土施工试验记录

回填土、灰土、砂和砂石可统称为回填土。

回填土一般包括柱基、基槽管沟、基坑、填方、场地平整、排水沟、地（路）面基层和地基局部处理回填的素土、灰土、砂和砂石等。

1. 取样

回填土必须分层夯压密实，并分层、分段取样做干密度试验。施工试验资料主要是取样平面位置图和回填土干密度试验报告。

（1）取样数量

1）柱基：抽查柱基的10%，但不少于五点。

2）基槽管沟：每层按长度20～50m取一点，但不少于一点。

3）基坑：每层100～500m^{2}取一点，但不少于一点。

4）挖方、填方：每100～500m^{2}取一点；但不少于一点。

5）场地平整：每400～900m^{2}取一点，但不少于一点。

6）排水沟：每层按长度20～50m取一点，但不少于一点。

7）地(路)面基层：每层按100～500m^2取一点，但不少于一点。

各层取样点应错开，并应绘制取样平面位置图，标清各层取样点位。

（2）取样方法

1）环刀法：每段每层进行检验，应在夯实层下半部(至每层表面以下2/3处)用环刀取样。

2）罐砂法：用于级配砂石回填或不宜用环刀法取样的土质。

采用罐砂法取样时，取样数量可较环刀法适当减少。取样部位应为每层压实后的全部深度。

取样应由施工单位按规定现场取样，将样品包好、编号(编号要与取样平面图上各点位标示一一对应)，送试验室试验。如取样器具或标准砂不具备，应请试验室来人现场取样进行试验。施工单位取样时，宜请建设单位参加，并签认。

2. 试验报告

（1）填写　回填土试验报告见表2-45。

表2-45　回填土试验报告

编号：______

试验编号：______

委托编号：______

工程名称及施工部位									
委托单位					试验委托人				
要求压实系数(λ_c)					回填土种类				
控制干密度(ρ_d)					试验日期				
点号	1	2							
项目	实测干密度/(g/cm^3)								
步数	实测压实系数								
1									
2									
3									
取样位置简图(附图)									
结论：									
批准		审核		试验					
试验单位									
报告日期									

注：本表由建设单位、施工单位、城建档案馆各保存一份。

上表应由具备相应资质等级的检测单位出具后随相关资料进入资料流程。

土的干密度试验报告表中委托单位、工程名称、施工部位、填土种类、要求最小干密度，应由施工单位填写清楚、齐全。步数、取样位置由取样单位填写清楚。

工程名称：要写具体。

施工部位：一定要写清楚。

填土种类：具体填写指素土、m∶n 灰土(如 3∶7 灰土)、砂或砂石等。

土质：是指粘质粉土、粉质粘土、粘土等。

要求最小干密度：设计图纸有要求的，填写设计要求值；设计图纸无要求的应符合下列标准：

素土：一般情况下应≥1.65g/cm^3；粘土≥1.49g/cm^3。

灰土：粘质粉土要求最小干密度 1.55g/cm^3；粉质粘土要求最小干密度 1.50g/cm^3；粘土要求最小干密度 1.45g/cm^3。

砂不小于在中密状态时的干密度，中砂 1.55～1.60g/cm^3。

砂石要求最小干密度 2.1～2.2g/cm^3。

(2) 验收、存档　领取试验报告时，应检查报告是否字迹清晰，无涂改，有明确结论，试验室盖章、签字齐全。如有不符合要求的应提出，由试验室补齐。涂改处盖试验章，注明原因，不得遗失。试验报告取回后应归档保存好，以备查验。

(3) 合格判定　填土压实后的干密度，应有 90% 以上符合设计要求，其余 10% 的最低值与设计值的差，不得大于 0.08g/cm^3，且不得集中。

试验结果不合格，应立即上报领导及有关部门及时处理。试验报告不得抽撤，应在其上注明如何处理，并附处理合格证明，一起存档。

3. 注意事项

1）取样平面位置图按各层、段将取样点标示完整、清晰、准确，与土壤干密度试验报告各点能一一对应，并要注明回填土的起止标高。

2）取样数量不应少于规定点数。

3）回填各层夯压密实后取样，不按虚铺厚度计算回填土的层数。

4）砂和砂石不能用做表层回填土，故回填表层应回填素土或灰土。

5）回填土质、填土种类、取样、试验时间等，应与地质勘察报告、验槽记录、有关隐检、预检、施工记录、施工日志及设计洽商分项工程质量验收相对应，交圈吻合。

4. 整理要求

应将全部取样平面位置图和回填土干密度试验报告按时间先后顺序装订在一起，编号建立分目录并使之相对应，装订顺序为：

1）分目录表。

2）取样平面位置图。

3）回填土干密度试验报告。

细节：钢结构工程施工试验记录

钢结构工程施工试验记录见表 2-46、表 2-47 和表 2-48 所示。

表2-46 超声波探伤报告

编号：______

试验编号：______

委托编号：______

工程名称及施工部位			
委托单位		试验委托人	
构件名称		检测部位	
材质		板厚/mm	
仪器型号		试块	
耦合剂		表面补偿	
表面状况		执行处理	
探头型号		探伤日期	
探伤结果及说明：			

批准		审核		试验	
试验单位					
报告日期					

注：本表由建设单位、施工单位、城建档案馆各保存一份。

表2-47 超声波探伤记录

编号：______

工程名称				报告编号						
施工单位				检测单位						
焊缝编号（两侧）	板厚/mm	折射角（°）	回波高度/μm	X/mm	D/mm	Z/mm	L/mm	级别	评定结果	备注

（续）

焊缝编号（两侧）	板厚/mm	折射角（°）	回波高度/μm	X/mm	D/mm	Z/mm	L/mm	级别	评定结果	备注

批准	审核	检测	检测单位名称（公章）
报告日期			

注：本表由建设单位、施工单位、城建档案馆各保存一份。

表 2-48 钢构件射线探伤报告

编号：________

试验编号：________

委托编号：________

工程名称及施工部位					
委托单位			试验委托人		
检测单位			检测部位		
构件名称			构件编号		
材质		焊缝形式		板厚/mm	

（续）

<table>
<tr><td>仪器型号</td><td></td><td>增感方式</td><td></td><td>像质计型号</td><td></td></tr>
<tr><td>胶片型号</td><td></td><td>像质指数</td><td></td><td>黑度</td><td></td></tr>
<tr><td>评定标准</td><td></td><td>焊缝全长</td><td></td><td>探伤比例与长度</td><td></td></tr>
<tr><td colspan="6">探伤结果：

</td></tr>
<tr><td>底片编号</td><td>黑度</td><td>灵敏度</td><td>主要缺陷</td><td>评级</td><td rowspan="4">示意图</td></tr>
<tr><td></td><td></td><td></td><td></td><td></td></tr>
<tr><td></td><td></td><td></td><td></td><td></td></tr>
<tr><td></td><td></td><td></td><td></td><td></td></tr>
<tr><td></td><td></td><td></td><td></td><td></td><td rowspan="3">备注</td></tr>
<tr><td></td><td></td><td></td><td></td><td></td></tr>
<tr><td></td><td></td><td></td><td></td><td></td></tr>
<tr><td>批准</td><td></td><td>审核</td><td></td><td>试验</td><td></td></tr>
<tr><td>试验单位</td><td colspan="5"></td></tr>
<tr><td>报告日期</td><td colspan="5"></td></tr>
</table>

注：本表由建设单位、施工单位、城建档案馆各保存一份。

应按以下要求填写以上各表：

1）试验报告由具备相应资质等级的检测单位出具后随相关资料进入资料流程。

2）高强度螺栓连接应有摩擦面抗滑移系数检验报告及复试报告，并实行有见证取样和送检。

3）施工首次使用的钢材、焊接材料、焊接方法、焊后热处理等应进行焊接工艺评定，有焊接工艺评定报告。

4）设计要求的一、二级焊缝应做缺陷检验，由有相应资质等级的检测单位出具超声波、射线探伤检验报告或磁粉探伤报告。

5）建筑安全等级为一级、跨度40m及以上的公共建筑钢网架结构，且设计有要求的，应对其焊（螺栓）球节点进行节点承载力试验，并实行有见证取样和送检。

6）钢结构工程所使用的防腐、防火涂料应做涂层厚度检测，其中防火涂层应有相应资质的检测单位检测报告。

7）焊（连）接工人必须持有效的岗位证书。

细节：钢筋连接施工试验记录

1. 填表说明

1）填写单位。由具备相应资质等级的检测单位出具后随相关资料进入资料流程。

2）相关规定与要求。

① 用于焊接、机械连接钢筋的力学性能和工艺性能应符合现行国家标准。

② 正式焊(连)接工程开始前及施工过程中，应对每批进场钢筋，在现场条件下进行工艺检验，工艺检验合格后方可进行焊接或机械连接的施工。

③ 钢筋焊接接头或焊接制品、机械连接接头应按焊(连)接类型和验收批的划分进行质量验收并现场取样复试，钢筋连接验收批的划分及取样数量和必试项目见后表。

④ 承重结构工程中的钢筋连接接头应按规定实行有见证取样和送检的管理。

⑤ 采用机械连接接头型式施工时，技术提供单位应提交由有相应资质等级的检测机构出具的型式检验报告。

⑥ 焊(连)接工人必须具有有效的岗位证书。

3）注意事项。试验报告中应写明工程名称、钢筋级别、接头类型、规格、代表数量、检验形式、试验数据、试验日期以及试验结果。

4）钢筋连接试验报告(表2-49)由建设单位、施工单位、城建档案馆各保存一份。

2. 钢筋连接试验报告

钢筋连接试验报告见表2-49。

表2-49 钢筋连接试验报告

编号：________

试验编号：________

委托编号：________

<table>
<tr><td>工程名称
及部位</td><td colspan="4"></td><td colspan="2">事件编号</td><td colspan="2"></td></tr>
<tr><td>委托单位</td><td colspan="4"></td><td colspan="2">试验委托人</td><td colspan="2"></td></tr>
<tr><td>接头类型</td><td colspan="4"></td><td colspan="2">检验形式</td><td colspan="2"></td></tr>
<tr><td>设计要求连接
性能等级</td><td colspan="4"></td><td colspan="2">代表数量</td><td colspan="2"></td></tr>
<tr><td>连接钢筋种类
及牌号</td><td colspan="2"></td><td colspan="2">公称直径</td><td>mm</td><td colspan="2">原材试验编号</td><td></td></tr>
<tr><td>操作人</td><td colspan="2"></td><td colspan="2">来样日期</td><td></td><td colspan="2">试验日期</td><td></td></tr>
<tr><td colspan="3">接头试件</td><td colspan="2">母材试件</td><td colspan="3">弯曲试件</td><td rowspan="2">备注</td></tr>
<tr><td>公称面积/mm²</td><td>抗拉强度/MPa</td><td>断裂特征及位置</td><td>实测面积/mm²</td><td>抗拉强度/MPa</td><td>弯心直径</td><td>角度</td><td>结果</td></tr>
<tr><td></td><td></td><td></td><td></td><td></td><td></td><td></td><td></td><td></td></tr>
<tr><td></td><td></td><td></td><td></td><td></td><td></td><td></td><td></td><td></td></tr>
<tr><td></td><td></td><td></td><td></td><td></td><td></td><td></td><td></td><td></td></tr>
<tr><td></td><td></td><td></td><td></td><td></td><td></td><td></td><td></td><td></td></tr>
</table>

（续）

结论：					
批准		审核		试验	
试验单位					
报告日期					

注：本表由建设单位、施工单位、城建档案馆各保存一份。

细节：砌筑砂浆施工试验记录

砌筑砂浆是指砖石砌体所用的水泥砂浆和水泥混合砂浆。

1. 试配申请和配合比通知单

砌筑砂浆的配合比都应经试配确定。施工单位应从现场抽取原材料试样，根据设计要求向有资质的试验室提出试配申请，由试验室通过试配来确定砂浆的配合比。砂浆的配合比应采用重量比。试配砂浆强度应比设计强度提高15%。施工中要严格按照试验室的配比通知单计量施工，如砂浆的组成材料（水泥、掺和料和骨料）有变更，其配合比应重新试配选定。

（1）砌筑砂浆的原材料要求

1）水泥：应有出厂合格证明。用于承重结构的水泥、无出厂证明水泥、水泥出厂超过该品种存放规定期限；或对质量有怀疑的水泥及进口水泥等应在试配前进行水泥复试，复试合格才可使用。

2）砂：砌筑砂浆用砂宜采用中砂，并应过筛，不得含有草根等杂物。

水泥砂浆和强度等级不小于M5的水泥混合砂浆，砂的含泥量不应超过5%；强度等级小于M5的水泥混合砂浆，砂的含泥量不应超过10%（采用细砂的地区，砂的含泥量可经试验后酌情放大）。

3）石灰膏：砌筑砂浆用石灰膏应由生石灰充分熟化而成。熟化时间不得少于7d。要防止石灰膏干燥、冻结和污染，脱水硬化的石灰膏要严禁使用。

4）水：拌制砂浆的水应采用不含有害物质的纯净水。

（2）砂浆配合比申请单　砂浆配合比申请单式样见表2-50。

表 2-50 砂浆配合比申请单

编号：________

委托编号：________

工程名称					
委托单位			试验委托人		
砂浆种类			强度等级		
水泥品种			厂别		
水泥进场日期			试验编号		
砂产地		粗细级别		试验编号	
掺和料种类			外加剂种类	/	
申请日期			要求使用日期		

砂浆配合比申请单由施工单位根据设计图纸要求填写，所有项目必须填写清楚、明了，不得有遗漏、空项。若水泥、砂子尚未做试验，应先试验水泥、砂子，合格后再做试配。试验编号必须填写准确、清楚。

（3）配合比通知单式样 配合比通知单式样见表 2-51。

表 2-51 砂浆配合比通知单

配合比编号：________

试配编号：________

强度等级			试验日期		
配合比					
材料名称	水泥	砂	白灰膏	掺和料	外加剂
每立方米用量/(kg/m^3)					
比例					
注：					
批准		审核		试验	
试验单位					
报告日期					

注：本表由施工单位保存。

配合比通知单是由试验单位根据试配结果，选取最佳配合比填写签发的。施工中要严格按配合比计量施工，施工单位不能随意变更。配合比通知单应字迹清晰、无涂改、签字齐全等。施工单位应验看，并注意通知单上的备注、说明。

2. 抗压试验报告

1）试块留置。基础砌筑砂浆以同一砂浆品种、同一强度等级、同一配合比、同种原材料为一取样单位，砌体超过250m³，以每250m³为一取样单位，余者计为一取样单位。

每一取样单位标准养护试块的留置组数不得少于1组（每组6块），还应制作同条件养护试块、备用试块各1组。试样要有代表性，每组试块（包括相对应的同条件备用试块）的试样必须取自同一次拌制的砌筑砂浆拌和物。

2）砂浆抗压试验报告式样见表2-52。

表2-52 砂浆抗压试验报告

编号：______

试验编号：______

委托编号：______

工程名称及部位					试件编号			
委托单位					试验委托人			
砂浆种类			强度等级		稠度			mm
水泥品种及强度等级					试验编号			
矿产地及种类					试验编号			
掺和料种类					外加剂种类			/
配合比编号								
试件成形日期			要求龄期		要求试验日期			
养护方法			试件收到日期		试件制作人			
试验结果	试压日期	实际龄期/d	试件边长/mm	受压面积/mm²	荷载/kN		抗压强度/MPa	达设计强度等级（%）
					单块	平均		
结论：								
批准			审核			试验		
试验单位								
报告日期								

注：本表建设单位、施工单位各保存一份。

砂浆试块试压报告中上半部项目应由施工单位填写齐全、清楚。施工中没有的项目应划斜线或填写“无”。

其中工程名称及部位要填写详细、具体，配合比要依据配合比通知单填写，水泥品种及强度等级、砂子产地、细度模数、掺和料及外加剂要据实填写，并和原材料试验单、配合比通知单对应吻合。作为强度评定的试块，必须是标准养护28d的试块，龄期28d不能迟或者早，要推算准确试压日期，填写在要求试压日期栏内，交试验室试验。

领取试压报告时，应验看报告中是否字迹清晰、无涂改，签章齐全，结论明确，试压日期与要求试压日期是否符合。同组试块抗压强度的离散性和达到设计强度的百分率是否符合规范要求，合格存档，否则应通知有关部门和单位进行处理或更正后再归档保存。

3. 砂浆试块强度统计评定

砂浆试块试压后，应将试压报告按时间先后顺序装订在一起并编号，及时登记在砂浆试块抗压强度统计、评定记录表中，式样见表2-53。

表2-53 砌筑砂浆试块抗压强度统计、评定记录

编号：____

<table>
<tr><td>工程名称</td><td colspan="5"></td><td colspan="3">强度等级</td><td colspan="2"></td></tr>
<tr><td>施工单位</td><td colspan="5"></td><td colspan="3">养护方法</td><td colspan="2"></td></tr>
<tr><td>统计期</td><td colspan="5"></td><td colspan="3">结构部位</td><td colspan="2"></td></tr>
<tr><td>试块组数</td><td colspan="3">强度标准值f_2/MPa</td><td colspan="2">平均值$f_{2,m}$/MPa</td><td colspan="3">最小值$f_{2,min}$/MPa</td><td colspan="2">$0.75f_2$</td></tr>
<tr><td rowspan="4">每组强度值
/MPa</td><td></td><td></td><td></td><td></td><td></td><td></td><td></td><td></td><td></td><td></td></tr>
<tr><td></td><td></td><td></td><td></td><td></td><td></td><td></td><td></td><td></td><td></td></tr>
<tr><td></td><td></td><td></td><td></td><td></td><td></td><td></td><td></td><td></td><td></td></tr>
<tr><td></td><td></td><td></td><td></td><td></td><td></td><td></td><td></td><td></td><td></td></tr>
<tr><td>判定式</td><td colspan="5">$f_{2,m} \geqslant f_2$</td><td colspan="5">$f_{2,min} \geqslant 0.75f_2$</td></tr>
<tr><td>结果</td><td colspan="5"></td><td colspan="5"></td></tr>
<tr><td colspan="11">结论：</td></tr>
<tr><td colspan="4">批准</td><td colspan="4">审核</td><td colspan="3">统计</td></tr>
<tr><td colspan="4"></td><td colspan="4"></td><td colspan="3"></td></tr>
<tr><td colspan="4">报告日期</td><td colspan="7"></td></tr>
</table>

注：本表建设单位、施工单位、城建档案馆各保存一份。

应按以下要求填写上表：

1）由具备相应资质等级的检测单位出具后随相关资料进入资料流程。

2）应有配合比申请单和试验室签发的配合比通知单。

3）应有按规定留置的龄期为28d标养试块的抗压强度试验报告。

4）承重结构的砌筑砂浆试块应按规定实行有见证取样和送检。

5）砂浆试块的留置数量及必试项目符合规程要求。

6）应有单位工程砌筑砂浆试块抗压强度统计、评定记录，按同一类型、同一强度等级砂浆为一验收批统计，评定方法及合格标准如下：

① 同一验收批砂浆试块抗压强度平均值必须大于或等于设计强度等级所对应的立方体抗压强度。

② 同一验收批砂浆试块抗压强度的最小一组平均值必须大于或等于设计强度等级所对应的立方体抗压强度的0.75倍。

4. 注意事项

1）原材料材质报告、试配单、试块试压报告及实际用料要物证吻合，各单据与施工日志中日期、代表数量一致、交圈。

2）按规定每组应留置6块试块，砂浆标养试块龄期28d要准，非标养试块养护要做测温记录。

3）工程中各品种、各强度等级的砌筑砂浆都要按规范要求留置试块，不得少留或漏留。

4）不得随意用水泥砂浆代替水泥混合砂浆。如有代换，必须有代换洽商手续。

5）单位工程的砂浆强度要进行统计评定，且按同一品种、强度等级、配合比分别进行评定。单位工程中同批仅有一组试块时，也要进行强度评定，其强度不低于$f_{m,k}$。

5. 整理要求

基础砌筑砂浆的施工试验资料包括：

1）砂浆配合比申请单。

2）砂浆配合比通知单。

3）砂浆试块试压报告。

应将上述各种施工试验资料分类、按时间先后顺序收集在一起，不能有遗漏，并编号建立分目录使之相对应。收集排列顺序为：

1）分目录表。

2）砂浆配合比申请单、通知单。

3）砂浆试块试压报告目录表。

4）砂浆试块抗压强度统计评定表。

5）砂浆试块抗压报告。

细节：混凝土试块强度统计、评定记录

1. 填表说明

1）混凝土强度统计评定是很重要的一份资料，它是判定整个单位工程结构质量的重要数据。

2）混凝土强度统计评定要以在施工中混凝土取样试块的抗压强度报告为依据，要实事求是地统计评定。

3）根据《混凝土强度检验评定标准》(GBJ 107—1987)规定：当对混凝土试件强度的代表性有怀疑时，可采用从结构或构件中钻取试件的方法或采用非破损检验方法，按有关标准的规定对结构或构件中混凝土的强度进行推定。

4）要熟练掌握统计评定的有关计算公式，不能混淆不清。

2. 混凝土试块强度统计、评定记录

混凝土试块强度统计、评定记录见表2-54。

表2-54 混凝土试块强度统计、评定记录

编号：________

工程名称		强度等级	
施工单位		养护方法	
统计期		结构部位	

（续）

<table>
<tr><td rowspan="2">试块组数</td><td colspan="2" rowspan="2">强度标准值
$f_{cu,k}$/MPa</td><td colspan="2" rowspan="2">平均值
m_{fcu}/MPa</td><td colspan="2" rowspan="2">标准值
S_{fcu}/MPa</td><td colspan="2" rowspan="2">最小值
$f_{cu,min}$/MPa</td><td colspan="2">合格判定系数</td></tr>
<tr><td>λ_1</td><td>λ_2</td></tr>
<tr><td></td><td colspan="2"></td><td colspan="2"></td><td colspan="2"></td><td colspan="2"></td><td></td><td></td></tr>
<tr><td rowspan="3">每组强度值/MPa</td><td></td><td></td><td></td><td></td><td></td><td></td><td></td><td></td><td></td><td></td></tr>
<tr><td></td><td></td><td></td><td></td><td></td><td></td><td></td><td></td><td></td><td></td></tr>
<tr><td></td><td></td><td></td><td></td><td></td><td></td><td></td><td></td><td></td><td></td></tr>
<tr><td rowspan="3">评定界限</td><td colspan="6">□统计方法(二)</td><td colspan="4">□非统计方法</td></tr>
<tr><td colspan="2">$0.90f_{cu,k}$</td><td colspan="2">$m_{fcu}-\lambda_1\times S_{fcu}$</td><td colspan="2">$\lambda_2\times f_{cu,k}$</td><td colspan="2">$1.15f_{cu,k}$</td><td colspan="2">$0.95f_{cu,k}$</td></tr>
<tr><td colspan="2"></td><td colspan="2"></td><td colspan="2"></td><td colspan="2"></td><td colspan="2"></td></tr>
<tr><td>判定式</td><td colspan="4">$m_{fcu}-\lambda_1\times S_{fcu}\geqslant 0.90f_{cu,k}$</td><td colspan="2">$f_{cu,min}\geqslant\lambda_2\times f_{cu,k}$</td><td colspan="2">$m_{fcu}\geqslant 1.15f_{cu,k}$</td><td colspan="2">$f_{cu,min}\geqslant 0.95f_{cu,k}$</td></tr>
<tr><td>结果</td><td colspan="4"></td><td colspan="2"></td><td colspan="2"></td><td colspan="2"></td></tr>
<tr><td colspan="11">结论：</td></tr>
<tr><td>批准</td><td colspan="2"></td><td colspan="2">审核</td><td colspan="2"></td><td colspan="2">统计</td><td colspan="2"></td></tr>
<tr><td>试验单位</td><td colspan="10"></td></tr>
<tr><td>报告日期</td><td colspan="10"></td></tr>
</table>

注：本表由建设单位、施工单位、城建档案馆各保存一份。

细节：现场预应力混凝土试验记录

现场预应力混凝土试验内容主要包括：预应力锚、夹具出厂合格证及硬度、锚固能力抽检试验报告；预应力钢筋(含端杆螺栓)的各项试验资料及预应力钢丝镦头强度检验。

1. 预应力锚、夹具的出厂合格证、硬度和锚固能力抽检试验要求

1）预应力锚、夹具出厂应有合格证明。

2）进场锚具应进行外观检查、硬度检验和锚固能力试验。以同一材料和同一生产工艺，不超过200套为1批。

① 外观检查：从每批中抽取10%的锚具，但不少于10套，检查锚具的外观和尺寸。如有1套表面有裂纹或超过允许偏差，则另取双倍数量的锚具重做检查；如仍有1套不符合要求则应逐套检查，合格者方可使用。

② 硬度检验：从每批中抽取5%的锚具，但不少于5套作硬度试验。锚具的每个零件测试3点，其硬度的平均值应在设计要求的范围内，且任一点的硬度，不应大于或小于设计要求范围三个洛氏硬度单位。如有1个零件不合格，则另取双倍数量的零件重做试验；如仍有1个零件不合格，则应逐个检验，合格者方可使用。

③ 锚固能力试验：经上述两项检验合格后，从同批中抽取3套锚具，将锚具装在预应力筋的两端。在无粘结的状态下置于试验机或试验台上试验。锚具的锚固能力，不得低于预应力筋标准抗拉强度的90%，锚固时预应力筋的内缩量，不超过锚具设计要求的数值，螺纹端杆锚具的强度，不得低于预应力筋的实际抗拉强度。如有1套不符合要求，则另取双倍数量的锚具重做试验。如仍有1套不合格，则该批锚具为不合

格品。

现场加工预应力钢筋混凝土构件，所用预应力锚、夹具应有出厂合格证，硬度及锚固能力抽检，应符合上述要求，并有试(检)验报告。

2. 预应力钢筋的各项试验资料及预应力钢丝镦头强度检验

预应力钢筋的施工试验主要包括钢筋的冷拉试验、钢筋的焊接试验、预应力钢丝镦头强度检验。

(1) 钢筋的冷拉试验 钢筋冷拉可采用控制应力或控制冷拉率的方法进行，对用于预应力的冷拉 HRB335、HRB400、HRB500 级钢筋，宜采用控制应力的办法。

1) 用控制冷拉率的方法冷拉钢筋。

① 冷拉率必须由试验结果确定。测定冷拉率用的冷拉应力应符合表 2-55 的规定。试验所用试件不宜少于 4 个，取其平均值作为该批钢筋的实际冷拉率。如因钢筋强度偏高，平均冷拉率低于 1% 时，仍应按 1% 进行冷拉。

表 2-55 测定冷拉率时钢筋的冷拉应力

钢筋种类	HPB235 级钢筋	HRB335 级钢筋	HRB400 级钢筋	HRB500 级钢筋
冷拉应力/MPa	320	450	530	750

预应力钢筋的冷拉率应由厂技术部门审定。

② 根据试验确定的冷拉率，先冷拉 3 根钢筋，并在 3 根钢筋上分别取 3 根试件作力学性能试验，合格后，方可进行成批冷拉。

③ 混凝土钢筋不宜采用控制冷拉率的方法进行冷拉。若需要采用时必须逐根或逐盘测定冷拉率，然后冷拉。

2) 用控制应力的方法冷拉钢筋

① 控制应力及最大冷拉率应符合表 2-56 的规定。

表 2-56 控制应力及最大冷拉率

钢筋种类	HPB235 级钢筋	HRB335 级钢筋	HRB400 级钢筋	HRB500 级钢筋
冷拉控制应力/MPa	280	420	500	720
最大冷拉率(%)	10	5.5	5	4

② 冷拉力应为钢筋冷拉时的控制应力值乘以钢筋冷拉前的公称截面面积。

③ 冷拉力应采用测力器控制。测力器可根据各厂具体条件和习惯，选用下列几种：千斤顶、弹簧测力器、钢筋测力计、电子秤、测力器、拉力表等。

④ 测力器应定期校验，校验期限规定如下：

a. 使用较频繁的，每 3 个月校验一次。

b. 使用一般，每 6 个月校验一次。

c. 长期不用的或检修后，使用前必须校验。

⑤ 冷拉时，应测定钢筋的实际伸长值，以校核冷拉压力。

3) 钢筋冷拉记录表样见表 2-57。

表 2-57 钢筋冷拉记录表

试验报告编号　　　　　　　　　　　控制应力

构件名称和编号　　　　　　　　　　控制冷拉率

冷拉日期	钢筋编号	钢筋规格	钢筋长度/m(不包括螺纹端杆长)			冷拉控制拉力/N	冷拉时温度/℃	备注
			冷拉前	冷拉后	弹性回缩后			
1	2	3	4	5	6	7	8	9

注：1. 如用冷拉率控制，则第 7 可不填写。
2. 如有拉断或拉断后再焊接重拉等情况，应在备注栏内注明。
3. 钢筋冷拉后应按规定截取试样进行有关试验，试验结果应在备注栏内注明。

（2）钢筋的焊接试验

1）钢筋的纵向连接应采用对焊；钢筋的交叉连接宜采用定位焊；构件中的预埋件宜采用压力埋弧焊或电弧焊。但对高强钢丝、冷拉钢筋、冷拔低碳钢丝和 HRB500 级钢不得采用电弧焊。

对焊时，为了选择合理的焊接参数，在每批钢筋(或每台班)正式焊接前，应焊接 6 个试件，其中 3 个做拉力试验，3 个做冷弯试验。经试验合格后，方可按既定的焊接参数成批生产。

同直径、同级别而不同钢种的钢筋可以对焊，但应按可焊性较差的钢种选择焊接参数。同级别、同钢种不同直径的钢筋对焊，两根钢筋截面积之比不宜大于 1.5 倍，且需在焊接过程中按大直径的钢筋选用参数，并应减小大直径钢筋的调伸长度。上述两种焊接只能用冷拉方法调直，不得利用其冷拉强度。

2）钢筋定位焊质量应符合下列要求：

① 热轧钢筋压入深度应为较小钢筋直径的 30%~45%；冷加工钢筋应为较小钢筋直径的 25%~35%。

② 焊点处应无明显烧伤、烧断、脱点。

③ 受力钢筋网和骨架，应按批从外观检验合格的成品中，截取3个抗剪试件；冷拔低碳钢丝焊成的受力钢筋网和骨架，应再截取3个抗拉试件。

(3) 预应力钢丝镦头强度检验 预应力钢丝镦头前，应按批做三个镦头试验(长度250~300mm)，进行检查和试验。预应力钢丝镦头强度不得低于预应力筋实际抗拉强度的90%。镦头的外观检验一般有：

有效长度±1mm。

直径≥$1.5d$。

冷镦头厚度为$0.7d$~$0.9d$。

冷镦头中心偏移不得大于1mm。

热镦头中心偏移不得大于2mm。

3. 整理

现场预应力混凝土试验资料应整理在一起，其顺序为：

(1) 预应力锚、夹具

1) 出厂合格证明。

2) 外观检查记录。

3) 硬度检验报告。

4) 锚具能力试验报告。

(2) 预应力钢筋试验资料

1) 钢筋冷拉试验报告。

2) 钢筋焊接试验报告。

(3) 预应力钢丝镦头抽检记录

1) 镦头外观检验记录。

2) 镦头强度试验报告。

细节：支护工程施工试验记录

支护工程施工试验记录按表2-44的样式填写，其中应注意以下几项内容的填写：

1. 填写单位

试验报告由具备相应资质等级的检测单位出具后随相关资料进入资料流程。

2. 相关规定与要求

锚杆应按设计要求进行现场抽样试验，有锁定力(抗拔力)试验报告；支护工程使用的混凝土，应有混凝土配合比通知单和混凝土强度试验报告；有抗渗要求的还应有抗渗试验报告；支护工程使用的砂浆，应有砂浆配合比通知单和砂浆强度试验报告。

细节：桩基工程施工试验记录

桩基工程施工试验记录按表2-44的样式填写，其中应注意以下几项内容的填写：

1. 填写单位

试验报告由具备相应资质等级的检测单位出具后随相关资料进入资料流程。

2. 相关规定与要求

地基应按设计要求进行承载力检验，有承载力检验报告；桩基应按照设计要求和相关规范、标准规定进行承载力和桩体质量检测，由有相应资质等级检测单位检测报告；桩基(地基)工程使用的混凝土，应有混凝土配合比通知单和混凝土强度试验报告；有抗渗要求的还应有抗渗试验报告。

细节：预应力工程施工试验记录

预应力工程施工试验记录按表 2-44 的样式填写，其中应注意以下几项内容的填写：

1. 填写单位

试验报告由具备相应资质等级的检测单位出具后随相关资料进入资料流程。

2. 相关规定与要求

1）预应力工程用混凝土应按规范要求留置标养、同条件试块，有相应抗压强度试验报告。

2）后张法有粘接预应力工程灌浆用水泥浆应有性能试验报告。

细节：木结构工程施工试验记录

木结构工程施工试验记录按表 2-44 的样式填写，其中应注意以下几项内容的填写：

1. 填写单位

试验报告由具备相应资质等级的检测单位出具后随相关资料进入资料流程。

2. 相关规定与要求

1）胶合木工程的层板胶缝应有脱胶试验报告、胶缝抗剪试验报告和层板接长弯曲强度试验报告。

2）轻型木结构工程的木基结构板材应有力学性能试验报告。

3）木构件防护剂的保持量和透入度应有试验报告。

细节：幕墙工程施工试验记录

桩基工程施工试验记录按表 2-44 的样式填写，其中应注意以下几项的填写：

1. 填写单位

试验报告由具备相应资质等级的检测单位出具后随相关资料进入资料流程。

2. 相关规定与要求

1）幕墙用双组分硅酮结构胶应有混匀性及拉断试验报告。

2）后置埋件应有现场拉拔试验报告。

细节：装饰装修工程施工试验记录

装饰装修工程施工试验记录可参照表 2-58。

表 2-58 饰面砖粘接强度试验报告

编号：______

试验编号：______

委托编号：______

工程名称				试验编号	
委托单位				试验委托人	
饰面砖品种及牌号				粘贴层次	
饰面砖生产厂及规格				粘贴面积/mm^2	
基本材料		粘接材料		粘接剂	
抽样部位		龄期/d		施工日期	
检验类型		环境温度/℃		试验日期	
仪器及编号					

序号	试件尺寸/mm		受力面积/mm^2	拉力/kN	粘贴强度/MPa	破坏状态（序号）	平均强度/MPa
	长	宽					
1							
2							
3							

结论：

批准		审核		试验	
试验单位					
报告日期					

注：本表由建设单位、施工单位各保存一份。

可按以下要求填表：

1）试验报告由具备相应资质等级的检测单位出具后随相关资料进入资料流程。

2）地面回填应有《土工击实试验报告》和《回填土试验报告》。

3）装饰装修工程使用的砂浆和混凝土应有配合比通知单和强度试验报告；有抗渗要求的还应有《抗渗试验报告》。

4）外墙饰面砖粘贴前和施工过程中，应在相同基层上做样板件。并对样板件的饰面砖粘接强度进行检验，有《饰面砖粘接强度检验报告》，检验方法和结果判定应符合相关标准规定。

5）后置埋件应有现场拉拔试验报告。

细节：构件吊装记录

构件吊装记录见表 2-59。

表 2-59 构件吊装记录

编号：______

<table>
<tr><td colspan="2">工程名称</td><td colspan="6"></td></tr>
<tr><td colspan="2">使用部位</td><td colspan="2"></td><td>吊装日期</td><td colspan="3"></td></tr>
<tr><td rowspan="2">序号</td><td rowspan="2">构件名称及编号</td><td rowspan="2">安装位置</td><td colspan="4">安装检查</td><td rowspan="2">备注</td></tr>
<tr><td>搁置与搭接尺寸</td><td>接头(点)处理</td><td>固定方法</td><td>标高检查</td></tr>
<tr><td></td><td></td><td></td><td></td><td></td><td></td><td></td><td></td></tr>
<tr><td></td><td></td><td></td><td></td><td></td><td></td><td></td><td></td></tr>
<tr><td></td><td></td><td></td><td></td><td></td><td></td><td></td><td></td></tr>
<tr><td></td><td></td><td></td><td></td><td></td><td></td><td></td><td></td></tr>
<tr><td></td><td></td><td></td><td></td><td></td><td></td><td></td><td></td></tr>
<tr><td colspan="8">结论：</td></tr>
<tr><td colspan="3">施工单位</td><td colspan="5"></td></tr>
<tr><td colspan="3">专业技术负责人</td><td colspan="3">专业质检员</td><td colspan="2">记录人</td></tr>
<tr><td colspan="3"></td><td colspan="3"></td><td colspan="2"></td></tr>
</table>

注：本表由施工单位填写并保存。

应按以下要求填表：

1）本表应由施工单位填写并保存。

2）预制混凝土结构构件、大型钢、木构件吊装应有《构件吊装记录》，吊装记录内容包括构件型号名称、安装位置、外观检查、楼板堵孔、清理、锚固、构件支点的搁置与搭接长度、接头处理、固定方法、标高、垂直偏差等，应符合设计和现行标准、规范要求。

3）“备注”栏内应填写吊装过程中出现的问题、处理措施及质量情况等。对于重要部位或大型构件的吊装工程，应有专项安全交底。

细节：焊接材料烘焙记录

焊接材料烘焙记录见表 2-60。

表2-60　焊接材料烘焙记录

编号：________

<table>
<tr><td colspan="2">工程名称</td><td colspan="9"></td></tr>
<tr><td colspan="2">焊材牌号</td><td colspan="2"></td><td colspan="2">规格/mm</td><td colspan="2"></td><td colspan="2">焊材厂家</td><td></td></tr>
<tr><td colspan="2">钢材材质</td><td colspan="2"></td><td colspan="2">烘焙方法</td><td colspan="2"></td><td colspan="2">烘焙日期</td><td></td></tr>
<tr><td rowspan="3">序号</td><td rowspan="3">施焊部位</td><td rowspan="3">烘焙数量/kg</td><td colspan="4">烘焙要求</td><td colspan="3">保温要求</td><td rowspan="3">备注</td></tr>
<tr><td rowspan="2">烘干温度/℃</td><td rowspan="2">烘干时间/h</td><td colspan="3">实际烘焙</td><td rowspan="2">降至恒温/℃</td><td rowspan="2">保温时间/h</td></tr>
<tr><td>烘焙日期</td><td>从时分</td><td>至时分</td></tr>
<tr><td>1</td><td></td><td></td><td></td><td></td><td></td><td></td><td></td><td></td><td></td><td></td></tr>
<tr><td>2</td><td></td><td></td><td></td><td></td><td></td><td></td><td></td><td></td><td></td><td></td></tr>
<tr><td></td><td></td><td></td><td></td><td></td><td></td><td></td><td></td><td></td><td></td><td></td></tr>
<tr><td></td><td></td><td></td><td></td><td></td><td></td><td></td><td></td><td></td><td></td><td></td></tr>
<tr><td></td><td></td><td></td><td></td><td></td><td></td><td></td><td></td><td></td><td></td><td></td></tr>
<tr><td></td><td></td><td></td><td></td><td></td><td></td><td></td><td></td><td></td><td></td><td></td></tr>
<tr><td colspan="11">说明：</td></tr>
<tr><td colspan="4">施工单位</td><td colspan="7"></td></tr>
<tr><td colspan="4">专业技术负责人</td><td colspan="4">专业质检员</td><td colspan="3">记录人</td></tr>
<tr><td colspan="4"></td><td colspan="4"></td><td colspan="3"></td></tr>
</table>

注：本表由施工单位填写并保存。

应按以下要求填表：

1）本表由施工单位填写并保存。

2）按照规范、标准和工艺文件等规定应须进行烘焙的焊接材料应在使用前按要求进行烘焙，并填写《烘焙记录》。烘焙记录内容包括烘焙方法、烘干温度、要求烘干时间、实际烘焙时间和保温要求等。

细节：通风(烟)道、垃圾道检查记录

通风(烟)道、垃圾道检查记录见表2-61。

表2-61　通风(烟)道、垃圾道检查记录

编号：________

<table>
<tr><td>工程名称</td><td colspan="4"></td><td>检查日期</td><td colspan="2"></td></tr>
<tr><td colspan="6">检查部位和检查结果</td><td rowspan="3">检查人</td><td rowspan="3">复检人</td></tr>
<tr><td rowspan="2">检查部位</td><td colspan="2">主烟(风)道</td><td colspan="2">副烟(风)道</td><td rowspan="2">垃圾道</td></tr>
<tr><td>烟道</td><td>风道</td><td>烟道</td><td>风道</td></tr>
<tr><td></td><td></td><td></td><td></td><td></td><td></td><td></td><td></td></tr>
<tr><td></td><td></td><td></td><td></td><td></td><td></td><td></td><td></td></tr>
</table>

（续）

检查部位和检查结果						检查人	复检人
检查部位	主烟(风)道		副烟(风)道		垃圾道		
	烟道	风道	烟道	风道			

施工单位		
专业技术负责人	专业质检员	专业工长

注：(1) 主烟(风)道可先检查，检查部位按轴线记录；副烟(风)道可按户门编号记录。

(2) 检查合格记(√)，不合格记(×)。

(3) 第一次检查不合格记录(×)，复查合格后在(×)后面记录(√)。

应按以下要求填表：

1) 应收集相关的图片、照片及文字说明等。

2) 本表由施工单位填写并保存，按监理单位要求报送。

3) 建筑通风道(烟道)应做全数通(抽)风和漏风、串风试验，要求100%检查，并做好检查记录。

4) 垃圾道应全数检查其是否畅通情况，要求100%检查，并做好检查记录。

细节：预检记录

1. 预检记录(表2-62)

表2-62 预检记录

编号：________

工程名称		预检项目	
预检部位		检查日期	
依据：施工图纸(施工图纸号________________)、 设计变更/洽商(编号________________)和有关规范、规程 主要材料或设备：________________ 规格/型号：________________			

（续）

<table>
<tr><td colspan="3">预检内容：</td></tr>
<tr><td colspan="3">检查意见：</td></tr>
<tr><td colspan="3">复查意见：

复查人：　　　　　　　　　　复查日期：</td></tr>
<tr><td>施工单位</td><td colspan="2"></td></tr>
<tr><td>专业技术负责人</td><td>专业质检员</td><td>专业工长</td></tr>
<tr><td></td><td></td><td></td></tr>
</table>

填表说明：

1）本表由施工单位填写，随相应检验批进入资料流程。

2）依据现行施工规范，对于其他涉及工程结构安全，实体质量、建筑观感，及人身安全须做质量预控的重要工序，应做质量预控，做填写预检记录。

3）检查意见应明确，一次验收未通过的要注明质量问题，并提出复查要求。

4）复查意见主要是针对上一次验收的问题进行的，因此应把质量问题改正的情况表述清楚。

2. 预检项目及内容

预检记录是对施工重要工序进行的预先质量控制检查记录，为通用施工记录，适用于各专业，预检项目及内容见表2-63。

表2-63　预检项目及内容

建筑物定位和高程引进	预检的具体内容： 1）核验标准轴线桩的位置 2）对照施工平面图检查建筑物各轴线尺寸 3）核验基准点和龙门桩的高程 4）填写工程定位测量记录 注意事项： 1）高程引进要以规划部门指定的基准桩为准，不得任意借用相邻建筑物高程 2）定位放线要以规划部门指定的基线为准 3）要绘制定位放线和高程引进平面示意图，图中注明基准轴线桩的位置和各点高程
模板工程	几何尺寸、轴线、标高、预埋件及预留孔位置、模板牢固性、接缝严密性、起拱情况、清扫口留置、模内清理、脱模剂涂刷、止水要求等；节点做法，放样检查
设备基础和预制构件安装	设备基础位置、混凝土混凝土强度、标高、几何尺寸、预留孔、预埋件等
地上混凝土结构施工缝	留置方法、位置和接槎的处理等
管道预留孔洞	预留孔洞的尺寸、位置、标高等
管道预埋套管(预埋件)	预埋套管(预埋件)的规格、型式、尺寸、位置、标高等

细节：技术交底

技术交底包括设计交底、施工组织设计交底和主要分项工程施工技术交底。各项交底应有文字记录，交底的双方应有签认手续。

技术交底记录的样式见表2-64。

表2-64 技术交底记录

编号：______

工程名称		交底日期	
施工单位		分项工程名称	
交底提要			
交底内容：			

审核人		交底人		接受交底人	

注：1. 本表由施工单位填写，交底单位与接受交底单位各存一份。

2. 当分项工程施工技术交底时，应填写“分项工程名称”栏，其他技术交底可不填写。

填表说明：

1）附件收集。必要的图纸、图片、“四新”（新材料、新工艺、新产品、新技术）的相关文件。

2）资料流程。本表由施工单位填写，交底单位与接受交底单位各存一份，也应报送监理（建设）单位。

3）相关规定与要求有以下几点：

① 技术交底记录应包括施工组织设计交底、专项施工方案技术交底、分项工程施工技术交底、“四新”（新材料、新产品，新技术、新工艺）技术交底和设计变更技术交底。各项交底应有文字记录，交底双方签认应齐全。

② 重点和大型工程施工组织设计交底应由施工企业的技术负责人把主要设计要求、施工措施以及重要事项对项目主要管理人员进行交底。其他工程施工组织设计交底应由项目技

术负责人进行交底。

③ 专项施工方案技术交底应由项目专业技术负责人负责，根据专项施工方案对专业工长进行交底。

④ 分项工程施工技术交底应由专业工长对专业施工班组（或专业分包）进行交底。

⑤“四新”技术交底应由项目技术负责人组织有关专业人员编制。

⑥ 设计变更技术交底应由项目技术部门根据变更要求，并结合具体施工步骤、措施及注意事项等对专业工长进行交底。

4）注意事项。交底内容应有可操作性和针对性，能够切实地指导施工，不允许出现“详见×××规程”之类的语言。技术交底记录应对安全事项重点单独说明。

细节：基础、结构验收记录

1. 基础、主体结构工程验收程序

单位工程进入地上主体结构施工或装修前应进行基础和主体工程质量验收。其程序如下：

1）由相当于施工队一级的技术负责人组织分部工程质量评定。

2）由施工企业技术和质量部门组织质量核定。

3）由建设单位、监理单位、施工单位和设计结构负责人共同对基础、主体结构工程进行验收签证。

4）报请当地质量监督部门进行核定。

对于深基础或需提前插入装修者，可分次进行验收，结构最后完工时，应进行总的验收签证。有地下室或人防的工程，基础和地下部分验收时，应报请当地人防部门参加或单独组织验收。

2. 基础、主体结构工程验收的内容

（1）观感质量检查的主要内容　基础、主体结构工程观感质量检查的主要内容有：钢筋、混凝土、构件安装、预应力混凝土、砌砖、砌石、钢结构制作、焊接、螺栓连接、安装和钢结构油漆等。

基础结构工程还有打（压）桩、灌注桩、沉井和沉箱、地下连续墙及防水混凝土结构等。

主体结构工程还有木屋架的制作与安装、钢屋架等。

水、暖、卫及电气安装等已施工部分工程的检查。

（2）技术资料核查　基础、主体结构验收时，应核查的技术资料主要有：原材料试验，施工试验，施工记录，隐检、预检，工程洽商，工程质量检验评定，水、暖、卫及电气安装技术资料等。

3. 验收中问题的处理

凡基础、主体结构工程未经有关部门验收签证，不得掩埋或装修。结构工程存在的技术、质量问题，应由设计单位提出处理意见（或方案），报质量监督部门备案，施工单位依照处理方案进行处理。

验收中所需处理问题在处理中应做好记录，需隐检者应按有关手续办理，加固补强者应有附图说明及试块试验记录，处理后应有复验签证。

基础、主体结构工程达不到验收合格标准，应按以下方法及时进行处理：

1）请法定检测单位进行鉴定。

2）设计单位经重新核算认定工程可满足结构安全和使用功能要求，可以验收签证。

3）经加固补强合格后，可以验收签证。

4）返工重做达到验收合格标准的，可以验收签证。

细节：工程概况表

工程施工过程中的工程概况表见表 2-65。

表 2-65 工程概况表

编号：×××

一般情况	工程名称		建设单位	
	建设用途		设计单位	
	建设地点		监理单位	
	总建筑面积		施工单位	
	开工日期		竣工日期	
	结构类型		基础类型	
	层数		建筑檐高	
	地上面积		地下室面积	
	人防等级		抗震等级	
构造特征	地基与基础			
	柱、内外墙			
	梁、板、楼盖			
	外墙装饰			
	内墙装饰			
	楼地面装饰			
	屋面构造			
	防火设备			
机电系统名称				
其他				

注：本表由施工单位填写，施工单位、城建档案馆各保存一份。

填表说明：

1）本表由施工单位填写，城建档案馆与施工单位各存一份。

2）工程概况表是对工程基本情况的简述，应包括单位工程的一般情况、构造特征、机电系统等。

3）“一般情况”栏内，工程名称应填写全称，与建设工程规划许可证、施工许可证及施工图纸中的工程名称一致。

4）“构造特征”栏内，应结合工程设计要求，做到重点突出。

5）“机电系统”栏内应简要描述工程机电各系统名称及主要设备参数、容量、电压等级等。

6）“其他”栏内可填写工程的独特特征，或采用的新技术．新产品、新工艺等。

细节：见证取样和送检管理资料

1. 有见证取样和送检见证人备案书

有见证取样和送检见证人备案书的格式如下所示：

有见证取样和送检见证人备案书

________________质量监督站：

________________试验室：

我单位决定，由________同志担任__________工程有见证取样和送检见证人。有关的印章和签字如下，请查收备案。

有见证取样和送检印章	见证人签字
××监理公司 有见证取样和送检印章	

建设单位名称(盖章)： 年 月 日

监理单位名称(盖章)： 年 月 日

施工项目负责人签字： 年 月 日

应按以下要求填写：

1）见证人一般由施工现场监理人员担任，施工和材料、设备供应单位人员不得担任。见证人员必须由责任心强、工作认真的人担任。

2）工程见证人确定后，由建设单位向该工程的监督机构递交备案书进行备案，如见证人更换须办理变更备案手续。

3）所取试样必须送到有相应资质的检测单位。

2. 见证记录

见证记录的样式见以下内容：

见 证 记 录

编号：×××

工程名称：

取样部位：

样品名称：　　　　　取样数量：

取样地点：　　　　　取样日期：

见证记录：

见证取样取自 ××× 。试块上已做明标识。

有见证取样和送检印章：

××监理公司
有见证取样和送检印章

取样人签字：×××

见证人签字：×××

见证记录应按以下要求填写：

1）施工过程中，见证人应按照事先编写的见证取样和送检计划进行取样及送检。

2）试样上应做好样品名称、取样部位、取样日期等标识。

3）单位工程有见证取样和送检次数不得少于试验总数的30%，试验总次数在10次以下的不得少于两次。

4）送检试样应在施工现场随机抽取，不得另外制作。

5）见证人员及检测人员必须对所取式样实事求是，不许弄虚作假，否则应承担法律责任。

3. 有见证试验汇总表

有见证试验汇总表的样式见以下内容：

有见证试验汇总表

工程名称：

施工单位：

建设单位：

监理单位：

见证人：

试验室名称：

试验项目	应送试总次数	有见证试验次数	不合格次数	备注
混凝土试块				
砌筑砂浆试块				
钢筋原材				
直螺纹钢筋接头				
SBS 防水卷材				

施工单位： 制表人：

填制日期： 年 月 日

有见证试验汇总表应按以下要求填写：

1）本表由施工单位填写，并纳入工程档案。

2）见证取样及送检资料必须真实、完整，符合规定，不得伪造、涂改或丢失。

3）如试验不合格，应加倍取样复试。

4）“试验项目”指规范规定的应进行见证取样的某一项目。

5）“应送试总次数”指该项目按照设计、规范、相关标准要求及试验计划应送检的总次数。

6）“有见证取样次数”指该项目按见证取样要求的实际试验次数。

细节：隐蔽工程检查记录

各项工程的隐蔽工程检查项目及内容见表2-66。

表2-66 主要隐蔽工程检查项目及内容

土方工程	土方基槽、房心回填前检查基底清理、基底标高情况等
支护工程	锚杆、土钉的品种、规格、数量、位置、插入长度、钻孔直径、深度和角度等；地下连续墙的成槽宽度、深度、倾斜度、垂直度、钢筋笼规格、位置、槽底清理、沉渣厚度等
桩基工程	钢筋笼规格、尺寸、沉渣厚度、清孔情况等
地下防水工程	混凝土变形缝、施工缝、后浇带、穿墙套管、埋设件等设置的形式和构造；人防出口止水做法；防水层基层、防水材料规格、厚度、铺设方式、阴阳角处理、搭接密封处理等
结构工程（基础、主体）	用于绑扎的钢筋的品种、规格、数量、位置、锚固和接头位置、搭接长度、保护层厚度和除锈、除污情况、钢筋代用变更及胡子筋处理等；钢筋焊（连）接型式、焊（连）接种类、接头位置、数量及焊条、焊剂、焊口形式、焊缝长度、厚度及表面清渣和连接质量等

（续）

预应力工程	检查预留孔道的规格、数量、位置、形状、端部的预埋垫板；预应力筋的下料长度、切断方法、竖向位置偏差、固定、护套的完整性；锚具、夹具、连接点的组装等
钢结构工程	地脚螺栓规格、位置、埋设方法、紧固等
砌体工程	外墙内、外保温构造节点做法
地面工程	各基层（垫层、找平层、隔离层、防水层、填充层、地龙骨）材料品种、规格、铺设厚度、方式、坡度、标高、表面情况、节点密封处理、粘结情况等
抹灰工程	具有加强措施的抹灰应检查其加强构造的材料规格、铺设、固定、搭接等
门窗工程	预埋件和锚固件、螺栓等的数量、位置、间距、埋设方式、与框的连接方式、防腐处理、缝隙的嵌填、密封材料的粘结等
吊顶工程	吊顶龙骨及吊件材质、规格、间距、连接方式、固定、表面防火、防腐处理、外观情况、接缝和边缝情况、填充和吸声材料的品种、规格及铺设、固定等
轻质隔墙工程	预埋件、连接件、拉结筋的位置、数量、连接方法、与周边墙体及顶棚的连接、龙骨连接、间距、防火、防腐处理、填充材料设置等
饰面板（砖）工程	预埋件、（后置埋件）、连接件规格、数量、位置、连接方式、防腐处理等。有防水构造部位应检查找平层、防水层、找平层的构造做法，同地面基层工程检查
幕墙工程	构件之间；以及构件与主体结构的连接节点的安装及防腐处理；幕墙四周、幕墙与主体结构之间间隙节点的处理、封口的安装；幕墙伸缩缝、沉降缝、防震缝及墙面转角节点的安装；幕墙防雷接地节点的安装等
细部工程	预埋件或后置埋件和连接件的数量、规格、位置连接方式、防腐处理等
建筑屋面工程	基层、找平层、保温层、防水层、隔离层情况、材料的品种、规格、厚度、铺贴方式、搭接宽度、接缝处理、粘接情况；附加层、天沟、檐沟、泛水和变形缝细部做法、隔离层设置、密封处理部位等

隐蔽工程检查记录的样式见表2-67。

表2-67 隐蔽工程检查记录

编号：________

<table>
<tr><td>工程名称</td><td colspan="3"></td></tr>
<tr><td>隐检项目</td><td></td><td>隐检日期</td><td></td></tr>
<tr><td>隐检部位</td><td></td><td></td><td></td></tr>
<tr><td colspan="4">隐检依据：施工图图号　　　　　　　　　　　　　　　　，设计变更/洽商（编号________×××________）及有关国家现行标准等。
主要材料名称及规格/型号：________________________________</td></tr>
<tr><td colspan="4">隐检内容：

申报人：</td></tr>
</table>

（续）

<table>
<tr><td colspan="5">检查意见：

检查结论：□同意隐蔽　　　　□不同意，修改后进行复查</td></tr>
<tr><td colspan="5">复查结论：

复查人：　　　　复查日期：</td></tr>
<tr><td rowspan="3">签字栏</td><td rowspan="2">建设(监理)单位</td><td colspan="3">施工单位</td></tr>
<tr><td>专业技术负责人</td><td>专业质检员</td><td>专业工长</td></tr>
<tr><td></td><td></td><td></td><td></td></tr>
</table>

注：本表由施工单位填报，建设单位、施工单位、城建档案馆各保存一份。

填表说明：

1）应收集该隐蔽工程部位所涉及的施工试验报告等资料。

2）本表由施工单位填写后随各相应检验批进入资料流程，无对应检验批的直接报送监理单位审批后各相关单位存档。

3）工程名称、隐检项目、隐检部位及日期必须填写准确。

4）隐检依据、主要材料名称及规格型号应准确，尤其对设计变更、洽商等容易遗漏的资料应填写完全。

5）隐检内容应填写规范，必须符合各种规程规范的要求。

6）签字应完整，严禁他人代签。

7）审核意见应明确，将隐检内容是否符合要求表述清楚。

8）复查结论主要是针对上一次隐检出现的问题进行复查，因此要对质量问题整改的结果描述清楚。

细节：施工检查记录

施工检查记录的形式见表2-68。

表2-68 施工检查记录

编号：________

<table>
<tr><td>工程名称</td><td></td><td>检查项目</td><td></td></tr>
<tr><td>检查部位</td><td></td><td>检查日期</td><td></td></tr>
<tr><td colspan="4">检查依据：</td></tr>
<tr><td colspan="4">检查内容：</td></tr>
<tr><td colspan="4">检查结论：</td></tr>
</table>

（续）

复查意见：		
复查人：		复查日期：
施工单位		
专业技术负责人	专业质检员	专业工长

应按以下要求填表：

1）应附有相关图表、图片、照片及说明文件等。

2）按照现行规范要求应进行施工检查的重要工序。

3）对隐蔽检查记录和预检记录不适用的其他重要工序，应按照现行规范要求进行施工质量检查，填写《施工检查记录》。

4）本表应由施工单位填写并保存。

细节：施工质量事故报告

建筑工程重大质量事故的划定如下：

1）建筑物、构筑物或其主要结构倒塌。

2）超过规范规定的基础不均匀下沉，建筑物倾斜、结构开裂和主体结构强度严重不足等影响结构安全和建筑寿命，造成不可补救的永久性缺陷。

3）影响设备及其相应系统的使用功能，造成永久性缺陷。

4）一次返工损失在10万元以上的质量事故（包括返工损失的全部工程价款）。

凡属以上情况之一的质量事故（包括在建工程和工程交付使用后由于设计、施工原因造成的事故）即为重大质量事故。

凡重大工程量事故处理完毕后，要写出详细的事故专题报告。

建设工程质量事故调（勘）查记录见表2-69。

表2-69 建设工程质量事故调（勘）查记录

编号：________

工程名称			日期	
调（勘）查时间				
调（勘）查地点				
参加人员	单位	姓名	职务	电话
被调查人				
陪同调查（勘）查人员				

（续）

调(勘)查笔录			
现场证物照片	□有 □无 共 张 共 页		
事故证据资料	□有 □无 共 张 共 页		
被调查人签字		调(勘)查人	

注：本表由调查人填写，各有关单位均保存一份。

《建设工程质量事故调(勘)查记录表》填写说明：

1）建设工程质量事故调(勘)查记录是当工程发生质量事故后，调查人员对工程质量事故进行初步调查了解和现场勘查所形成的记录。

2）填写时应注明工程名称、调查时间、地点、参加人员及所属单位、联系方式等。

3）“调(勘)查笔录”栏应填写工程质量事故发生时间、具体部位、原因等，并初步估计造成的损失。

4）应采用影像的形式真实记录现场情况，作为分析事故的依据。

建设工程质量事故报告书见表2-70。

表2-70 建设工程质量事故报告书

编号：______

工程名称			建设地点		
建设单位			设计单位		
施工单位			建筑面积/m^2 工作量/元		
结构类型			事故发生时间		
上报时间			经济损失/元		
事故经过、后果与原因分析：					
事故发生后采取的措施：					
事故责任单位、责任人及处理意见：					
负责人		报告人		日期	

注：本表由报告人填写，各有关单位均保存一份。

凡工程发生重大质量事故，应按表2-69、表2-70的要求进行记载。其中发生事故时间应记载年、月、日，时、分；估计造成损失，指因质量事故导致的返工、加固等费用，包括人工费、材料费和一定数额的管理费；事故情况，包括倒塌情况(整体倒塌或局部倒塌的部位)、损失情况(伤亡人数、损失程度、倒塌面积等)；事故原因，包括设计原因(计算错误、构造不合理等)、施工原因(施工粗制滥造、材料、构配件或设备质量低劣等)、设计与施工的共同问题、不可抗力等；处理意见，包括现场处理情况、设计和施工的技术措施、主要责任者及处理结果。

细节：交接检查记录

交接检查记录的样式见表2-71。

表2-71 交接检查记录

编号：________

<table>
<tr><td>工程名称</td><td colspan="3"></td></tr>
<tr><td>移交单位名称</td><td></td><td>接收单位名称</td><td></td></tr>
<tr><td>交接部位</td><td></td><td>检查日期</td><td></td></tr>
<tr><td colspan="4">交接内容：</td></tr>
<tr><td colspan="4">检查结果：</td></tr>
<tr><td colspan="4">复查意见：
复查人： 复查日期：</td></tr>
<tr><td colspan="4">见证单位意见：</td></tr>
<tr><td>见证单位名称</td><td colspan="3"></td></tr>
<tr><td rowspan="2">签字栏</td><td>移交单位</td><td>接收单位</td><td>见证单位</td></tr>
<tr><td></td><td></td><td></td></tr>
</table>

注：1. 本表由移交、接收和见证单位各保存一份。

2. 见证单位应根据实际检查情况，并汇总移交和接收单位意见形成见证单位意见。

填表时应注意以下问题：

1）分项(分部)工程完成，在不同专业施工单位之间应进行工程交接，并进行专业交接检查，填写《交接检查记录》。移交单位、接收单位和见证单位共同对移交工程进行验收，并对质量情况、遗留问题、工序要求、注意事项、成品保护、注意事项等进行记录，填写《专业交接检查记录》。

2）“见证单位”栏内应填写施工总承包单位质量技术部门，参与移交及接受的部门不得作为见证单位。

细节：主体结构工程质量验收

1. 验收程序

单位工程进入地上主体结构施工或装修前应进行基础和主体工程质量验收。其程序如下：

1）由相当于施工队一级的技术负责人组织分部工程质量评定。

2）由施工企业技术和质量部门组织质量核定。

3）由建设单位、监理单位、施工单位和设计结构负责人共同对基础、主体结构工程进行验收签证。

4）报请当地质量监督部门进行核定。

对于深基础或需提前插入装修者，可分次进行验收，结构最后完工时，应进行总的验收签证。有地下室或人防的工程，基础和地下部分验收时，应报请当地人防部门参加或单独组织验收。

2. 基础、主体结构工程验收的内容

（1）观感质量检查的主要内容　基础、主体结构工程观感质量检查的主要内容有：钢筋、混凝土、构件安装、预应力混凝土、砌砖、砌石、钢结构制作、焊接、螺栓连接、安装和钢结构油漆等。

基础结构工程还有打(压)桩、灌注桩、沉井和沉箱、地下连续墙及防水混凝土结构等。

主体结构工程还有木屋架的制作与安装、钢屋架等。

水、暖、卫及电气安装等已施工部分工程的检查。

（2）技术资料核查　基础、主体结构验收时，应核查的技术资料主要有：原材料试验，施工试验，施工记录，隐检、预检，工程洽商，工程质量检验评定，水、暖、卫及电气安装技术资料等。

3. 验收中问题的处理

凡基础、主体结构工程未经有关部门验收签证，不得掩埋或装修。结构工程存在的技术、质量问题，应由设计单位提出处理意见(或方案)，报质量监督部门备案，施工单位依照处理方案进行处理。

验收中所需处理问题在处理中应做好记录，需隐检者应按有关手续办理，加固补强者应有附图说明及试块试验记录，处理后应有复验签证。

基础、主体结构工程达不到验收合格标准，应按以下方法及时进行处理：

1）请法定检测单位进行鉴定。

2）设计单位经重新核算认定工程可满足结构安全和使用功能要求，可以验收签证。

3）经加固补强合格后，可以验收签证。

4）返工重做达到验收合格标准的，可以验收签证。

3 安装工程资料管理

细节：常用物资所需质量证明文件及要求

施工物资资料是反映工程所用的物资质量和性能指标等的各种证明文件和相关配套文件(如使用说明书、安装维修文件等)的统称。

工程物资资料应实行分级管理。供应单位或加工单位负责收集、整理和保存所供物资原材料的质量证明文件，施工单位则需收集、整理和保存供应单位或加工单位提供的质量证明文件和进场后进行的试(检)验报告。各单位应对各自范围内工程资料的汇集、整理结果负责，并保证工程资料的可追溯性。

建筑给水、排水及采暖、电气、电梯与智能建筑工程常用物资所需质量证明文件及要求见表3-1。

表3-1 常用物资所需质量证明文件及要求

序号	物资名称	供应单位提供的质量证明文件	检验报告应含基本检测项目
1	镀锌钢管	质量证明书	
2	无缝钢管	质量证明书	
3	焊接钢管	质量证明书	
4	二次镀锌管道及附件	质量证明书、检验报告	锌层厚度、附着强度、外观
5	建筑给水塑料管道	质量证明书、检验报告、备案证明	生活饮用给水管道的卫生性能、纵向回缩率、维卡软化温度等
6	建筑排水塑料管道	质量证明书、检验报告、备案证明	纵向回缩率、维卡软化温度等，螺旋消声管材要有消声检测证明
7	铜管道及配件	质量证明书、检验报告	生活饮用给水管道的卫生性能
8	柔性接口排水铸铁管	质量证明书、产品合格证、备案证明	
9	不锈钢管	质量证明书、检验报告	生活饮用给水管道的卫生性能
10	钢管外涂塑管道(室外景观)	质量证明书	涂覆材料、涂层颜色、外观质量、涂层厚度、针孔检测、附着力
11	法兰	产品合格证或质量证明书、检验报告	国家标准或行业标准
12	沟槽连接件	质量证明书、检验报告	用于生活饮用水系统应有胶圈卫生性能
13	快速接头(园林绿化)	产品合格证、检验报告	壳体试验、密封试验、上密封试验、连接尺寸、标志包装、铸件质量和表面质量、装配质量、阀体壁厚
14	刚性密闭套管	质量证明书(外购)	

（续）

序号	物资名称	供应单位提供的质量证明文件	检验报告应含基本检测项目
15	柔性防水套管	质量证明书(外购)	
16	人防密闭套管	质量证明书(外购)	
17	型钢(角钢、槽钢、扁钢、工字钢)	质量证明书	
18	焊条	产品合格证、质量证明书	
19	水表、热量表	产品合格证、计量检定证书	
20	压力表、温度计	产品合格证	
21	各种阀类(截止阀、闸阀、蝶阀、球阀等)	产品合格证、检验报告	强度、严密度
22	安全阀、减压阀	产品合格证、测试报告及定压合格证书	
23	消防供水设备、消火栓箱	产品合格证、检验报告	强制检验
24	消火栓、灭火器、消防接口、消防枪炮、防火阻燃材料	产品合格证、检验报告	型式认可
25	洒水喷头、湿式报警阀、水流指示器、消防用压力开关、消防水带	产品合格证、检验报告	强制认证
26	散热器	质量证明书、检验报告	耐压强度、热工性能
27	整体或拼装水箱	质量证明书、检验报告(生活水箱)	卫生性能
28	卫生洁具	质量证明书、检验报告、备案证明	冲击功能、吸水率、抗龟裂试验、水封试验、污水排放试验 环保检测
29	疏水器、过滤器、除污器	质量证明书	
30	地漏、清扫口	产品合格证	
31	金属波纹补偿器	产品合格证、检验报告、成品补偿器预拉伸证明书	外观、尺寸偏差、形位偏差、补偿量、刚度检测、应变、耐压力、气密性、稳定性
32	绝热材料	产品合格证、检验报告	体积质量、导热性能、燃烧性能
33	布基胶带	产品合格证、检验报告	总厚度、初粘、持粘、剥离力、抗拉强度
34	锅炉、压力容器	质量证明书、检验报告、安装使用说明书	焊缝无损探伤
35	换热器	质量证明书、安装使用说明书	

（续）

序号	物资名称	供应单位提供的质量证明文件	检验报告应含基本检测项目
36	水泵、变频供水设备	产品合格证或质量证明书、安装使用说明书	

注：1. 各类管材应有产品质量证明文件。

2. 阀门、调压装置、消防设备、卫生洁具、给水设备、中水设备、排水设备、采暖设备、热水设备、散热器、锅炉及附属设备、各类开(闭)式水箱(罐)、分(集)水器、安全阀、水位计、减压阀、换热器、补偿器、疏水器、除污器、过滤器、游泳池水系统设备等应有产品质量合格证及相关检验报告。

3. 对于国家有规定的特定设备及材料，如消防、卫生、压力容器等，应附有相应资质检验单位提供的检验报告。如：安全阀、减压阀的调试报告、锅炉(承压设备)焊缝无损探伤检测报告、给水管道材料卫生检验报告、卫生器具环保检测报告、水表和热量表计量检定证书等。

4. 绝热材料应有产品质量合格证和材质检验报告。

5. 主要设备、器具应有安装使用说明书。

6. 对涉及建筑工程质量、安全、节能、环保的建筑材料，实行供应备案管理。

7. 已实施产品强制认证制度的消防产品：点型感烟火灾探测器、点型感温火灾探测器、火灾报警控制器、洒水喷水湿式报警阀、水流指示器、消防用压力开关、消防水带、手动火灾报警按钮、消防联动控制设备。实施型式认可制度的消防产品：灭火剂、防火门、消火栓、灭火器、消防接口、消防枪炮、消防应急灯具、火灾报警设备(可燃气体报警控制器、可燃气体探测器、家用可燃气体报警器)、防火阻燃材料(钢结构、饰面板、电缆、无机防火堵料、有机防火堵料、阻火包)。实施强制检验制度的消防产品：气体灭火系统、干粉灭火系统、气溶胶灭火系统、防火卷帘门、防排烟风机、防火阀、排烟防火阀、消防供水设备、消火栓箱等。

8. 境内制造、使用的锅炉压力容器，制造企业必须取得《中华人民共和国锅炉压力容器制造许可证》。

9. 安装于建筑工程中用于使用耗量结算的电能表、水表、燃气表、热量表等计量仪表的生产厂家必须提供产品合格证和法定计量检测单位出具的计量检定证书。

10. 国家实施生产许可证产品目录包括：焊条、空气压缩机、家用燃气快速热水器、泵、燃气调压器(箱)、铜及铜合金管材、耐火材料、锅炉及压力容器用钢管(管坯)、锅炉及压力容器用钢板、制冷设备等产品。

通风与空调工程常用物资所需质量证明文件及要求见表3-2。

表3-2 通风与空调工程常用物资所需质量证明文件及要求

序号	物资名称	供货厂家提供的质量证明文件	检验报告应含检测项目
1	冷水机组	质量监督检验证书、合格证、安装使用说明书	—
2	各类水泵	合格证或质量证明书、安装使用说明书	—
3	换热器	质量证明书、安全使用说明书	—
4	空调箱、新风机组	检测报告、合格证、安装使用说明书	外观、主要零部件检查、起动与运转、风量、出口全压、输入功率、漏风量、振动速度
5	风机盘管	合格证、质量证明书、安装使用说明书	—
6	冷却塔	质量证明书、安装使用说明书	—
7	减压阀、水位差浮球阀、浮球阀	检测报告、合格证	—

（续）

序号	物资名称	供货厂家提供的质量证明文件	检验报告应含检测项目
8	气压罐、分水器、低压硅磷晶加药设备、紫外线消毒器、集水器、综合水处理器	合格证、CCC认证、设备保修卡、质量证明书、安装使用说明书	—
9	金属风管	质量证明书、型式检验报告	漏风量
10	金属风管及配件	合格证、质量证明书	—
11	镀锌钢管	质量证明书	—
12	无缝钢管	质量证明书	—
13	焊接钢管	质量证明书	—
14	钢板卷管	质量证明书、焊缝射线探伤报告	—
15	各类管件	合格证或质量证明书	—
16	各类法兰	合格证或质量证明书	—
17	刚性密闭套管	出场检验报告、合格证	—
18	柔性防水套管	质量证明书、合格证	—
19	型钢(角钢、槽钢、扁钢、工字钢、C形钢)	质量证明书	—
20	各种阀类(密闭阀、闸阀、蝶阀)	质量证明书、合格证	—
21	各类水箱	质量证明书	—
22	金属波纹补偿器	合格证、检验报告	外观、尺寸偏差、形位偏差、补偿量、刚度检测、应变、耐压力、气密性、稳定性
23	保温材料	合格证、检测报告	燃烧性能
24	布基胶带	合格证、测试报告	总厚度、初粘、持粘、剥离力、抗拉强度
25	消声静压箱	合格证	—
26	液体消声器	材料、构配件、设备报验单	—
27	电动调节阀	合格证、检验报告	严密性检验(工作压力大于1000Pa应有1.5倍压力下自由开关强度测试报告)
28	防火调节阀	合格证、检验报告	严密性检验(工作压力大于1000Pa应有1.5倍压力下自由开关强度测试报告)
29	排烟阀	合格证、检验报告	严密性检验
30	多叶调节阀	合格证、检验报告	严密性检验
31	防火风管	合格证、质量证明书	—
32	橡胶减振垫	合格证、质量证明书	—
33	管道支架底部减振垫	合格证、质量证明书	—
34	橡塑吊架减振器	合格证、质量证明书	—

（续）

序号	物资名称	供货厂家提供的质量证明文件	检验报告应含检测项目
35	橡胶剪切减振器	质量证明书	—
36	电动阀、定流量阀	设备进场验收报告	—
37	消声设备	合格证	—
38	橡胶软接头	质量证明书	—
39	金属软管	检测报告	外观检查、尺寸检查、压力试验、气密性

注：同表3-1。

细节：施工物资资料填写

物资进场所应填写的资料通常有以下四种表格。

1. 工程材料/构配件/设备报审表

工程材料/构配件/设备报审表见表3-3。

表3-3 工程材料/构配件/设备报审表

工程名称： 编号：

致：________

我方于______年______月______日进场的工程材料/构配件/设备数量如下（见附件）。现将质量证明文件及自检结果报上，拟用于下述部位：

1）________________________________

2）________________________________，请予以审核

附件：

1. 数量清单

2. 质量证明文件

3. 自检结果

承包单位（章）

项目经理

日　期

（续）

审查意见：   项目监理机构 总/专业监理工程师 日　　期

《工程材料/构配件/设备报审表》填写说明：

(1) 形成流程　工程物资进场后，施工单位应对拟采用的构配件和设备进行检测、测试，合格后填写《工程材料/构配件/设备报审表》，附齐主要原材料复试结果、备案资料、出厂质量证明文件等，报项目监理部，监理工程师签署审查结论。

(2) 相关规定与要求

1) 工程材料/构配件/设备报审是承包单位对拟进场的主要工程材料、构配件、设备，在自检合格后报项目监理机构进行进场验收。

2) 对未经监理人员验收或验收不合格的工程材料、构配件、设备，监理人员应拒绝签认，承包单位不得在工程上使用，并应限期将不合格的材料、构配件、设备撤出现场。

3) 拟用于部位是指工程材料、构配件、设备拟用于工程的具体部位。

4) 材料/构配件/设备数量清单按表列括号内容用表格形式填报。

5) 工程材料/构配件/设备质量证明文件是指生产单位提供的证明材料/构配件/设备质量合格的证明文件。如：合格证、性能检测报告等。凡无国家或省正式标准的新材料、新产品、新设备应有省级及以上有关部门鉴定文件。凡进口的材料、产品、设备应有商检的证明文件。如无出厂合格证原件，有抄件或原件复印件亦可。但抄件或原件复印件上要注明原件存放单位，抄件人和抄件、复印件单位签名并盖公章。

6) 自检结果是指所购材料、构配件、设备的承包单位对所购材料、构配件、设备，按有关规定进行自检及复试的结果。对建设单位采购的主要设备进行开箱检查监理人员应进行见证，并在其开箱检查记录上签字。复试报告一般应提供原件。

7) 总/专业监理工程师审查意见。专业监理工程师对报验单所附的材料、构配件、设备数量清单、质量证明文件及自检结果认真核对，在符合要求的基础上对所进场材料、构配件、设备进行实物核对及观感质量验收，查验是否与数量清单、质量证明文件合格证及自检结果相符、有无质量缺陷等情况，并将检查情况记录在监理日记中，根据检查结果，如符合要求，将“不符合”、“不准许”及“不同意”用横线划掉，反之，将“符合”、“准许”及“同意”划掉，并指出不符合要求之处。

(3) 注意事项

1) 总/专业监理工程师签署审查结论前要对工程材料、构配件和设备进行检测、测试，对附件资料的内容进行全面检查，如符合设计、规范及合约要求，可签认同意验收。未经监理验收或验收结果为不合格的物资应明确标识，并不得应用于工程。

2）工程物资进场报验应有时限要求，施工单位和监理单位均需按照施工合同的约定完成各自的报送和审批工作。

3）资料中有关管材规格的填写要统一、规范。镀锌钢管、焊接钢管、排水铸铁管等一般为公称尺寸，如 *DN*100，无缝钢管、铜管、塑料管等一般为直径×壁厚，如 $\phi159\times6$，其他管材规格可按图纸说明或产品合格证上的格式填写。

4）生活饮用给水管材的卫生性能试验项目为“必试”，为工程管理过程中对材料进行验收时必须试验的项目。建筑排水用硬聚氯乙烯管材、管件，给水用硬聚氯乙烯管材、给水用聚乙烯管材、卫生陶瓷试验项目为“其他”，为根据需要进行的试验项目。

2. 材料、构配件进场检验记录

材料、构配件进场检验记录见表3-4。

表3-4 材料、构配件进场检验记录

编号：

工程名称					检验日期		
序号	名称	规格型号	进场数量	生产厂家 合格证号	检验项目	检验结果	备注
1							
2							
3							
4							
5							
检验结论：							
签字栏	建设(监理)单位	施工单位					
		专业质检员		专业工长		检验员	

注：本表由施工单位填写并保存。

应按以下要求填表：

1）材料、构配件进场后，应由建设单位、监理单位会同施工单位共同对进场物资进行检查验收，填写《材料、构配件进场检验记录》。

2）对进场物资进行检查验收，主要检验项目包括：

① 物资出厂质量证明文件及检测报告是否齐全。

② 实际进场物资数量、规格和型号等是否满足设计和施工计划要求。

③ 物资外观质量是否满足设计要求或规范规定。

④ 按规定须抽检的材料、构配件是否及时抽检。

3）工程采用施工总承包管理模式的，签字人员应为施工总承包单位的相关人员。

4）按规定应进场复试的工程物资，必须在进场检查验收合格后取样复试。

5）表格内检验项目按《建筑给水排水及采暖工程施工质量验收规范》(GB 50242—2002)第3.2.1条、第3.2.2条填写，为“品种、规格、外观、质量合格证明文件”。

6）抽检比例也要依据《建筑给水排水及采暖工程施工质量验收规范》(GB 50242—2002)相关条目规定。

3. 设备开箱检验记录

设备开箱检验记录见表3-5

表3-5 设备开箱检验记录

编号：

<table>
<tr><td colspan="3">设备名称</td><td colspan="2"></td><td colspan="2">检查日期</td><td></td></tr>
<tr><td colspan="3">规格型号</td><td colspan="2"></td><td colspan="2">总数量</td><td></td></tr>
<tr><td colspan="3">装箱单号</td><td colspan="2"></td><td colspan="2">检验数量</td><td></td></tr>
<tr><td rowspan="5">检验记录</td><td colspan="2">包装情况</td><td colspan="2"></td><td colspan="2"></td><td></td></tr>
<tr><td colspan="2">随机文件</td><td colspan="2"></td><td colspan="2"></td><td></td></tr>
<tr><td colspan="2">备件与附件</td><td colspan="2"></td><td colspan="2"></td><td></td></tr>
<tr><td colspan="2">外观情况</td><td colspan="2"></td><td colspan="2"></td><td></td></tr>
<tr><td colspan="2">测试情况</td><td colspan="2"></td><td colspan="2"></td><td></td></tr>
<tr><td rowspan="4">检验结果</td><td colspan="7">缺、损附备件明细表</td></tr>
<tr><td>序号</td><td>名称</td><td>规格</td><td>单位</td><td>数量</td><td colspan="2">备注</td></tr>
<tr><td></td><td></td><td></td><td></td><td></td><td colspan="2"></td></tr>
<tr><td></td><td></td><td></td><td></td><td></td><td colspan="2"></td></tr>
<tr><td colspan="8">结论：</td></tr>
<tr><td rowspan="2">签字栏</td><td colspan="3">建设(监理)单位</td><td colspan="2">施工单位</td><td colspan="2">供应单位</td></tr>
<tr><td colspan="3"></td><td colspan="2"></td><td colspan="2"></td></tr>
</table>

注：本表由施工单位填写并保存。

应按以下要求填表：

1）设备进场后，由建设(监理)单位、施工单位、供货单位共同开箱检验并做记录，填写《设备开箱检验记录》。

2）设备必须具有中文质量合格证明文件，规格、型号及性能检测报告应符合国家技术标准或设计要求，进场时应做检查验收。

3）主要器具和设备必须有完整的安装使用说明书。

4）在运输、保管和施工过程中，应采取有效措施防止损坏或腐蚀。

5）对于检验结果出现的缺损附件、备件要列出明细，待供应单位更换后重新验收。

6）测试情况的填写应依据专项施工及验收规范相关条目，如离心水泵可参照《压缩机、风机、泵安装工程施工及验收规范》(GB 50275—2010)。

4. 设备及管道附件试验记录

设备及管道附件试验记录见表3-6。

表3-6 设备及管道附件试验记录

编号：

工程名称					使用部位			
设备/管道附件名称	型号	规格	编号	介质	强度试验		严密性试验/MPa	试验结果
					压力/MPa	停压时间/s		
施工单位		试验人员			试验日期			

注：本表由施工单位填写，建设单位、施工单位各保存一份。

细节：供应单位提供质量证明文件的管理要点

供应单位应提供营业执照复印件(有厂家签章，并有年审记录)等资质文件。

材料、设备一般为按规定标准(国家标准、地方标准、行业标准或通过备案的企业标准)生产的产品，并具有出厂质量证明文件(包括产品合格证、质量合格证、检验报告、试验报告、产品生产许可证和质量保证书等)。

产品合格证或质量合格证应具有产品名称、产品型号、产品规格、数量、质量标准代号或地方(地区)企业代号，出厂日期、厂名、地址、产品出厂检验证明(检验章)或代号等。其中，原材料及辅料合格证，同种材料、相同规格、同批生产的保存一份合格证即可。主要设备、器具合格证要全部保存，并将合格证编号同设备铭牌对照保证一致。取得合格证后施工单位应统一编号。

检验报告由具有相应资质检验单位提供。主要设备、器具安装使用说明书由供应单位提供。

质量证明文件的复印件应与原件内容一致，加盖原件存放单位公章，注明原件存放处，并有经办人签字和时间。复印件要求字迹清晰，项目填写及签认手续完整。

细节：隐蔽工程检查记录

隐蔽工程检查记录见表3-7。

表3-7 隐蔽工程检查记录

编号：

<table>
<tr><td>工程名称</td><td colspan="4"></td></tr>
<tr><td>隐检项目</td><td colspan="2"></td><td>隐检日期</td><td></td></tr>
<tr><td>隐检部位</td><td colspan="4"></td></tr>
<tr><td colspan="5">隐检依据：施工图图号＿＿＿＿＿＿＿＿，设计变更/洽商（编号＿＿/＿＿）及有关国家现行标准等。
主要材料名称及规格/型号：＿＿＿＿＿＿＿＿</td></tr>
<tr><td colspan="5">隐检内容：

申报人：</td></tr>
<tr><td colspan="5">检查意见：

检查结论：□同意隐蔽 □不同意，修改后进行复查</td></tr>
<tr><td colspan="5">复查结论：

复查人： 复查日期：</td></tr>
<tr><td rowspan="3">签字栏</td><td>建设（监理）单位</td><td>施工单位</td><td colspan="2"></td></tr>
<tr><td rowspan="2"></td><td>专业技术负责人</td><td>专业质检员</td><td>专业工长</td></tr>
<tr><td></td><td></td><td></td></tr>
</table>

注：本表由施工单位填报，建设单位、施工单位、城建档案馆各保存一份。

填表注意事项：

1）隐蔽工程检查记录为通用施工记录，适用于各专业。按规范规定须进行隐蔽工程检查项目，施工单位应填报《隐蔽工程检查记录》。

2）隐检内容依据规程要求将内容填写翔实。

3）隐检项目和预检项目在规程上已有不同界定，办理施工记录时应区分把握（即隐检和预检不用重复办理）。

4）工程采用施工总承包管理模式的，签字人员应为施工总承包单位的相关人员。

5）有防水要求的套管的隐蔽工程检查记录应在施工完成后，及时报监理验收；其他项目的隐蔽工程检查记录一般与检验批验收一同向监理报验，作为其附件。

细节：预检记录

预检记录见表3-8。

表3-8 预检记录

编号：

<table>
<tr><td>工程名称</td><td colspan="2"></td><td>预检项目</td><td colspan="2"></td></tr>
<tr><td>预检部位</td><td colspan="2"></td><td>检查日期</td><td colspan="2"></td></tr>
<tr><td colspan="6">依据：施工图纸（施工图纸号______________）、设计变更/洽商（编号____________）和有关规范、规程。
主要材料或设备：__________________
规格/型号：__________________</td></tr>
<tr><td colspan="6">预检内容：</td></tr>
<tr><td colspan="6">检查意见：</td></tr>
<tr><td colspan="6">复查意见：

复查人：　　　　　　　　　　　　　　　　复查日期：</td></tr>
<tr><td colspan="2">施工单位</td><td colspan="4"></td></tr>
<tr><td colspan="2">专业技术负责人</td><td colspan="2">专业质检员</td><td colspan="2">专业工长</td></tr>
<tr><td colspan="2"></td><td colspan="2"></td><td colspan="2"></td></tr>
</table>

注：本表由施工单位填写并保存。

填表注意事项：

1）预检记录是对施工重要工序进行的预先质量控制检查记录，为通用施工记录，适用于各专业。具体工程预检记录内容的相关规定与要求见各工程质量验收规范。

2）预检内容依据规程要求将内容填写翔实。

3）预检项目和隐检项目在规程上已有不同规定，办理施工记录时应有所区分(即隐检和预检不用重复办理)。

4）工程采用施工总承包管理模式的，签字人员应为施工总承包单位的相关人员。

5）设备基础和预制构件安装、管道预留孔洞和管道预埋套管(预埋件)等项目的预检记录应在施工完成后，及时报监理验收；其他项目的预检记录一般与检验批验收一同向监理报验，作为其附件。

细节：交接检查记录

交接检查记录见表3-9。

表3-9　交接检查记录

编号：

<table>
<tr><td>工程名称</td><td colspan="4"></td></tr>
<tr><td>移交单位名称</td><td colspan="2"></td><td>接收单位名称</td><td></td></tr>
<tr><td>交接部位</td><td colspan="2"></td><td>检查日期</td><td></td></tr>
<tr><td colspan="5">交接内容：</td></tr>
<tr><td colspan="5">检查结果：</td></tr>
<tr><td colspan="5">复查意见：
复查人：　　　　　　　　　　复查日期：</td></tr>
<tr><td colspan="5">见证单位意见：</td></tr>
<tr><td>见证单位名称</td><td colspan="4"></td></tr>
<tr><td rowspan="2">签字栏</td><td>移交单位</td><td>接收单位</td><td colspan="2">见证单位</td></tr>
<tr><td></td><td></td><td colspan="2"></td></tr>
</table>

注：1. 本表由移交、接收和见证单位各保存一份。

2. 见证单位应根据实际检查情况，并汇总移交和接收单位意见形成见证单位意见。

应按以下要求填表：

1）不同施工单位之间工程交接，应进行交接检查，填写《交接检查记录》。

2）移交单位、接收单位和见证单位共同对移交工程进行验收，并对质量情况、遗留问题、工序要求、注意事项、成品保护等进行记录。

3）交接内容、检查结果应将内容填写完整。

4）除依据施工图纸和验收规范以外，双方也可以依据事先达成的约定进行验收。

5）只有交接双方和见证单位全部签字认可后，交接才算完成，再进入后续工作。

细节：建筑给水、排水及采暖工程试验记录

1. 设备单机试运转记录

给水系统设备、热水系统设备、机械排水系统设备、消防系统设备、采暖系统设备、水处理系统设备，应进行单机试运转，并做记录。

相关规定与要求：

1）水泵试运转的轴承温升必须符合设备说明书的规定。检验方法：通电、操作和温度计测温检查。水泵试运转，叶轮与泵壳不应相碰，进、出口部位的阀门应灵活。

2）锅炉风机试运转，轴承温升应符合下列规定：滑动轴承温度最高不得超过60℃。滚动轴承温度最高不得超过80℃。检验方法：用温度计检查。轴承径向单振幅应符合下列规定：风机转速小于1000r/min时，不应超过0.10mm；风机转速为1000～1450r/min时，不应超过0.08mm。检验方法：用测振仪表检查。

设备单机试运转记录的样式见表3-10。

表3-10 设备单机试运转记录

编号：

<table>
<tr><td>工程名称</td><td colspan="2"></td><td>试运转时间</td><td colspan="2"></td></tr>
<tr><td>设备部位图号</td><td></td><td>设备名称</td><td></td><td>规格型号</td><td></td></tr>
<tr><td>试验单位</td><td></td><td>设备所在系统</td><td></td><td>额定数据</td><td></td></tr>
<tr><td>序号</td><td colspan="2">试验项目</td><td colspan="2">试验记录</td><td>试验结论</td></tr>
<tr><td>1</td><td colspan="2"></td><td colspan="2"></td><td></td></tr>
<tr><td>2</td><td colspan="2"></td><td colspan="2"></td><td></td></tr>
<tr><td>3</td><td colspan="2"></td><td colspan="2"></td><td></td></tr>
<tr><td></td><td colspan="2"></td><td colspan="2"></td><td></td></tr>
<tr><td></td><td colspan="2"></td><td colspan="2"></td><td></td></tr>
<tr><td></td><td colspan="2"></td><td colspan="2"></td><td></td></tr>
<tr><td></td><td colspan="2"></td><td colspan="2"></td><td></td></tr>
<tr><td></td><td colspan="2"></td><td colspan="2"></td><td></td></tr>
<tr><td></td><td colspan="2"></td><td colspan="2"></td><td></td></tr>
</table>

（续）

<table>
<tr><td colspan="5">试运转结论：</td></tr>
<tr><td rowspan="3">签字栏</td><td rowspan="2">建设(监理)单位</td><td colspan="3">施工单位</td></tr>
<tr><td>专业技术负责人</td><td>专业质检员</td><td>专业工长</td></tr>
<tr><td></td><td></td><td></td><td></td></tr>
</table>

注：本表由施工单位填写，建设单位、施工单位、城建档案馆各保存一份。

填表注意事项：

1）以设计要求和规范规定为依据，适用条目要准确。参考规范包括：《机械设备安装工程施工及验收通用规范》(GB 50231—2009)、《制冷设备、空气分离设备安装工程施工及验收规范》(GB 50274—2010)、《压缩机、风机、泵安装工程施工及验收规范》(GB 50275—2010)等。

2）根据试运转的实际情况填写实测数据，要准确、内容齐全，不得漏项。设备单机试运转后应逐台填写记录，一台(组)设备填写一张表格。

3）设备单机试运转是系统试运转调试的基础工作，一般情况下如设备的性能达不到设计要求，系统试运转调试也不会达到要求。

4）工程采用施工总承包管理模式的，签字人员应为施工总承包单位的相关人员。

2. 系统试运转调试记录

采暖系统、水处理系统等应进行系统试运转及调试，并做记录。

相关规定与要求：

1）室内采暖系统冲洗完毕应充水、加热，进行试运行和调试。检验方法：观察、测量室温应满足设计要求。

2）供热管道冲洗完毕应通水、加热，进行试运行和调试。当不具备加热条件时，应延期进行。检验方法：测量各建筑物热力入口处供、回水温度及压力。

系统试运转调试记录样式见表3-11。

表3-11 系统试运转调试记录

编号：

<table>
<tr><td>工程名称</td><td colspan="2"></td><td>试运转调试时间</td><td></td></tr>
<tr><td>试运转调试项目</td><td colspan="2"></td><td>试运转调试部位</td><td></td></tr>
<tr><td colspan="5">试运转、调试内容：</td></tr>
<tr><td colspan="5">试运转、调试结论：</td></tr>
<tr><td colspan="2">建设单位</td><td colspan="2">监理单位</td><td>施工单位</td></tr>
<tr><td colspan="2"></td><td colspan="2"></td><td></td></tr>
</table>

注：1. 附必要的试运转调试测试表。

2. 本表由施工单位填写，建设单位、施工单位、城建档案馆各保存一份。

填表注意事项：

1）以设计要求和规范规定为依据，适用条目要准确。

2）根据试运转调试的实际情况填写实测数据要准确，内容齐全，不得漏项。

3）工程采用施工总承包管理模式的，签字人员应为施工总承包单位的相关人员。

3. 灌(满)水试验记录

非承压管道系统和设备，包括开式水箱、卫生洁具、安装在室内的雨水管道等，在系统和设备安装完毕后，以及暗装、埋地、有绝热层的室内外排水管道进行隐蔽前，应进行灌(满)水试验，并做记录。

相关规定与要求：

1）敞口箱、罐安装前应做满水试验；密闭箱、罐应以工作压力的1.5倍作水压试验，但不得小于0.4MPa。检验方法：满水试验满水后静置24h不渗不漏；水压试验在试验压力下10min内无压降，不渗不漏。

2）隐蔽或埋地的排水管道在隐蔽前必须做灌水试验，其灌水高度应不低于底层卫生洁具的上边缘或底层地面高度。检验方法：满水15min水面下降后，再灌满观察5min，液面不降，管道及接口无渗漏为合格。

3）安装在室内的雨水管道安装后应做灌水试验，灌水高度必须到每根立管上部的雨水斗。检验方法：灌水试验持续1h，不渗不漏。

4）室外排水管网安装管道埋设前必须做灌水试验和通水试验，排水应畅通，无堵塞，管接口无渗漏。检验方法：按排水检查井分段试验，试验水头应以试验段上游管顶加1m，时间不少于30min，逐段观察。

灌(满)水试验记录见表3-12。

表3-12 灌(满)水试验记录

编号：______

<table>
<tr><td colspan="2">工程名称</td><td></td><td>试验日期</td><td></td></tr>
<tr><td colspan="2">试验项目</td><td></td><td>试验部位</td><td></td></tr>
<tr><td colspan="2">材质</td><td></td><td>规格</td><td></td></tr>
<tr><td colspan="5">试验要求：</td></tr>
<tr><td colspan="5">试验记录：</td></tr>
<tr><td colspan="5">试验结论：</td></tr>
<tr><td rowspan="3">签字栏</td><td rowspan="2">建设(监理)单位</td><td>施工单位</td><td colspan="2"></td></tr>
<tr><td>专业技术负责人</td><td>专业质检员</td><td>专业工长</td></tr>
<tr><td></td><td></td><td></td><td></td></tr>
</table>

注：本表由施工单位填写并保存。

填表注意事项：

1）以设计要求和规范规定为依据，适用条目要准确。

2）根据试运转调试的实际情况填写实测数据，要准确，内容齐全，不得漏项。

3）工程采用施工总承包管理模式的，签字人员应为施工总承包单位的相关人员。

4. 强度严密性试验记录

室内外输送各种介质的承压管道、设备在安装完毕后，进行隐蔽之前，应进行强度严密性试验，并做记录。

相关规定与要求：

1）室内给水管道的水压试验必须符合设计要求。当设计未注明时，各种材质的给水管道系统试验压力均为工作压力的1.5倍，但不得小于0.6MPa。检验方法：金属及复合管给水管道系统在试验压力下观测10min，压力降不应大于0.02MPa，然后降到工作压力进行检查，应不渗不漏；塑料管给水系统应在试验压力下稳压1h，压力降不得超过0.05MPa，然后在工作压力的1.15倍状态下稳压2h，压力降不得超过0.03MPa，同时检查各连接处不得渗漏。

2）热水供应系统安装完毕，管道保温之前应进行水压试验。试验压力应符合设计要求。当设计未注明时，热水供应系统水压试验压力应为系统顶点的工作压力加0.1MPa，同时在系统顶点的试验压力不小于0.3MPa。检验方法：钢管或复合管道系统试验压力下10min内压力降不大于0.02MPa，然后降至工作压力检查，压力应不降，且不渗不漏；塑料管道系统在试验压力下稳压1h，压力降不得超过0.05MPa，然后在工作压力1.15倍状态下稳压2h，压力降不得超过0.03MPa，连接处不得渗漏。

3）换热器应以工作压力的1.5倍作水压试验。蒸汽部分应不低于蒸汽供汽压力加0.3MPa；热水部分应不低于0.4MPa。检验方法：试验压力下10min内压力不降，不渗不漏。

4）低温热水地板辐射采暖系统安装，盘管隐蔽前必须进行水压试验，试验压力为工作压力的1.5倍，但不小于0.6MPa。检验方法：稳压1h内压力降不大于0.05MPa，且不渗不漏。

5）采暖系统安装完毕，管道保温之前应进行水压试验。试验压力应符合设计要求。当设计未注明时，应符合下列规定：

① 蒸汽、热水采暖系统，应以系统顶点工作压力加0.1MPa作水压试验，同时在系统顶点的试验压力不小于0.3MPa。

② 高温热水采暖系统，试验压力应为系统顶点工作压力加0.4MPa。

③ 使用塑料管及复合管的热水采暖系统，应以系统顶点工作压力加0.2MPa作水压试验，同时在系统顶点的试验压力不小于0.4MPa。检验方法：使用钢管及复合管的采暖系统应在试验压力下10min内压力降不大于0.02MPa，降至工作压力后检查不渗、不漏。使用塑料管的采暖系统应在试验压力下1h内压力降不大于0.05MPa，然后降压至工作压力的1.05倍，稳压2h，压力降不大于0.03MPa，同时各连接处不渗、不漏。

6）室外给水管网必须进行水压试验，试验压力为工作压力的1.5倍，但不得小于0.6MPa。检验方法：管材为钢管、铸铁管时，试验压力下10min内压力降不应大于0.05MPa，然后降至工作压力进行检查，压力应保持不变，不渗不漏；管材为塑料管时，试验压力下，稳压1h压力降不大于0.05MPa，然后降至工作压力进行检查，压力应保持不变，不渗不漏。

7）消防水泵接合器及室外消火栓安装系统必须进行水压试验，试验压力为工作压力的

1.5 倍，但不得小于 0.6MPa。检验方法：试验压力下，10min 内压力降不大于 0.05MPa，然后降至工作压力进行检查，压力保持不变，不渗不漏。

8）锅炉的汽、水系统安装完毕后，必须进行水压试验。水压试验的压力应符合规范规定。检验方法：在试验压力下：10min 内压力降不超过 0.02MPa；然后降至工作压力进行检查，压力不降，不渗、不漏；观察检查，不得有残余变形，受压元件金属壁和焊缝上不得有水珠和水雾。

9）锅炉分汽缸(分水器、集水器)安装前应进行水压试验，试验压力为工作压力的 1.5 倍，但不得小于 0.6MPa。检验方法：试验压力下 10min 内无压降、无渗漏。

10）锅炉地下直埋油罐在埋地前应做气密性试验，试验压力降不应小于 0.03MPa。检验方法：试验压力下观察 30min 不渗、不漏，无压降。

11）连接锅炉及辅助设备的工艺管道安装完毕后，必须进行系统的水压试验，试验压力为系统中最大工作压力的 1.5 倍。检验方法：在试验压力 10min 内压力降不超过 0.05MPa，然后降至工作压力进行检查，不渗不漏。

12）自动喷水灭火系统当系统设计工作压力等于或小于 1.0MPa 时，水压强度试验压力应为设计工作压力的 1.5 倍，并且不应低于 1.4MPa；当系统设计工作压力大于 1.0MPa 时，水压强度试验压力应为该工作压力加 0.4MPa。水压强度试验的测试点应设在系统管网的最低点。对管网注水时，应将管网内的空气排净，并应缓慢升压，达到试验压力后，稳压 30min，目测管网应无渗漏和无变形，且压力降不应大于 0.05MPa。

13）自动喷水灭火系统水压严密度试验应在水压强度试验和管网冲洗合格后进行。试验压力应为设计工作压力，稳压 24h，应无渗漏。

14）自动喷水灭火系统气压严密性试验的试验压力应为 0.28MPa，且稳压 24h，压力降不应大于 0.01MPa。

强度严密性试验记录的样式见表 3-13。

表 3-13 强度严密性试验记录

编号：

<table>
<tr><td>工程名称</td><td colspan="2"></td><td>试验日期</td><td></td></tr>
<tr><td>试验项目</td><td colspan="2"></td><td>试验部位</td><td></td></tr>
<tr><td>材质</td><td colspan="2"></td><td>规格</td><td></td></tr>
<tr><td colspan="5">试验要求：</td></tr>
<tr><td colspan="5">试验记录：</td></tr>
<tr><td colspan="5">试验结论：</td></tr>
<tr><td rowspan="3">签字栏</td><td rowspan="2">建设(监理)单位</td><td>施工单位</td><td colspan="2"></td></tr>
<tr><td>专业技术负责人</td><td>专业质检员</td><td>专业工长</td></tr>
<tr><td></td><td></td><td></td><td></td></tr>
</table>

注：本表由施工单位填写，建设单位、施工单位、城建档案馆各保存一份。

填表注意事项：

1）以设计要求和规范规定为依据，适用条目要准确。

2）单项试验和系统性试验，强度和严密度试验有不同要求，试验和验收时要特别留意；系统性试验、严密度试验的前提条件应充分满足，如自动喷水灭火系统水压严密度试验应在水压强度试验和管网冲洗合格后才能进行；而常见做法是先根据区段验收或隐检项目验收要求完成单项试验，系统形成后进行系统性试验，再根据系统特殊要求进行严密度试验。

3）根据试验的实际情况填写实测数据，要准确，内容齐全，不得漏项。

4）工程采用施工总承包管理模式的，签字人员应为施工总承包单位的相关人员。

5. 通水试验记录

室内外给水(冷、热)、中水及游泳池水系统、卫生洁具、地漏及地面清扫口及室内外排水系统应分系统(区、段)进行通水试验，并做记录。

相关规定与要求：

1）给水系统交付使用前，必须进行通水试验并做好记录。检验方法：观察和开启阀门、水嘴等放水。

2）卫生洁具交工前应做满水和通水试验。检验方法：满水后各连接件不渗不漏；通水试验给、排水畅通。

通水试验记录的样式见表3-14。

表3-14　通水试验记录

编号：

工程名称		试验日期		
试验项目		试验部位		
通水压力/MPa		通水流量/(m^3/h)		
试验系统简述：				
试验记录： 供水方式： 通水情况：				
试验结论：				
签字栏	建设(监理)单位	施工单位		
		专业技术负责人	专业质检员	专业工长

注：本表由施工单位填写并保存。

填表注意事项：

1）以设计要求和规范规定为依据，适用条目要准确。

2）根据试验的实际情况填写实测数据，要准确，内容齐全，不得漏项。

3）通水试验为系统试验，一般在系统完成后统一进行。

4）工程采用施工总承包管理模式的，签字人员应为施工总承包单位的相关人员。

5）表格中通水流量(m^3/h)按卫生洁具供水管径核算获得。

6. 吹(冲)洗(脱脂)试验记录

室内外给水(冷、热)、中水及游泳池水系统、采暖、空调、消防管道及设计有要求的管道应在使用前做冲洗试验；介质为气体的管道系统应按有关设计要求及规范规定做吹洗试验。设计有要求时还应做脱脂处理。

相关规定与要求：

1）生活给水系统管道在交付使用前必须冲洗和消毒，并经有关部门取样检验，符合国家《生活饮用水标准》方可使用。检验方法：检查有关部门提供的检测报告。

2）热水供应系统竣工后必须进行冲洗。检验方法：现场观察检查。

3）采暖系统试压合格后，应对系统进行冲洗并清扫过滤器及除污器。检验方法：现场观察，直至排出水不含泥沙、铁屑等杂质，且水色不浑浊为合格。

4）消防水泵接合器及室外消火栓安装系统消防管道在竣工前，必须对管道进行冲洗。检验方法：观察冲洗出水的浊度。

5）供热管道试压合格后，应进行冲洗。检验方法：现场观察，以水色不浑浊为合格。

6）自动喷水灭火系统管网冲洗的水流流速、流量不应小于系统设计的水流流速、流量；管网冲洗宜分区、分段进行；水平管网冲洗时其排水管位置应低于配水支管。管网冲洗应连续进行，当出水口处水的颜色、透明度与入水口处水的颜色、透明度基本一致时为合格。

吹(冲)洗(脱脂)试验记录样式见表3-15。

表3-15 吹(冲)洗(脱脂)试验记录

编号：

<table>
<tr><td>工程名称</td><td colspan="2"></td><td>试验日期</td><td></td></tr>
<tr><td>试验项目</td><td colspan="2"></td><td>试验部位</td><td></td></tr>
<tr><td>试验材质</td><td colspan="2"></td><td>试验方式</td><td></td></tr>
<tr><td colspan="5">试验记录：</td></tr>
<tr><td colspan="5">试验结论：</td></tr>
<tr><td rowspan="3">签字栏</td><td rowspan="2">建设(监理)单位</td><td colspan="3">施工单位</td></tr>
<tr><td>专业技术负责人</td><td>专业质检员</td><td>专业工长</td></tr>
<tr><td></td><td></td><td></td><td></td></tr>
</table>

注：本表由施工单位填写并保存。

填表注意事项：

1）以设计要求和规范规定为依据，适用条目要准确。

2）根据试验的实际情况填写实测数据，要准确，内容齐全，不得漏项。

3）吹(冲)洗(脱脂)试验为系统试验，一般在系统完成后统一进行。

4）工程采用施工总承包管理模式的，签字人员应为施工总承包单位的相关人员。

7. 通球试验记录

室内排水水平干管、主立管应按有关规定进行通球试验，并做记录。

相关规定与要求：

排水主立管及水平干管管道均应做通球试验，通球球径不小于排水管道管径的2/3，通球率必须达到100%。检查方法：通球检查。

通球试验记录样式见表3-16。

表3-16 通球试验记录

编号：

<table>
<tr><td>工程名称</td><td colspan="2"></td><td>试验日期</td><td></td></tr>
<tr><td>试验项目</td><td colspan="2"></td><td>试验部位</td><td></td></tr>
<tr><td>管径/mm</td><td colspan="2"></td><td>球径/mm</td><td></td></tr>
<tr><td colspan="5">试验要求：</td></tr>
<tr><td colspan="5">试验记录：</td></tr>
<tr><td colspan="5">试验结论：</td></tr>
<tr><td rowspan="3">签字栏</td><td rowspan="2">建设(监理)单位</td><td colspan="3">施工单位</td></tr>
<tr><td>专业技术负责人</td><td>专业质检员</td><td>专业工长</td></tr>
<tr><td></td><td></td><td></td><td></td></tr>
</table>

注：本表由施工单位填写，建设单位、施工单位各保存一份。

填表注意事项：

1）以设计要求和规范规定为依据，适用条目要准确。

2）根据试验的实际情况填写实测数据，要准确，内容齐全，不得漏项。

3）通水试验为系统试验，一般在系统完成通水试验合格后进行。

4）工程采用施工总承包管理模式的，签字人员应为施工总承包单位的相关人员。

5）通球试验用球宜为硬质空心塑料球，投入时做好标记，以便同排出的试验球核对。

8. 补偿器安装记录

各类补偿器安装时应按要求填写补偿器安装记录。

相关规定与要求：

1）补偿器型式、规格、位置应符合设计要求，并按有关规定进行预拉伸。检验方法：对照设计图纸检查。

2）补偿器的型号、安装位置及预拉伸和固定支架的构造及安装位置应符合设计要求。检验方法：对照图纸，现场观察，并查验预拉伸记录。

3）室外供热管网安装补偿器的位置必须符合设计要求，并应按设计要求或产品说明书进行预拉伸。管道固定支架的位置和构造必须符合设计要求。检验方法：对照图纸，并查验预拉伸记录。

补偿器安装记录的样式见表3-17。

表3-17　补偿器安装记录

编号：

<table>
<tr><td colspan="2">工程名称</td><td colspan="2"></td><td>日　期</td><td></td></tr>
<tr><td colspan="2">设计压力/MPa</td><td colspan="2"></td><td>补偿器安装部位</td><td></td></tr>
<tr><td colspan="2">补偿器规格型号</td><td colspan="2"></td><td>补偿器材质</td><td></td></tr>
<tr><td colspan="2">固定支架间距/m</td><td colspan="2"></td><td>管内介质温度/℃</td><td></td></tr>
<tr><td colspan="2">计算预拉值/mm</td><td colspan="2"></td><td>实际预拉值/mm</td><td></td></tr>
<tr><td colspan="6">补偿器安装记录及说明：</td></tr>
<tr><td colspan="6">结论：</td></tr>
<tr><td rowspan="3">签字栏</td><td rowspan="2">建设（监理）单位</td><td>施工单位</td><td colspan="3"></td></tr>
<tr><td>专业技术负责人</td><td colspan="2">专业质检员</td><td>专业工长</td></tr>
<tr><td></td><td></td><td colspan="2"></td><td></td></tr>
</table>

注：本表由施工单位填写并保存。

填表注意事项：

1）补偿器预拉伸数值应根据设计给出的最大补偿量得出（一般为其数值的50%），要注意不同位置的补偿器由于管段长度、运行温度、安装温度不同而有所不同。

2）根据试验的实际情况填写实测数据，要准确，内容齐全，不得漏项。

3）工程采用施工总承包管理模式的，签字人员应为施工总承包单位的相关人员。

4）热伸长可通过下式计算：

$$\Delta L=\alpha L\Delta t$$

式中　ΔL——热伸长（m）；

α——管道线膨胀系数，碳素钢 $\alpha = 12 \times 10^{-6}$m/(m·℃)；

L——管长(m)；

Δt——管道在运行时的温度与安装时的温度之差值(℃)。

9. 消火栓试射记录

室内消火栓系统在安装完成后，应按设计要求及规范规定进行消火栓试射试验，并做记录。

室内消火栓系统安装完成后应取屋顶层(或水箱间内)试验消火栓和首层取两处消火栓做试射试验，达到设计要求为合格。检验方法：实地试射检查。

消火栓试射记录的样式见表3-18。

表3-18 消火栓试射记录

编号：

工程名称			试射日期		
试射消火栓位置			起泵按钮	□合格	□不合格
消火栓组件	□合格	□不合格	栓口安装	□合格	□不合格
栓口水枪型号	□合格	□不合格	卷盘间距、组件	□合格	□不合格
栓口静压/MPa			栓口动压/MPa		
试验要求：					
试验情况记录：					
试验结论：					
签字栏	建设(监理)单位	施工单位			
		专业技术负责人	专业质检员	专业工长	

注：本表由施工单位填写，建设单位、施工单位、城建档案馆各保存一份。

填表注意事项：

1）以设计要求和规范规定为依据，适用条目要准确。

2）试验前，应对消火栓组件、栓口安装(含减压稳压装置)等进行系统检查。

3）根据试验的实际情况填写实测数据(测试栓口动压、静压应填写实测数值,要符合消防检测要求,不能超压或压力不足)，要准确，内容齐全，不得漏项。

4）消火栓试射为系统试验，一般在系统完成、消防水泵试运行合格后进行。

5）工程采用施工总承包管理模式的，签字人员应为施工总承包单位的相关人员。

10. 安全附件安装检查记录

锅炉的高、低水位报警器和超温、超压报警器及联锁保护装置必须按设计要求安装齐全，并进行起动、联动试验，并做记录。

锅炉的高低水位报警器和超温、超压报警器及联锁保护装置必须按设计要求安装齐全和有效。检验方法；起动、联动试验并作好试验记录。

安全附件安装检查记录的样式见表3-19。

表3-19 安全附件安装检查记录

编号：

<table>
<tr><td colspan="2">工程名称</td><td></td><td>安装位号</td><td colspan="2"></td></tr>
<tr><td colspan="2">锅炉型号</td><td></td><td>工作介质</td><td colspan="2"></td></tr>
<tr><td colspan="2">设计(额定)压力/MPa</td><td></td><td>最大工作压力/MPa</td><td colspan="2"></td></tr>
<tr><td colspan="3">检查项目</td><td colspan="3">检查结果</td></tr>
<tr><td rowspan="6">压力表</td><td colspan="2">量程及精度等级</td><td colspan="3">MPa； 级</td></tr>
<tr><td colspan="2">校验日期</td><td colspan="3">年 月 日</td></tr>
<tr><td colspan="2">在最大工作压力处应划红线</td><td colspan="3">□已划 □未划</td></tr>
<tr><td colspan="2">旋塞或针型阀是否灵活</td><td colspan="3">□灵活 □不灵活</td></tr>
<tr><td colspan="2">蒸汽压力表管是否设存水弯管</td><td colspan="3">□已设 □未设</td></tr>
<tr><td colspan="2">铅封是否完好</td><td colspan="3">□完好 □不完好</td></tr>
<tr><td rowspan="5">安全阀</td><td colspan="2">开启压力范围</td><td colspan="3">MPa～ MPa</td></tr>
<tr><td colspan="2">校验日期</td><td colspan="3">年 月 日</td></tr>
<tr><td colspan="2">铅封是否完好</td><td colspan="3">□完好 □不完好</td></tr>
<tr><td colspan="2">安全阀排放管应引至安全地点</td><td colspan="3">□是 □不是</td></tr>
<tr><td colspan="2">锅炉安全阀应有泄水管</td><td colspan="3">□有 □没有</td></tr>
<tr><td rowspan="3">水位计
（液位计）</td><td colspan="2">锅炉水位计应有泄水管</td><td colspan="3">□有 □没有</td></tr>
<tr><td colspan="2">水位计应划出高、低水位红线</td><td colspan="3">□已划 □未划</td></tr>
<tr><td colspan="2">水位计旋塞(阀门)是否灵活</td><td colspan="3">□灵活 □不灵活</td></tr>
<tr><td rowspan="3">报警装置</td><td colspan="2">校验日期</td><td colspan="3">年 月 日</td></tr>
<tr><td colspan="2">报警高低限(声、光报警)</td><td colspan="3">□灵敏、准确 □不合格</td></tr>
<tr><td colspan="2">联锁装置工作情况</td><td colspan="3">□动作迅速、灵敏 □不合格</td></tr>
<tr><td colspan="6">说明：</td></tr>
<tr><td colspan="6">结论： □合格 □不合格</td></tr>
<tr><td rowspan="3">签字栏</td><td rowspan="2">建设(监理)单位</td><td colspan="4">施工单位</td></tr>
<tr><td>专业技术负责人</td><td colspan="2">专业质检员</td><td>专业工长</td></tr>
<tr><td></td><td></td><td colspan="2"></td><td></td></tr>
</table>

注：本表由施工单位填写，建设单位、施工单位、城建档案馆各保存一份。

填表注意事项：

1）以设计要求和规范规定为依据，适用条目要准确。

2）根据试验的实际情况填写实测数据，要准确，内容齐全，不得漏项。

3）工程采用施工总承包管理模式的，签字人员应为施工总承包单位的相关人员。

11. 锅炉封闭及烘炉(烘干)记录

锅炉安装完成后，在试运行前，应进行烘炉试验，并做记录。

相关规定与要求：

1）锅炉火焰烘炉应符合下列规定：

① 火焰应在炉膛中央燃烧，不应直接烧烤炉墙及炉拱。

② 烘炉时间一般不少于4d，升温应缓慢，后期烟温不应高于160℃，且持续时间不应少于24h。

③ 链条炉排在烘炉过程中应定期转动。

④ 烘炉的中、后期应根据锅炉水水质情况排污。

检验方法：计时测温、操作观察检查。

2）烘炉结束后应符合下列规定：

① 炉墙经烘烤后没有变形、裂纹及塌落现象。

② 炉墙砌筑砂浆含水率达到7%以下。检验方法：测试及观察检查。

锅炉封闭及烘炉(烘干)记录的样式见表3-20。

表3-20 锅炉封闭及烘炉(烘干)记录

编号：

<table>
<tr><td>工程名称</td><td colspan="3"></td><td>安装位号</td><td colspan="2"></td></tr>
<tr><td>锅炉型号</td><td colspan="3"></td><td>试验日期</td><td colspan="2"></td></tr>
<tr><td colspan="7">设备/管道封闭前的内部观察情况：</td></tr>
<tr><td>封闭方法</td><td colspan="6"></td></tr>
<tr><td rowspan="2">烘干方法</td><td rowspan="2"></td><td rowspan="2" colspan="2">(木柴与煤炭)
烘炉时间</td><td>起始时间</td><td colspan="2">年 月 日 时 分</td></tr>
<tr><td>终止时间</td><td colspan="2">年 月 日 时 分</td></tr>
<tr><td colspan="2">温度区间/℃</td><td colspan="3">升降温速度/(℃/h)</td><td colspan="2">所用时间/h</td></tr>
<tr><td colspan="2"></td><td colspan="3"></td><td colspan="2"></td></tr>
<tr><td colspan="2"></td><td colspan="3"></td><td colspan="2"></td></tr>
<tr><td colspan="2"></td><td colspan="3"></td><td colspan="2"></td></tr>
<tr><td colspan="2"></td><td colspan="3"></td><td colspan="2"></td></tr>
<tr><td colspan="2"></td><td colspan="3"></td><td colspan="2"></td></tr>
<tr><td colspan="2"></td><td colspan="3"></td><td colspan="2"></td></tr>
</table>

（续）

烘炉(烘干)曲线图(包括计划曲线及实际曲线)：				
结论	□合格　□不合格			
签字栏	建设(监理)单位	施工单位		
		专业技术负责人	专业质检员	专业工长

注：本表由施工单位填写，建设单位、施工单位、城建档案馆各保存一份。

填表注意事项：

1）以设计要求和规范规定为依据，适用条目要准确。

2）根据试验的实际情况填写实测数据，表格数字和曲线对照好，内容齐全，不得漏项。

3）工程采用施工总承包管理模式的，签字人员应为施工总承包单位的相关人员。

12. 锅炉煮炉试验记录

锅炉安装完成后，在试运行前，应进行煮炉试验，并做记录。

煮炉时间一般应为2～3d，如蒸汽压力较低，可适当延长煮炉时间。非砌筑或浇注保温材料保温的锅炉，安装后可直接进行煮炉。煮炉结束后，锅筒和集箱内壁应无油垢，擦去附着物后金属表面应无锈斑。检验方法：打开锅筒和集箱检查孔检查。

锅炉煮炉试验记录的样式见表3-21。

表3-21　锅炉煮炉试验记录

编号：

工程名称			安装位号			
锅炉型号			煮炉日期			
试验要求：						
试验记录：						
工作压力、温度						
炉水容量		炉水碱度				
煮炉	时间					
	压力					
	药品	投放时间 年、月、日、时	药品名称	规格	单位	投放量/g

（续）

<table>
<tr><td colspan="5">煮炉效果、检查记录：</td></tr>
<tr><td colspan="5">试验结论：</td></tr>
<tr><td rowspan="3">签字栏</td><td rowspan="2">建设(监理)单位</td><td colspan="3">施工单位</td></tr>
<tr><td>专业技术负责人</td><td>专业质检员</td><td>专业工长</td></tr>
<tr><td></td><td></td><td></td><td></td></tr>
</table>

注：本表由施工单位填写，建设单位、施工单位、城建档案馆各保存一份。

填表注意事项：

1）以设计要求和规范规定为依据，适用条目要准确。

2）根据试验的实际情况填写实测数据，要准确，内容齐全，不得漏项。

3）工程采用施工总承包管理模式的，签字人员应为施工总承包单位的相关人员。

13. 锅炉试运行记录

锅炉在烘炉、煮炉合格后，应进行48h的带负荷连续试运行，同时应进行安全阀的热状态定压检验和调整，并做记录。

检验方法：检查烘炉、煮炉及试运行全过程。

锅炉试运行记录的样式见表3-22。

表3-22 锅炉试运行记录

编号：

<table>
<tr><td>工程名称</td><td colspan="3"></td></tr>
<tr><td>施工单位</td><td colspan="3"></td></tr>
<tr><td colspan="4">本锅炉在安全附件校验合格后，由　　　统一组织，经　　　共同验收，自　　年　　月　　日　　时至　　年　　月　　日　　时试运行，运行正常，符合规程及设计文件要求，试运行合格</td></tr>
<tr><td colspan="4">试运行情况记录：

记录人：</td></tr>
<tr><td>建设单位(签章)</td><td>监理单位(签章)</td><td>管理单位(签章)</td><td>施工单位(签章)</td></tr>
<tr><td></td><td></td><td></td><td></td></tr>
</table>

注：本表由施工单位填写，建设单位、施工单位、城建档案馆各保存一份。

填表注意事项：

1）以设计要求和规范规定为依据，适用条目要准确。

2）根据试验的实际情况填写实测数据，要准确，内容齐全，不得漏项。

3）工程采用施工总承包管理模式的，签字人员应为施工总承包单位的相关人员。

细节：采暖卫生与煤气工程施工试验记录

1. 应具有产品质量合格证的材料和设备

须有合格证的产品一般有3类：

1）材料：管材、管件、法兰、衬垫等原材料以及防腐、保温、隔热等附料。

2）设备器具：散热器、暖风机、热水器辐射板、卫生洁具、水箱、水罐、换热器等。

3）阀门、仪表及调压装置等。

一般来说，购进什么产品，就应该有什么产品的合格证。在地基与基础施工阶段，一般只使用到管材和管件，所以，在此施工阶段，应有管材及管件的合格证。

2. 采暖卫生与煤气工程的产品抽检记录的要求

设备、产品进场后（或使用前）必须进行抽样检查。

（1）抽检内容　外观、材质、规格、型号、性能等是否符合有关规定要求。

（2）抽检项目　给水设备、排水设备、卫生设备、采暖设备、煤气设备等，也就是说，所有进场准备使用的设备产品均应进行检查。

（3）抽检数量

1）给水排水设备、水箱、主控阀门、调压装置做全数检查。

2）除1）条内容外的其他设备、产品按同牌号、同型号、同规格各检查10%。

3）对设计、规范有要求的，对材质有怀疑的材料和设备必须做抽样检查。

4）煤气专用设备按不同规格送检数量不少于3%。

3. 采暖卫生与煤气工程的预检记录

预检记录是指各种管道、设备安装前的检查。内容包括：预留孔洞位置、管道及设备位置、规格尺寸、标高、坡度、材质、防腐材料种类、坐标、埋件的规格尺寸及位置等。

在地基与基础施工阶段，预检记录一般应有管道入口孔洞的位置及规格尺寸，设备基础位置及规格尺寸，管道的基底处理及支墩砌筑，管道的规格、坡度，选用防腐材料的种类等项内容。

在主体施工阶段预检记录一般应有预留孔洞的位置（现浇板、预制板、砖墙、混凝土梁等处）、消防箱的位置及预留洞的规格尺寸、管径、垂直度、坡度、甩口位置等项内容。

填写记录单时，应分层或按施工段部位进行，禁止用一张单子代替整个单位工程的预检记录。

在屋面工程施工阶段预检记录的内容：设备材料的型号、规格、附件、位置、防腐材料等。

在装修阶段预检记录的内容：产品材料的规格、型号、安装位置、坐标、标高、固定方法等。

4. 采暖卫生与煤气工程的隐检记录

(1) 隐检项目 直埋于地下及结构中，暗敷于沟道中，管井中、吊顶内，不便进入的设备层内，以及有保温、隔热要求的管道及设备。在地基与基础施工阶段，隐检项目主要为暗敷的给水、排水管道以及其他各种管道。在主体施工阶段的隐蔽工程检查记录，主要是指暗敷于沟槽内、混凝土内、管井中不便进入的设备层内及有保温隔热要求的管道和设备等项内容。在装修阶段的隐蔽工程检查，主要是对吊顶内的各种管道及有保温隔热要求的各种管道的检查。

(2) 隐检内容 安装位置、标高、坡度、接口处理、变径位置、防腐作法及效果、附件使用、支架固定、焊接情况、保温质量、基底处理效果、保温材质、规格及支墩情况等。

(3) 隐检要求

1) 按系统、工序进行。

2) 要写出实际设备及材料的规格、型号及具体做法。

5. 采暖、卫生与煤气工程的施工试验记录

包括9项：

1) 强度试验。

2) 严密性试验。

3) 灌水试验。

4) 冲、吹洗试验。

5) 通水试验。

6) 调试记录。

7) 预拉伸记录。

8) 锅炉烘炉、煮炉记录。

9) 设备试运转记录。

6. 施工试验记录中的强度试验内容和要求

暖、卫强度试验记录样式同表3-13。

(1) 试验项目 输送各种介质的承压管道、设备、阀门和密封罐等应进行单项强度试验，系统安装工作完成后再进行系统强度试验(也可分区、段进行)。

(2) 试验表格填写要求

1) 要填写实际试验压力和试压时间。

2) 注明试验日期。

3) 试验时，应邀请建设单位及有关单位参加。

4) 试验人及参加试验人员应及时签字。

(3) 试压标准

1) 给水管道试压标准见表3-23。

表3-23 给水管道试压标准

系统类别	管材	工作压力 P/MPa	试验压力/MPa
室内给水	钢管	P	$1.5P$ 但不小于0.6 不大于1.0
	给水铸铁管	P	

（续）

系统类别	管材	工作压力 P/MPa	试验压力/MPa
室外给水	钢管	P	$P+0.5$ 但不小于 0.5
	给水铸铁管	$P\leqslant0.5$	$2P$
		$P>0.5$	$P+0.5$

水压试验时，先升至试验压力，10min 压力降不大于 0.05MPa，然后由试验压力降至工作压力作外观检查，不渗、不漏为合格。

综合试压时，冷、热水管道，以不小于 0.6MPa、不大于 1MPa 的压力试压，1h 内压力降不超过 0.05MPa，不渗、不漏为合格。

2）消防管道试压标准。试验压力为工作压力加 0.4MPa，但最低不小于 1.4MPa，其压力保持 2h 无渗漏为合格。

如在冬季结冰季节，不能用水进行试验时，可采用 0.3MPa 压缩空气进行试压，其压力应保持 24h 不降压为合格。

3）采暖系统试压标准：

① 铸铁散热器及钢管散热器安装前均应进行水压试验，工作压力≤0.25MPa，试验压力为 0.4MPa；工作压力 >0.25MPa，按工作压力的 1.5 倍试压，2～3min 不渗、不漏为合格。

② 供热管道（饱和蒸汽压力 <0.8MPa 的蒸汽系统，热水温度≤150℃的热水管道）的试验压力应为工作压力的 1.5 倍，但不得小于 0.6MPa，10min 内压力降不超过 0.05MPa，不渗、不漏为合格。

③ 综合试压（即整个采暖系统安装工作完成后的压力试验。包括管道、散热器、阀门、配件等，试验地点应选在暖气入口处为宜）。

用不小于 0.6MPa 表压试压，1h 内压力降不超过 0.05MPa，不渗、不漏为合格。

7. 严密性试验的内容和要求

煤气管道及设备应按设计要求进行压力试验外，还应做严密性试验，填写记录单时应写清检查项目、内容、试验方法、情况处理及结论。

8. 灌水试验的内容和要求

管道灌水试验记录样式见表 3-12。

灌水试验亦称闭水试验，凡暗装于管井内、直埋于地下的下水管道、雨水管道、开式水箱等均应在隐蔽前做灌水试验。

1）室内排水管道灌水试验。注水高度以 1 层楼高度为标准（在条件不具备的情况下亦可在首层地面部位进行），满水 15min 后，再灌满延续 5min，液面不下降，不渗、不漏为合格。

2）室内暗装雨水管道灌水试验。由上部最高雨水漏斗至立管底部排出口，灌满水 15min，再灌满延续 5min，液面不下降，不渗、不漏为合格。

3）水箱的灌水试验应满水 24h 后观察，不渗、不漏为合格。

4）灌水试验单填写中应注意的问题：

① 写清注水位置。

② 写清注水时间。

③ 各系统应分别注明。

④ 结论明确。

9. 冲、吹洗试验内容和要求

管道吹(冲)洗(脱脂)试验记录的样式见表3-15。

1）生活、生产热、冷水管道，在交付使用前须用水冲洗。冲洗时，要求以系统最大设计流量或不小于1.5m/s的流速进行，直到各出水口的水色透明度与进水目测一致为合格。

2）采暖管道。

① 管道投入使用前必须冲洗，冲洗前应将管道上安装的流量孔板、滤网、温度计、调节阀及恒温阀拆除，待冲洗合格后再安上。

② 热水管道供回水管及凝结水管用清水冲洗，冲洗时以系统能达到的最大压力和流量进行，直到出水口水色透明度与入水口处目测一致为合格。

③ 蒸汽管道宜用蒸汽吹扫，吹扫前应缓缓升温暖管，且恒温1h后进行吹扫，吹扫后自然降温至环境温度，如此反复一般不少于3次。一般蒸汽管道可用刨光木板置于排气口处检查，板上无铁锈、脏物为合格。

④ 医用集中供氧系统和集中压缩空气系统的铜管部分在安装前须做脱脂处理，全部系统安装后都要用氮气吹洗，以排气口处的白布洁白为合格。医用集中供氧、吸引系统的强度试验、气密试验和运行试验，按国家行业标准《医用集中供氧系统装置通用技术条件》和《医用集中吸引系统装置通用技术条件》进行。

3）煤气、压缩气管道系统安装完毕后应做吹洗试验。

冲、吹洗试验应分段或分系统进行，不得以水压试验的无压排水代替冲洗试验。

此项记录填写中，应注意写清注水部位、放水部位，冲、洗、吹情况及效果，参加试验的有关人员应及时签字。

10. 通水试验的内容和要求

管道通水试验记录的样式见表3-14。

给水(冷热)、消防、雨水管道、卫生洁具及排水系统应进行通水试验。通水试验必须分系统、分区段进行。

11. 调试记录

安全阀、水位计、减压阀及煤气调压装置等投入运行前，应按设计要求的工作压力、工作状况遵照规范进行调试，燃气调压装置由燃气管理部门调试。

12. 预拉伸记录的内容和要求

各类伸缩器安装前，应按规范和设计要求做预拉伸，将计算数据和预拉伸情况做好记录，并将伸缩器的制作尺寸附图说明。

伸缩器安装记录表见表3-24。

表3-24 伸缩器安装记录表

编号：

<table>
<tr><td>工程名称</td><td colspan="2"></td><td>日期</td><td colspan="2"></td></tr>
<tr><td>设计压力</td><td colspan="2">MPa</td><td>伸缩器部位</td><td colspan="2"></td></tr>
<tr><td>伸缩器规格、型号</td><td colspan="2"></td><td>伸缩器材质</td><td colspan="2"></td></tr>
<tr><td>固定支架间距</td><td colspan="2">m</td><td>管内介质温度</td><td colspan="2"></td></tr>
<tr><td>计算预拉值</td><td colspan="2">mm</td><td>实际预拉值</td><td colspan="2">mm</td></tr>
<tr><td colspan="6">伸缩器安装、预拉示意图及说明：</td></tr>
<tr><td colspan="6">检查结果：</td></tr>
<tr><td rowspan="3">参加人员签字</td><td rowspan="2">建设(监理)单位</td><td>施工单位</td><td colspan="3"></td></tr>
<tr><td>技术负责人</td><td>质检员</td><td colspan="2">工长</td></tr>
<tr><td></td><td></td><td></td><td colspan="2"></td></tr>
</table>

注：本表由施工单位填报并保存。

13. 锅炉烘、煮炉记录的内容和要求

（1）烘炉记录　包括锅炉炉体及换热站、管道和设备。内容包括烘炉温度升温记录，烘炉时间及效果。

（2）煮炉记录　包括煮炉的药量及成分，加药程序、蒸汽压力、升降温控制，煮炉时间及煮后的清洗、除垢情况。

14. 设备试运转记录的内容和要求

（1）单机试运转　包括水泵、风机等设备的单机运转；

（2）系统试运转　主要包括水处理系统、采暖系统、机械排水系统、压力给水系统、煤气调压系统等全负荷试运行。内容包括过程各种试验数据，控制参数及运行状况。

15. 质量检验评定内容

1）室内给水管道安装分项工程质量检验评定。

2）室内给水管道及卫生器具给水配件安装分项工程质量检验评定。

3）室内给水附属设备安装分项工程质量检验评定。

4）室内排水管道安装分项工程质量检验评定。

5）卫生洁具安装分项工程质量检验评定。

6）室内采暖和热水管道分项工程质量检验评定。

7）散热器及太阳能热水器分项工程质量检验评定。

8）室内采暖和热水供应附属设备安装分项工程质量检验评定。

9）室内煤气分项工程质量检验评定。

10）室外给水管道安装分项工程质量检验评定。

11）室外排水管道安装分项工程质量检验评定。

12）室外供热管道安装分项工程质量检验评定。

13）室外煤气管道安装分项工程质量检验评定。

14）调压装置安装分项工程质量检验评定。

15）锅炉安装分项工程质量检验评定。

16）锅炉附属设备安装分项工程质量检验评定。

17）锅炉附件安装分项工程质量检验评定。

16. 通球记录的内容和要求

通球试验，主要是检查排水管道(立管及横管)有无阻塞现象。

试验方法及要求：

1）试验用球的直径为试验管径的2/3。

2）在各排水入口(或检查口)处将球投入管道，然后冲水，在室外检查井中将球接出。

3）应分系统、分支路进行试验。

室内排水管道通球试验记录的样式见表3-16。

细节：通风与空调工程施工试验记录

1. 材料、产品、设备出厂质量合格证

(1) 材料　导线、开关、风管和各种板材、制冷管道的管材及各种附件，防腐保温材料等。

(2) 产品　指成套设备以外的购置品。如各类阀门、衬垫及加工预制件等。

(3) 设备　包括空气处理设备、通风设备(消声器、除尘器、机组、风机盘管、诱导器、通风机等)、制冷管道设备(各式制冷机组及其附件等)及各系统中的专用设备。

2. 材料、产品及设备的进场检查、验收和试验

材料、产品和设备进场后要进行严格的检查和必要的试验，并做好检查试验记录。

检查试验项目：材料、设备的规格型号、数量、外观质量、附件是否齐全以及对设备进行必要的加电试验等。

3. 隐蔽工程检查记录

(1) 隐检项目　凡敷设于暗井道及不通行吊顶内或被其他工程(如设备外砌墙、管道及部件外保温隔热等)所掩盖的项目，如空气洁净系统、制冷管道系统及其他部件等均需进行隐蔽工程检查验收。

(2) 隐检内容　接头(缝)有无开脱、是否严密；附件位置是否正确；活动件是否灵活可靠、方向是否正确；管道的坡度情况；支、托、吊架的位置及固定情况；设备的位置、方向；节点处理；保温及结露处理；防渗、漏功能；相互连接情况及防腐处理的情况和效果等。

4. 通风、空调调试记录

1）系统调试前，应有各项设备的单机（通风机、制冷机、空调处理室等）试运转记录。

2）无生产负荷联合试运转的测定和调试内容应齐全，对其调试效果（系统与风口的风量平衡、总风量及风压系统漏风率等）应有过程及终了记录。设计和使用单位有特殊要求时，可另行增加测定内容，如恒温、恒湿系统，洁净系统等。

通风与空调分部所涉及施工试验记录的资料为以下几种表格：

（1）设备单机试运转记录　水处理系统设备，通风与空调系统的各类水泵、风机、冷水机组、冷却塔、空调机组、新风机组等设备在安装完毕后，应进行单机试运转，并做记录。

水泵试运转的轴承温升必须符合设备说明书的规定。检验方法：通电、操作和温度计测温检查。水泵试运转，叶轮与泵壳不应相碰，进、出口部位的阀门应灵活。

设备单机试运转记录的样式见表3-25。

表3-25　设备单机试运转记录

编号：

<table>
<tr><td>工程名称</td><td colspan="2"></td><td colspan="2">试运转时间</td><td></td></tr>
<tr><td>设备部位图号</td><td></td><td colspan="2">设备名称</td><td>规格型号</td><td></td></tr>
<tr><td>试验单位</td><td></td><td colspan="2">设备所在系统</td><td>额定数据</td><td></td></tr>
<tr><td>序号</td><td colspan="2">试验项目</td><td colspan="2">试验记录</td><td>试验结论</td></tr>
<tr><td>1</td><td colspan="2"></td><td colspan="2"></td><td></td></tr>
<tr><td>2</td><td colspan="2"></td><td colspan="2"></td><td></td></tr>
<tr><td>3</td><td colspan="2"></td><td colspan="2"></td><td></td></tr>
<tr><td>4</td><td colspan="2"></td><td colspan="2"></td><td></td></tr>
<tr><td>5</td><td colspan="2"></td><td colspan="2"></td><td></td></tr>
<tr><td>6</td><td colspan="2"></td><td colspan="2"></td><td></td></tr>
<tr><td></td><td colspan="2"></td><td colspan="2"></td><td></td></tr>
<tr><td></td><td colspan="2"></td><td colspan="2"></td><td></td></tr>
<tr><td></td><td colspan="2"></td><td colspan="2"></td><td></td></tr>
<tr><td></td><td colspan="2"></td><td colspan="2"></td><td></td></tr>
<tr><td></td><td colspan="2"></td><td colspan="2"></td><td></td></tr>
<tr><td></td><td colspan="2"></td><td colspan="2"></td><td></td></tr>
<tr><td colspan="6">试运转结论：</td></tr>
</table>

<table>
<tr><td rowspan="3">签字栏</td><td rowspan="2">建设（监理）单位</td><td colspan="3">施工单位</td></tr>
<tr><td>专业技术负责人</td><td>专业质检员</td><td>专业工长</td></tr>
<tr><td></td><td></td><td></td><td></td></tr>
</table>

注：本表由施工单位填写，建设单位、施工单位、城建档案馆各保存一份。

填表注意事项：

1）工程名称与施工文件一致，且各专业应统一。

2）应根据试验的情况真实填写。内容要齐全，不得漏项。应以规程规范为依据，结论要准确。

3）签字栏必须本人手签，不得打印或他人代签。

（2）系统试运转调试记录　水处理系统、通风系统、制冷系统、净化空调系统等应进行系统试运转及调试，并做记录。

系统试运转及调试记录内容包括全过程各种试验数据、控制参数以及运行情况。

系统试运转调试记录的样式见表3-26。

表3-26　系统试运转调试记录

编号：

<table>
<tr><td>工程名称</td><td></td><td>试运转调试时间</td><td></td></tr>
<tr><td>试运转调试项目</td><td></td><td>试运转调试部位</td><td></td></tr>
<tr><td colspan="4">试运转、调试内容：</td></tr>
<tr><td colspan="4">试运转、调试结论：</td></tr>
</table>

建设单位	监理单位	施工单位

注：1. 附必要的试运转调试测试表。

2. 本表由施工单位填写，建设单位、施工单位、城建档案馆各保存一份。

填表注意事项：

1）系统试运转及调试前，必须编制专项系统试运转及调试方案。系统试运转前，应完成各项设备的单机试运转并进行记录。

2）工程名称与施工文件一致，且各专业应统一。

3）应根据试验的情况真实填写。内容要齐全，不得漏项。应以规程规范为依据，结论要准确。

4）签字栏必须本人手签，不得打印或他人代签。

（3）灌(满)水试验记录　非承压管道系统和设备包括开式水箱等，在系统和设备安装完毕后应进行灌(满)水试验，并做记录。

敞口箱、罐安装前应做满水试验。凝结水系统采用充水试验，应以不渗漏为合格。

灌(满)水试验记录样式见表3-12。

填表注意事项：

1）工程名称与施工文件一致，且各专业应统一。

2）应根据试验的情况真实填写。内容要齐全，不得漏项。应以规程规范为依据，结论要准确。

3）签字栏必须本人手签，不得打印或他人代签。

（4）强度严密性试验记录　室内外输送各种介质的承压管道、设备在安装完毕后，进行隐蔽之前，应进行强度严密性试验，并做记录。

相关规定与要求：

1）冷热水、冷却水系统的试验压力，当工作压力小于等于1.0MPa时，为1.5倍工作压力，但最低不小于0.6MPa；当工作压力大于1.0MPa时，为工作压力加0.5MPa。

2）对大型或高层建筑垂直位差较大的冷(热)媒水、冷却水管道系统宜采用分区、分层试压和系统试压相结合的方法。一般建筑可采用系统试压方法。

① 分区、分层试压：对相对独立的局部区域的管道进行试压。在试验压力下稳压10min，压力不得下降，再将系统压力降至工作压力，在60min内压力不得下降，外观检查无渗漏为合格。

② 系统试压：在各分区管道与系统主、干管全部连通后，对整个系统的管道进行系统的试压。试验压力以最低点的压力为准，但最低点的压力不得超过管道与组成件的承受压力。压力试验升至试验压力后，稳压10min，压力下降不得大于0.02MPa，再将系统压力降至工作压力，外观检查无渗漏为合格。

3）各类耐压塑料管的强度试验压力为1.5倍工作压力，严密性试验压力为1.15倍的设计工作压力。

强度严密性试验记录的样式见表3-13。

填表注意事项：

1）名称与施工文件一致，且各专业应统一。

2）应根据试验的情况真实填写。内容要齐全，不得漏项。应以规程规范为依据，结论要准确，适用条目要准确(单项试验和系统试验的要求可能会不同,要特别留意)。

3）签字栏必须本人手签，不得打印或他人代签。

4）若试压过程中确无压力降，则按实填写“实测无压降”即可。

（5）吹(冲)洗(脱脂)试验记录　空调管道及设计有要求的管道应在使用前做冲洗试验；介质为气体的管道系统应按有关设计要求及规范规定做吹洗试验。设计有要求时还应做脱脂处理。

空调管道试压合格后，应进行冲洗。

吹(冲)洗(脱脂)试验记录的样式见表3-15。

填表注意事项：

1）工程名称与施工文件一致，且各专业应统一。

2）应根据试验的情况真实填写。内容要齐全，不得漏项。应以规程规范为依据，结论要准确。

3）签字栏必须本人手签，不得打印或他人代签。

（6）补偿器安装记录　补偿器安装记录要求同“建筑给水、排水及采暖工程试验记录”里的相应内容。

（7）风管漏光检测记录　风管系统安装完成后，应按设计要求及规范规定进行风管漏光测试，并做记录。

风管系统的严密性检验，应符合下列规定：

1）压系统风管的严密性检验应采用抽检，抽检率为5%，且不得小于1个系统。在加工工艺得到保证的前提下，采用漏光法检测。检测不合格时，应按规定的抽检率做漏风量测试。

2）风管系统严密性检测的被抽检系统，应全数合格，则被视为通过；如有不合格时，应再加倍抽检，直至全数合格。

风管漏光检测记录的样式见表3-27。

表3-27　风管漏光检测记录

编号：

工程名称		试验日期	
系统名称		工作压力/Pa	
系统接缝总长度/m		每10m接缝为一检测段的分段数	
检测光源			
分段序号	实测漏光点数/个	每10m接缝的允许漏光点数/(个/10m)	结论
合计	总漏光点数/个	每100m接缝的允许漏光点数/(个/100m)	结论
检测结论：			

签字栏	建设(监理)单位	施工单位		
		专业技术负责人	专业质检员	专业工长

注：本表由施工单位填写并保存。

填表注意事项：

1）漏光检测时为便于观察，应选择地下室管道或在晚间时进行。检测时应重点对板材拼缝和管段间连接处进行检查。

2）所使用的照明设备应为低压电源。

3）工程名称与施工文件一致，且各专业应统一。

4）应根据试验的情况真实填写。内容要齐全，不得漏项。应以规程规范为依据，结论要准确。

5）签字栏必须本人手签，不得打印或他人代签。

（8）风管漏风检测记录　风管系统安装完成后，应按设计要求及规范规定进行风管漏风测试，并做记录。

风管系统的严密性检验，应符合下列规定：

1）低压系统风管的严密性检验应采用抽检，抽检率为5%，且不得小于1个系统。在加工工艺得到保证的前提下，采用漏光法检测。检测不合格时，应按规定的抽检率做漏风量测试。

2）中压系统风管的严密性检验，应在漏光法检测合格后，对系统漏风量测试进行抽检，抽检率为20%，且不得小于1个系统。

3）高压系统风管的严密性检测，为全数进行漏风量测试。

4）风管系统严密性检测的被抽检系统，应全数合格，则被视为通过；如有不合格时，应再加倍抽检，直至全数合格。

风管漏风检测记录的样式见表3-28。

表3-28　风管漏风检测记录

编号：

<table>
<tr><td>工程名称</td><td></td><td colspan="2">试验日期</td><td colspan="3"></td></tr>
<tr><td>系统名称</td><td></td><td colspan="2">工作压力/Pa</td><td colspan="3"></td></tr>
<tr><td>系统总面积/m^2</td><td></td><td colspan="2">试验压力/Pa</td><td colspan="3"></td></tr>
<tr><td>试验总面积/m^2</td><td></td><td colspan="2">系统检测分段数</td><td colspan="3"></td></tr>
<tr><td colspan="2" rowspan="7"></td><td colspan="5">分段实测数值</td></tr>
<tr><td>序号</td><td colspan="2">分段表面积/m^2</td><td>试验压力/Pa</td><td>实际漏风量/(m^3/h)</td></tr>
<tr><td>1</td><td colspan="2"></td><td></td><td></td></tr>
<tr><td>2</td><td colspan="2"></td><td></td><td></td></tr>
<tr><td>3</td><td colspan="2"></td><td></td><td></td></tr>
<tr><td>4</td><td colspan="2"></td><td></td><td></td></tr>
<tr><td>5</td><td colspan="2"></td><td></td><td></td></tr>
<tr><td>系统允许漏风量/($m^3/m^2 \cdot h$)</td><td></td><td colspan="3">实测系统漏风量/($m^3/m^2 \cdot h$)</td><td colspan="2"></td></tr>
</table>

（续）

<table>
<tr><td colspan="5">检测结论：</td></tr>
<tr><td rowspan="3">签字栏</td><td rowspan="2">建设（监理）单位</td><td colspan="3">施工单位</td></tr>
<tr><td>专业技术负责人</td><td>专业质检员</td><td>专业工长</td></tr>
<tr><td></td><td></td><td></td><td></td></tr>
</table>

注：本表由施工单位填写并保存。

填表注意事项：

1）系统工作压力不能简单以风机、空调机组等设备出口处的静压、余压值判断，应由设计确定。

2）试验时注意应缓慢升压。

3）分段表面积应为实测的面积值，未测到的支管等不计在内。但应包括临时设置的盲板、消声器等阀部件的表面积。

4）系统分段试压时，某段的漏风量超标不能判定整个系统不合格，应将各测试段漏风量平均后与允许值比较判断。

5）数值的计算详见《通风与空调工程施工质量验收规范》（GB 50243—2002）。

6）工程名称与施工文件一致，且各专业应统一。

7）应根据试验的情况真实填写。内容要齐全，不得漏项。应以规程规范为依据，结论要准确。

8）签字栏必须本人手签，不得打印或他人代签。

（9）现场组装除尘器、空调机漏风检测记录　现场组装的除尘器壳体、组合式空气调节机组应做漏风量的检测，并做记录。

现场组装的组合式空气调节机组应做漏风量的检测，其漏风量必须符合现行国家标准《组合式空调机组》（GB/T 14294—2008）的标准。

检查方法：依据设计图核对，检查测试记录。

现场组装的除尘器壳体应做漏风量检测，在设计工作压力下允许漏风率为5%。其中离心式为3%。

检查方法：按图核对，检查测试记录和观察检查。

现场组装除尘器、空调机漏风检测记录的样式见表3-29。

表3-29　现场组装除尘器、空调机漏风检测记录

编号：

工程名称		分部工程	
分项工程		检测日期	
设备名称		型号规格	
总风量/(m^3/h)		允许漏风量（%）	

（续）

工作压力/Pa		测试压力/Pa		
允许漏风量/(m^3/h)		实测漏风量/(m^3/h)		
检测记录：				
检测结论：				
签字栏	建设(监理)单位	施工单位		
		专业技术负责人	专业质检员	专业工长

注：本表由施工单位填写并保存。

填表注意事项：

1）工程名称与施工文件一致，且各专业应统一。

2）应根据试验的情况真实填写。内容要齐全，不得漏项。应以规程规范为依据，结论要准确。

3）签字栏必须本人手签，不得打印或他人代签。

（10）各房间室内风量温度测量记录　通风与空调工程无生产负荷联合试运转时，应分系统的，将同一系统内的各房间内风量、室内房间温度进行测量调整，并做记录。

实测风量与设计风量的相对偏差不应大于10%。

各房间室内风量温度测量记录样式见表3-30。

表3-30　各房间室内风量温度测量记录

编号：________

工程名称		测量日期		
系统名称		系统位置		
项目 / 房间(测点)编号	风量/(m^3/h)			所在房间室内温度/℃
	设计风量($Q_{设}$)	实际风量($Q_{实}$)	相对差 $\delta=(Q_{设}-Q_{实})/Q_{设}$	
1				
2				
3				
4				

（续）

项目 / 房间（测点）编号	风量/（m^3/h）			所在房间室内温度/℃
	设计风量（$Q_{设}$）	实际风量（$Q_{实}$）	相对差 $\delta=(Q_{设}-Q_{实})/Q_{设}$	
5				
6				
7				

施工单位		
测量人	记录人	审核人

注：本表由施工单位填写并保存。

填表注意事项：

1）工程名称与施工文件一致，且各专业应统一。

2）应根据试验的情况真实填写。内容要齐全，不得漏项。应以规程规范为依据，结论要准确。

3）签字栏必须本人手签，不得打印或他人代签。

（11）管网风量平衡记录 通风与空调工程无生产负荷联合试运转时，应分系统的，将同一系统内的各测点的风压、风速、风量进行测试和调整，并做记录。

相关规定与要求：

1）系统各测点的实际与设计风量的相对偏差不应大于10%。

2）空调系统各测点调测的单线平面图或透视图，图中应标明系统名称、测点编号、测点位置、风口位置，并注明送风、回风、新风管。

3）系统风量调整采用“流量等比分配法”或“基准风口法”，从系统最不利环路的末端开始，最后进行总风量的调整。

4）系统风量调整平衡后，应能从表中的数据反映出：

① 风口的风量、新风量、排风量、回风量的实测值与设计风量的相对偏差不大于10%。

② 新风量与回风量之和应近似等于总的送风量或各送风量之和。

③ 总的送风量应略大于回风量与排风量之和。

管网风量平衡记录的样式见表3-31。

表 3-31 管网风量平衡记录

编号：______

工程名称							测量日期			
系统名称							系统位置			
测点编号	风管规格/(mm×mm)	截面积/m^2	平均风压/Pa			风速/(m/s)	风量/(m^3/h)		相对差	使用仪器编号
			动压	静压	全压		实际($Q_{实}$)	设计($Q_{设}$)		
1										
2										
3										
4										
施工单位										
审核人			测定人				记录人			

注：本表由施工单位填写并保存。

填表注意事项：

1）工程名称与施工文件一致，且各专业应统一。

2）应根据试验的情况真实填写。内容要齐全，不得漏项。应以规程规范为依据，结论要准确。

3）签字栏必须本人手签，不得打印或他人代签。

4）管网风量平衡记录的最终目的是比较出实测风量与设计值之差。因此，若采用风速-风量法则测量风压值是必需的。现在科技不断进步，测量仪器不断更新，各种风量测试仪逐渐应用到工程中。若风量测试仪能够直接、有效、准确地测试出风口风量，则风压值一栏可空白不填。

（12）空调系统试运转调试记录　通风与空调工程进行无生产负荷联合试运转及调试时，应对空调系统总风量进行测量调整，并做记录。

系统实际风量与设计风量的相对偏差不应大于10%为调试合格。

空调系统试运转调试记录的样式见表 3-32。

表 3-32 空调系统试运转调试记录

编号：

工程名称		试运转调试日期	
系统名称		系统所在位置	
实测总风量/(m^3/h)		设计总风量/(m^3/h)	
风机全压/Pa		实测风机全压/Pa	
试运转、调试内容：			

（续）

试运转、调试结论：				
签字栏	建设(监理)单位	施工单位		
		专业技术负责人	专业质检员	专业工长

注：本表由施工单位填写，建设单位、施工单位、城建档案馆各保存一份。

填表注意事项：

1）工程名称与施工文件一致，且各专业应统一。

2）应根据试验的情况真实填写。内容要齐全，不得漏项。应以规程规范为依据结论要准确。

3）签字栏必须本人手签，不得打印或他人代签。

（13）空调水系统试运转调试记录　通风与空调工程进行无生产负荷联合试运转及调试时，应对空调冷(热)水、冷却水总流量、供回水温度进行测量、调整，并做记录。

空调冷（热）水、冷却水总流量的实际流量与设计流量的相对偏差不应大于10%为调试合格。空调冷(热)水、冷却水进出水温度应符合设计要求及规范规定。

空调水系统试运转调试记录的样式见表3-33。

表3-33　空调水系统试运转调试记录

编号：

工程名称		试运转调试日期	
设计空调冷(热)水总流量($Q_{设}$)/(m^3/h)		相对差 $\delta=(Q_{设}-Q_{实})/Q_{设}$	
实际空调冷(热)水总流量($Q_{实}$)/(m^3/h)			
空调冷(热)水供水温度/℃		空调冷(热)水回水温度/℃	
设计冷却水总流量($Q_{设}$)/(m^3/h)		相对差 $\delta=(Q_{设}-Q_{实})/Q_{设}$	
实际冷却水总流量($Q_{实}$)/(m^3/h)			
冷却水供水温度/℃		冷却水回水温度/℃	
试运转、调试内容：			
试运转、调试结论：			

签字栏	建设(监理)单位	施工单位		
		专业技术负责人	专业质检员	专业工长

注：本表由施工单位填写，建设单位、施工单位、城建档案馆各保存一份。

填表注意事项：

1）工程名称与施工文件一致，且各专业应统一。

2）应根据试验的情况真实填写。内容要齐全，不得漏项。应以规程规范为依据，结论要准确。

3）签字栏必须本人手签，不得打印或他人代签。

（14）制冷系统气密性试验记录　应对制冷系统的工作性能进行试验，并做记录。

组装式制冷机组和现场充注制冷剂的机组，必须进行吹污、气密性试验、真空试验和充注制冷剂检漏试验，其相应技术数据必须符合产品技术文件和有关现行国家标准、规范的规定。

制冷系统气密性试验记录的样式见表3-34。

表3-34　制冷系统气密性试验记录

编号：

工程名称			试验时间	
试验项目			试验部位	
管道编号	气密性试验			
	试验介质	试验压力/MPa	停压时间	试验结果
管道编号	真空试验			
	设计真空度/kPa	试验真空度/kPa	试验时间	试验结果
管道编号	充制制冷试验			
	充制冷剂压力/MPa	检漏仪器	补漏位置	试验结果
试验结论：				
签字栏	建设（监理）单位	施工单位		
		专业技术负责人	专业质检员	专业工长

注：本表由施工单位填写，建设单位、施工单位、城建档案馆各保存一份。

填表注意事项：

1）工程名称与施工文件一致，且各专业应统一。

2）应根据试验的情况真实填写。内容要齐全，不得漏项。应以规程规范为依据，结论要准确。

3）签字栏必须本人手签，不得打印或他人代签。

（15）净化空调系统测试记录　净化空调系统无生产负荷试运转时，应对系统中的高效过滤器进行泄漏测试，并对室内洁净度进行测定，并做记录。

净化空调系统测试记录的样式见表3-35。

表3-35　净化空调系统测试记录

编号：

工程名称			试验时间	
系统名称			洁净室级别	
仪器型号			仪器编号	
高效过滤器	型号		数量	
	测试内容			
室内洁净度	测试内容			
测试结论：				

签字栏	建设（监理）单位	施工单位		
		专业技术负责人	专业质检员	专业工长

注：本表由施工单位填写，建设单位、施工单位、城建档案馆各保存一份。

填表注意事项：

1）工程名称与施工文件一致，且各专业应统一。

2）应根据试验的情况真实填写。内容要齐全，不得漏项。应以规程规范为依据，结论要准确。

3）签字栏必须本人手签，不得打印或他人代签。

（16）防排烟系统联合试运行记录　在防排烟系统联合试运行和调试过程中，应对测试楼层及其上下两层的排烟系统中的排烟风口、正压送风系统的送风口进行联动调试，并对各风口的风速、风量进行测量调整，对正压送风口的风压进行测量调整，并做记录。

防排烟系统联合试运行与调试的结果（风量及正压），必须符合设计与消防的规定。

防排烟系统联合试运行记录的样式见表3-36。

表3-36　防排烟系统联合试运行记录

编号：

工程名称		试运行时间	
试运行项目		试运行楼层	
风道类别		风机类别型号	
电源型式		防火（风）阀类别	

（续）

序　　号	风 口 尺 寸	风速/(m/s)	风量/(m^3/h)		相　对　差	风压/Pa
			设计风量($Q_{设}$)	实际风量($Q_{实}$)		
试运行结论：						

签字栏	建设(监理)单位	施工单位		
		专业技术负责人	专业质检员	专业工长

注：本表由施工单位填写，建设单位、施工单位、城建档案馆各保存一份。

填表注意事项：

1）本表由施工单位填写，建设单位、施工单位、城建档案馆各保存一份。

2）工程名称与施工文件一致，且各专业应统一。

3）应根据试验的情况真实填写。内容要齐全，不得漏项。应以规程规范为依据，结论要准确。

4）签字栏必须本人手签，不得打印或他人代签。

细节：智能建筑工程质量检测验收专用记录

智能建筑工程质量检测验收专用记录表填写一般规定：

1）《智能建筑工程质量检测验收专用记录表》是《智能建筑工程质量验收规范》(GB 50339—2003)的配套表格。

2）智能建筑工程质量验收应包括工程实施及质量控制、系统检测和竣工验收。记录表使用于检测验收和竣工验收阶段，工程实施及质量控制阶段的表格可参考使用本记录表。

3）本表格所列内容，为智能建筑工程中子分部工程及分项工程中的质量控制点，检测验收时应严格遵照执行。因不同的工程中分项工程不同或分项工程中内容有所不同，在检测验收时，可根据工程中的实际情况和需要有所调整。

4）在工程实施及质量控制阶段，工程质量由施工单位、监理单位、建设单位负责组织工程自检，自检内容可参考本记录表。但自检时应逐项检查，不得改为抽检。

5）全部验收记录表均为整个工程的重要文档，要认真填写，检测验收负责人应对表格填写内容签字并负责。

智能建筑工程质量检测验收专用记录表的样式，具体见以下内容：

1. 智能建筑设备材料进场检验表

智能建筑设备材料进场检验表的样式见表 3-37。

表3-37 智能建筑设备材料进场检验表

系统名称： 工程施工单位： 编号：

序号	产品名称	规格、型号、产地	主要性能/功能	数量	包装及外观	检测结果		备注
						合格	不合格	
施工单位人员签名：			监理工程师（或建设单位）签名：			检查日期： 年 月 日		

注：1. 在检查结果栏，按实际情况在相应空格内打“√”，左列打“√”视为合格，右列打“√”视为不合格

2. 备注格内填写产品的检测报告和记录是否齐备

应根据以下规定和要求填写上表：

（1）产品质量检查要求

1）涉及的产品应包括智能建筑工程各智能化系统中使用的材料、硬件设备、软件产品和工程中应用的各种系统接口。

2）产品质量检查应包括列入《中华人民共和国实施强制性产品认证的产品目录》或实施生产许可证和上网许可证管理的产品，未列入强制性认证产品目录或未实施生产许可证和上网许可证管理的产品应按规定程序通过产品检测后方可使用。

3）产品功能、性能等项目的检测应按相应的现行国家产品标准进行；供需双方有特殊要求的产品，可按合同规定或设计要求进行。

4）对不具备现场检测条件的产品，可要求进行工厂检测并出具检测报告。

5）硬件设备及材料的质量检查重点应包括安全性、可靠性及电磁兼容性等项目，可靠性检测可参考生产厂家出具的可靠性检测报告。

6）软件产品质量应按下列内容检查：

① 商业化的软件，如操作系统、数据库管理系统、应用系统软件、信息安全软件和网管软件等应做好使用许可证及使用范围的检查。

② 由系统承包商编制的用户应用软件、用户组态软件及接口软件等应用软件，除进行功能测试和系统测试之外，还应根据需要进行容量、可靠性、安全性、可恢复性、兼容性、自诊断等多项功能测试，并保证软件的可维护性。

③ 所有自编软件均应提供完整的文档(包括软件资料、程序结构说明、安装调试说明、使用和维护说明书等)。

7）系统接口的质量应按下列要求检查：

① 系统承包商应提交接口规范，接口规范应在合同签订时由合同签定机构负责审定。

② 系统承包商应根据接口规范制定接口测试方案，接口测试方案经检测机构批准后实施。系统接口测试应保证接口性能符合设计要求，实现接口规范中规定的各项功能，不发生兼容性及通信瓶颈问题，并保证系统接口的制造和安装质量。

（2）工程实施及质量控制

1）必须按照合同技术文件和工程设计文件的要求，对设备、材料和软件进行进场验收。进场验收应有书面记录和参加人签字，并经监理工程师或建设单位验收人员签字。未经进场验收合格的设备、材料和软件不得在工程上使用和安装。经进场验收的设备和材料应按产品的技术要求妥善保管。

2）设备及材料的进场验收具体要求如下：

① 保证外观完好，产品无损伤、无瑕疵，品种、数量、产地符合要求。

② 设备和软件产品的质量检查应执行(1)的规定。

③ 依规定程序获得批准使用的新材料和新产品除符合本条规定外，尚应提供主管部门规定的相关证明文件。

④ 进口产品除应符合本规范规定外，尚应提供原产地证明和商检证明，配套提供的质量合格证明、检测报告及安装、使用、维护说明书等文件资料应为中文文本(或附中文译文)。

2. 智能建筑隐蔽工程(随工检查)验收表

应做好隐蔽工程检查验收和过程检查记录，并经监理工程师签字确认，未经监理工程师签字确认，不得实施隐蔽作业。

智能建筑隐蔽工程(随工检查)验收表的样式见表3-38。

表3-38 智能建筑隐蔽工程(随工检查)验收表

系列名称： 编号：________

<table>
<tr><td colspan="2">建 设 单 位</td><td colspan="2">施 工 单 位</td><td>监 理 单 位</td></tr>
<tr><td colspan="2"></td><td colspan="2"></td><td></td></tr>
<tr><td rowspan="9">隐蔽工程内容与检查</td><td rowspan="2">检查内容</td><td colspan="3">检查结果</td></tr>
<tr><td>安装质量</td><td>楼层(部位)</td><td>图号</td></tr>
<tr><td></td><td></td><td></td><td></td></tr>
<tr><td></td><td></td><td></td><td></td></tr>
<tr><td></td><td></td><td></td><td></td></tr>
<tr><td></td><td></td><td></td><td></td></tr>
<tr><td></td><td></td><td></td><td></td></tr>
<tr><td></td><td></td><td></td><td></td></tr>
<tr><td></td><td></td><td></td><td></td></tr>
</table>

（续）

<table>
<tr><td colspan="3">验收意见：</td></tr>
<tr><td>建设单位/总包单位</td><td>施 工 单 位</td><td>监 理 单 位</td></tr>
<tr><td>验收人：

日期：　　　年　月　日

盖章：</td><td>验收人：

日期：　　　年　月　日

盖章：</td><td>验收人：

日期：　　　年　月　日

盖章：</td></tr>
<tr><td colspan="3">注：1. 检查内容包括：
1）管道排列、走向、弯曲处理、固定方式
2）管道连接、管道搭铁、接地
3）管口安放护圈标识
4）接线盒及桥架加盖
5）线缆对管道及线间绝缘电阻
6）线缆接头处理等
2. 检查结果的安装质量栏内，按检查内容序号，合格的打“√”，不合格的打“×”，并注明对应的楼层(部位)、图号
3. 综合安装质量检查结果，在验收意见栏内填写验收意见并扼要说明情况</td></tr>
</table>

3. 智能建筑质量检测更改审核表

当要对设计进行必要的变更时，应填写更改审核表，见表3-39。

表3-39　智能建筑质量检测更改审核表

系列(工程)名称：　　　　　　　　　　　　　　　　　　编号：______

更改内容	更改原因	原　为	更　改　为

（续）

<table>
<tr><th>更改内容</th><th colspan="2">更改原因</th><th colspan="2">原　为</th><th>更　改　为</th></tr>
<tr><td></td><td colspan="2"></td><td colspan="2"></td><td></td></tr>
<tr><td></td><td colspan="2"></td><td colspan="2"></td><td></td></tr>
<tr><td></td><td colspan="2"></td><td colspan="2"></td><td></td></tr>
<tr><td></td><td colspan="2"></td><td colspan="2"></td><td></td></tr>
<tr><td></td><td colspan="2"></td><td colspan="2"></td><td></td></tr>
<tr><td></td><td colspan="2"></td><td colspan="2"></td><td></td></tr>
<tr><td></td><td colspan="2"></td><td colspan="2"></td><td></td></tr>
<tr><td colspan="3">申请：
日期：　年　月　日</td><td rowspan="4">分发单位</td><td colspan="2">×××公司</td></tr>
<tr><td colspan="3">审核：
日期：　年　月　日</td><td colspan="2">×××公司</td></tr>
<tr><td colspan="3">批准：
日期：　年　月　日</td><td colspan="2"></td></tr>
<tr><td colspan="3">更改实施日期：　年　月　日</td><td colspan="2"></td></tr>
</table>

4. 智能建筑工程安装质量及观感质量验收记录

智能建筑工程安装质量及观感质量验收记录见表3-40。

表3-40　智能建筑工程安装质量及观感质量验收记录

系列(工程)名称：　　　　施工单位：　　　　编号：________

设备名称	项　目	要　求	方　法	主观评价	检测结果		抽查百分率
					合　格	不合格	

（续）

<table>
<tr><td>检查结果</td><td colspan="2"></td><td>安装质量
检查结论</td><td colspan="2"></td></tr>
<tr><td colspan="2">施工单位人员签名：</td><td colspan="2">监理工程师(建筑单位)签名：</td><td colspan="2">验收日期：

年 月 日</td></tr>
</table>

注：1. 在检查结果栏，按实际情况在相应空格内打“√”（左列打“√”,视为合格;右列打“√”,视为不合格）

2. 检查结构 K_s(合格率) = 合格数/项目检查数(项目检查数如无要求或实际缺项未检查的,不计在内)

3. 检查结论：K_s(合格率)≥0.8，判为合格；K_s <0.8，判为不合格；必要时作简要说明

4. 主观评价栏内填写主观评价意见，分“符合要求”和“不符合要求”；不符合要求者注明主要问题

填表要求：

采用现场观察、核对施工图、抽查测试等方法，对工程设备安装质量进行检查和观感质量验收。根据 GB 50300—2001 第 4.0.5 和第 5.0.5 条的规定按检验批要求进行。

5. 智能建筑系统试运行记录

智能建筑系统试运行记录表应根据各系统的是运行要求，由建设单位或使用单位填写。

智能建筑系统试运行记录见表 3-41。

表 3-41 智能建筑系统试运行记录

系统名称： 建设(使用)单位：

施工单位： 编号：

日期/时间	系统运行情况	备 注	值 班 人

（续）

日期/时间	系统运行情况	备　注	值　班　人
值班长签名：		建设单位代表签名：	
注：系统运行情况中，注明正常/不正常，并每班至少填写一次；不正常的在备注栏内扼要说明情况(包括修复日期)。			

6. 智能建筑工程分项工程质量检测记录表

智能建筑工程分项工程质量检测记录表见表3-42。具体采用时，检测机构可根据不同的工程涵盖内容，对表格内容作出适当调整。

表3-42　智能建筑工程分项工程质量检测记录表

编号：

单位(子单位)工程名称			子分部工程	
分项工程名称			验收部位	
施工单位			项目经理	
施工执行标准名称及编号				
分包单位			分包项目经理	
检测项目及抽检数据		检 测 记 录		备　注

（续）

<table>
<tr><td colspan="2">检测意见：

</td></tr>
<tr><td>监理工程师签字：
（建设单位项目专业技术负责人）
日期：　　年　　月　　日</td><td>检测机构负责人签字：

日期：　　年　　月　　日</td></tr>
</table>

7. 智能建筑子系统检测记录

智能建筑子系统检测记录见表3-43。具体采用时，检测机构可根据不同的工程涵盖内容，对表格内容作出适当调整。

表3-43　智能建筑子系统检测记录

编号：

<table>
<tr><td>系统名称</td><td></td><td>子系统名称</td><td></td><td>序号</td><td></td><td>检测部位</td><td></td></tr>
<tr><td>施工单位</td><td colspan="5"></td><td>项目经理</td><td></td></tr>
<tr><td>执行标准名称及编号</td><td colspan="7"></td></tr>
<tr><td>分包单位</td><td colspan="2"></td><td colspan="2">分包项目经理</td><td colspan="3"></td></tr>
<tr><td rowspan="2"></td><td rowspan="2">系统检测内容</td><td rowspan="2">检测规范的规定</td><td rowspan="2">系统检测评定记录</td><td colspan="2">检测结果</td><td colspan="2" rowspan="2">备注</td></tr>
<tr><td>合格</td><td>不合格</td></tr>
<tr><td rowspan="6">主控项目</td><td></td><td></td><td></td><td></td><td></td><td colspan="2"></td></tr>
<tr><td></td><td></td><td></td><td></td><td></td><td colspan="2"></td></tr>
<tr><td></td><td></td><td></td><td></td><td></td><td colspan="2"></td></tr>
<tr><td></td><td></td><td></td><td></td><td></td><td colspan="2"></td></tr>
<tr><td></td><td></td><td></td><td></td><td></td><td colspan="2"></td></tr>
<tr><td></td><td></td><td></td><td></td><td></td><td colspan="2"></td></tr>
<tr><td rowspan="5">一般项目</td><td></td><td></td><td></td><td></td><td></td><td colspan="2"></td></tr>
<tr><td></td><td></td><td></td><td></td><td></td><td colspan="2"></td></tr>
<tr><td></td><td></td><td></td><td></td><td></td><td colspan="2"></td></tr>
<tr><td></td><td></td><td></td><td></td><td></td><td colspan="2"></td></tr>
<tr><td></td><td></td><td></td><td></td><td></td><td colspan="2"></td></tr>
<tr><td rowspan="4">强制性条文</td><td></td><td></td><td></td><td></td><td></td><td colspan="2"></td></tr>
<tr><td></td><td></td><td></td><td></td><td></td><td colspan="2"></td></tr>
<tr><td></td><td></td><td></td><td></td><td></td><td colspan="2"></td></tr>
<tr><td></td><td></td><td></td><td></td><td></td><td colspan="2"></td></tr>
</table>

（续）

检测机构的检测结论：
检测负责人： 年 月 日

注：1. 检测结果栏中，左列打“√”为合格，右列打“√”为不合格
2. 备注栏内填写检测时出现的问题

8. 强制措施条文检测记录

强制措施条文检测记录见表3-44。

表3-44 强制措施条文检测记录

编号：

工程名称				结构类型	
建设单位				受检部位	
施工单位				负责人	
项目经理		技术负责人		开工日期	

检测依据《智能建筑工程施工质量验收规范》(GB 50339—2003)

条号	项　目	检 查 内 容	判　定
5.5.2	防火墙和防病毒软件	检查产品销售许可证及符合相关规定	
5.5.3	智能建筑网络安全系统检查	防火墙和防病毒软件的安全保障功能及可靠性	
7.2.6	检测消防控制室向建筑设备监控系统传输、显示火灾报警信息的一致性和可靠性	1. 检测与建筑设备监控系统的借口 2. 对火灾报警的响应 3. 火灾运行模式	
7.2.9	新型消防设施的设置及功能检测	1. 早期烟雾火灾报警系统 2. 大空间早期火灾智能检测系统 3. 大空间红外图像矩阵火灾报警及灭火系统 4. 可燃气体泄漏报警及联动控制系统	
7.2.11	安全防范系统对火灾模式的功能检测	1. 视频安放监控系统的录像、录音响应 2. 门禁系统的响应 3. 停车场(库)的控制响应 4. 安全防范管理系统的响应	
11.1.7	电源与接地系统	1. 引接验收合格的电源和防雷接地装置 2. 智能化系统的接地装置 3. 防过电流与防过电压元件的接地装置 4. 防电磁干扰屏蔽的接地装置 5. 防静电装置	

9. 智能建筑系统（分部工程）检测汇总表

智能建筑系统（分部工程）检测汇总表见表3-45。具体采用时，检测机构可根据不同的工程涵盖内容，对表格内容作出适当调整。

表3-45 智能建筑系统（分部工程）检测汇总表

系统名称： 施工单位： 编号：

<table>
<tr><td rowspan="2">子系统名称</td><td rowspan="2">序 号</td><td rowspan="2" colspan="2">内容及问题</td><td colspan="2">检 测 结 果</td></tr>
<tr><td>合 格</td><td>不 合 格</td></tr>
<tr><td></td><td></td><td></td><td></td><td></td><td></td></tr>
<tr><td></td><td></td><td></td><td></td><td></td><td></td></tr>
<tr><td></td><td></td><td></td><td></td><td></td><td></td></tr>
<tr><td></td><td></td><td></td><td></td><td></td><td></td></tr>
<tr><td></td><td></td><td></td><td></td><td></td><td></td></tr>
<tr><td></td><td></td><td></td><td></td><td></td><td></td></tr>
<tr><td></td><td></td><td></td><td></td><td></td><td></td></tr>
<tr><td></td><td></td><td></td><td></td><td></td><td></td></tr>
<tr><td></td><td></td><td></td><td></td><td></td><td></td></tr>
<tr><td></td><td></td><td></td><td></td><td></td><td></td></tr>
<tr><td></td><td></td><td></td><td></td><td></td><td></td></tr>
<tr><td></td><td></td><td></td><td></td><td></td><td></td></tr>
<tr><td></td><td></td><td></td><td></td><td></td><td></td></tr>
<tr><td></td><td></td><td></td><td></td><td></td><td></td></tr>
<tr><td></td><td></td><td></td><td></td><td></td><td></td></tr>
<tr><td></td><td></td><td></td><td></td><td></td><td></td></tr>
<tr><td></td><td></td><td></td><td></td><td></td><td></td></tr>
<tr><td></td><td></td><td></td><td></td><td></td><td></td></tr>
<tr><td></td><td></td><td></td><td></td><td></td><td></td></tr>
<tr><td></td><td></td><td></td><td></td><td></td><td></td></tr>
<tr><td></td><td></td><td></td><td></td><td></td><td></td></tr>
<tr><td></td><td></td><td></td><td></td><td></td><td></td></tr>
<tr><td></td><td></td><td></td><td></td><td></td><td></td></tr>
<tr><td></td><td></td><td></td><td></td><td></td><td></td></tr>
<tr><td></td><td></td><td></td><td></td><td></td><td></td></tr>
<tr><td></td><td></td><td></td><td></td><td></td><td></td></tr>
<tr><td colspan="3">检测机构项目负责人签名：</td><td>检查结论</td><td colspan="2"></td></tr>
<tr><td colspan="4">检测人员签名：</td><td colspan="2">检测日期： 年 月 日</td></tr>
</table>

注：在检测结果栏，按实际情况在相应空格内打“√”（左列打“√”，视为合格；右列打“√”，视为不合格）

填表说明见下表：

项 目	具 体 内 容
视频安防监控系统的检测	检测内容： 1）系统功能检测：云台转动，镜头、光圈的调节，调焦、变倍，图像切换，防护罩功能的检测 2）图像质量检测：在摄像机的标准照度下进行图像的清晰度及抗干扰能力的检测 检测方法：按《智能建筑工程质量验收规范》（GB 50339—2003）第4.2.9条的规定对图像质量进行主观评价，主观评价应不低于4分；抗干扰能力按《安防视频监控系统技术要求》

（续）

项　目	具 体 内 容
视频安防监控系统的检测	(GA/T 367—2001)进行检测 3）系统整体功能检测：功能检测应包括视频安防监控系统的监控范围、现场设备的接入率及完好率；矩阵监控主机的切换、控制、编程、巡检、记录等功能 对数字视频录像式监控系统还应检查主机死机记录、图像显示和记录速度、图像质量、对前端设备的控制功能以及通信接口功能、远端联网功能等 对数字硬盘录像监控系统除检测其记录速度外，还应检测记录的检索、回放等功能 4）系统联动功能检测：联动功能检测应包括与出入口管理系统、入侵报警系统、巡更管理系统、停车场(库)管理系统等的联动控制功能 5）食品安防监控系统的图像记录保存时间应满足管理要求 摄像机抽检的数量应不低于20%且不少于3台，摄像机数量少于3台时应全部检测；被抽检设备的合格率100%时为合格；系统功能和联动功能全部检测，功能符合设计要求时为合格，合格率达100%时为系统功能检测合格
入侵报警系统(包括周界入侵报警系统)的检测	检测内容： 1）探测器的盲区检测，防动物功能检测 2）探测器的防破坏功能检测应包括报警器的防拆报警功能，信号线开路、短路报警功能，电源线被剪的报警功能 3）探测器灵敏度检测 4）系统控制功能检测应包括系统的撤防、布防功能，关机报警功能，系统后备电源自动切换功能等 5）系统遥信功能检测应包括报警信息传输、报警响应功能 6）现场设备的接入率及完好率测试 7）系统的联动功能检测应包括报警信号对相关报警现场照明系统的自动触发、对监控摄像机的自动起动、视频安防监视画面的自动调入，相关出口的自动启闭，录像设备的自动起动等 8）报警系统管理软件(含电子地图)功能检测 9）报警信号联网上传功能的检测 10）报警系统报警事件存储记录的保存时间应满足管理要求 探测器抽检的数量应不低于20%且不少于3台，探测器数量少于3台时应全部检测；被检测设备的合格率达100%时为合格；系统功能和联动功能全部检测，功能符合设计要求时为合格，合格率达100%时为系统功能检测合格
出入口控制(门禁)系统的检测	检测内容： (1)出入口控制(门禁系统的功能检测) ① 系统主机在离线的情况下，出入口(门禁)控制器独立工作的准确性、实时性和储存信息的功能 ② 系统主机对出入口(门禁)控制器在线控制时，出入口(门禁)控制器工作的准确性、实时性和储存信息的功能，以及出入口(门禁)控制器和系统主机之间的信息传输功能 ③ 检测掉电后，系统启用备用电源应急工作的准确性、实时性和信息存储和恢复能力 ④ 通过系统主机、出入口(门禁)控制器及其他控制终端，实施监控出入控制点的人员状况 ⑤ 系统对非法强行入侵及时报警的能力 ⑥ 检测本系统与消防系统报警时的联动功能 ⑦ 现场设备的接入率及完好率测试 ⑧ 出入口管理系统的数据存储记录保存时间应满足管理要求

（续）

项 目	具 体 内 容
出入口控制（门禁）系统的检测	（2）系统的软件检测 ① 演示软件的所有功能，以证明软件功能与任务书和合同书要求一致 ② 根据需求说明书中规定的性能要求，包括时间、适应性、稳定性等以及图形化界面友好程度，对软件逐项进行测试；对软件的检测按《智能建筑工程质量验收规范》（GB 50339—2003）第3.2.6条中的要求执行 ③ 对软件系统操作的安全性进行测试，如系统操作人员的分级授权、系统操作人员操作信息的存储记录等 ④ 在软件测试的基础上，对被验收的软件进行综合评审，给出综合评审结论，包括：软件设计与需求的一致性、程序与程序设计的一致性、文档（含软件培训、教材和说明书）描述与程序的一致性、完整性、准确性和标准化程度等 出/入口控制器抽检的数量应不低于20%且不低于3台，数量少于3台时应全部检测；被抽检设备的合格率100%时为合格；系统功能和软件全部检测，功能符合设计要求为合格，合格率为100%时为系统功能检测合格
巡更管理系统的检测	检测内容： 1）按照巡更路线图检查系统的巡更终端、读卡机的响应功能 2）现场设备的接入率和完好率测试 3）检查巡更管理系统编程、修改功能以及撤防、布防功能 4）检查系统的运行状态、信息传输、故障报警和指示故障位置的功能 5）检查巡更管理系统对巡更人员的监督和记录情况、安全保障措施和对意外情况及时报警的处理手段 6）对在线联网式巡更管理系统还需要检查电子地图上的显示信息，遇有故障的报警信号以及和视频安防监控系统等的联动功能 7）巡更系统的数据存储记录保存时间应满足管理要求 巡更终端抽检的数量应不低于20%且不少于3台，探测器数量少于3台时应全部检测，被抽检设备的合格率达100%时为合格；系统功能全部检测，功能符合设计要求为合格，合格率达100%时为系统功能检测合格
停车场（库）管理系统的检测	停车场（库）管理系统功能检测应分别对入口管理系统、出口管理系统和管理中心的功能进行检测： 1）车辆探测器对出入车辆的探测灵敏度检测，抗干扰性能检测 2）自动栅栏升降功能检测，防砸车功能检测 3）读卡器功能检测，对无效卡的识别功能；对非接触IC卡读卡器还应检测读卡器距离和灵敏度 4）发卡（票）器功能检测，吐卡功能是否正常，入场日期、时间等记录是否正确 5）满位显示器功能是否正常 6）管理中心的计费、显示、收费、统计、信息储存功能的检测 7）出入口管理监控站及管理中心站的通信是否正常 8）管理系统的其他功能 9）对具有图像对比功能的停车场（库）管理系统应分别检测出/入口车牌和车辆图像记录的清晰度、调用图像信息的符合情况 10）检测停车场（库）管理系统与消防系统报警时的联动功能；电视监控系统摄像机对进出车库车辆的监视等 11）空车位及收费显示

（续）

项　目	具体内容
停车场(库)管理系统的检测	12）管理中心监控站的车辆出入数据记录保存时间应满足管理要求 停车场(库)管理系统功能应全部检测，功能符合设计要求为合格，合格率达100%时为系统功能检测合格 其中，车牌识别系统对车牌的识别率达98%时为合格

10. 智能建筑资料审查

智能建筑资料审查见表3-46。验收机构可根据需要增加检查验收内容，但表中所列内容必须进行逐项检查验收。

表3-46　智能建筑资料审查

系统名称：　　　　　　　　　　　　　　　　　　　　　　　编号：

<table>
<tr><td rowspan="3">序号</td><td rowspan="3">审查内容</td><td colspan="4">审查结果</td><td rowspan="3">备注</td></tr>
<tr><td colspan="2">完整性</td><td colspan="2">准确性</td></tr>
<tr><td>完整(或有)</td><td>不完整(或无)</td><td>合格</td><td>不合格</td></tr>
<tr><td>1</td><td>工程合格技术文件</td><td></td><td></td><td></td><td></td><td></td></tr>
<tr><td>2</td><td>设计更改审核</td><td></td><td></td><td></td><td></td><td></td></tr>
<tr><td>3</td><td>工程实施及质量控制检验报告及记录</td><td></td><td></td><td></td><td></td><td></td></tr>
<tr><td>4</td><td>系统检测报告及记录</td><td></td><td></td><td></td><td></td><td></td></tr>
<tr><td>5</td><td>系统的技术、操作和维护手册</td><td></td><td></td><td></td><td></td><td></td></tr>
<tr><td>6</td><td>竣工图及竣工文件</td><td></td><td></td><td></td><td></td><td></td></tr>
<tr><td>7</td><td>重大施工事故报告及处理</td><td></td><td></td><td></td><td></td><td></td></tr>
<tr><td>8</td><td>监理文件</td><td></td><td></td><td></td><td></td><td></td></tr>
<tr><td></td><td></td><td></td><td></td><td></td><td></td><td></td></tr>
<tr><td colspan="2">审查结果统计：</td><td colspan="5">审查结论：</td></tr>
<tr><td colspan="5">审查人员签名：</td><td colspan="2">日期：　年　月　日</td></tr>
</table>

注：1. 在审查结果栏，按实际情况在相应的空格内打“√”（左列打“√”，视为合格；右列打“√”，视为不合格）
2. 存在的问题，在备注栏内注明
3. 根据行业要求，验收组可增加竣工验收要求的文件，填在空格内

11. 智能建筑竣工验收结论汇总

智能建筑竣工验收结论汇总见表3-47。验收机构可根据需要增加检查验收内容，但表中所列内容必须进行逐项检查验收。

表3-47 智能建筑竣工验收结论汇总

系统名称： 施工单位： 编号：

工程实施及质量控制检验结论		验收人签名： 年 月 日
系统检测结论		验收人签名： 年 月 日
系统检测抽检结果		抽检人签名： 年 月 日
观感质量验收		验收人签名： 年 月 日
资料审查结论		审查人签名： 年 月 日
人员培训考评结论		考评人签名： 年 月 日
运行管理队伍及规章制度审查		审查人签名： 年 月 日
设计等级要求评定		评定人签名： 年 月 日
系统验收结论		验收小组(委员会)组长签名： 年 月 日
建议与要求： 验收组长、副组长(主任、副主任)签名：		

注：1. 本汇总表须附《智能建筑工程质量验收规范》附录D中所有表格、行业要求的其他文件及出席验收会与验收机构人员名单(签到)

2. 验收结论一律填写“通过”或“不通过”

细节：建筑电气工程施工试验记录

1. 电气接地电阻测试记录

电气接地电阻测试记录见表3-48。

表3-48 电气接地电阻测试记录

编号：

工程名称		测试日期			
仪表型号		天气情况		气温/℃	
接地类型	□防雷接地 □保护接地 □重复接地	□计算机接地 □防静电接地 □综合接地		□工作接地 □逻辑接地 □医疗设备接地	

（续）

<table>
<tr><td>设计要求</td><td colspan="4">□≤100Ω　　□≤4Ω　　□≤1Ω
□≤0.1Ω　　□≤　Ω　　□</td></tr>
<tr><td colspan="5">测试结论：</td></tr>
<tr><td rowspan="3">签字栏</td><td rowspan="2">建设(监理)单位</td><td colspan="3">施工单位</td></tr>
<tr><td>专业技术负责人</td><td>专业质检员</td><td>专业工长</td></tr>
<tr><td></td><td></td><td></td><td></td></tr>
</table>

注：1. 本表由施工单位填写，建设单位、施工单位、城建档案馆各保存一份。

2. 表格中凡需填空的地方，实际已发生的，如实填写；未发生的，则在空白处划斜杠“/”。

3. 对于选择框，有此项内容，在选择框处划“√”，若无此项内容，可空着，不必划“×”。

电气接地电阻测试记录的填写有以下几点要求：

1）电气接地电阻测试记录应有建设(监理)单位及施工单位共同进行检查。

2）检测阻值结果和结论齐全。

3）电气接地电阻测试应及时，测试必须在接地装置敷设后隐蔽之前进行。

4）应绘制建筑物及接地装置的位置示意图表(见电气接地装置隐检与平面示意图表的填写要求)。

5）编号栏的填写应参照隐蔽工程检查记录表编号编写，但表式不同时顺序号应重新编号。

2. 电气接地装置隐检与平面示意图表

电气接地装置隐检与平面示意图表见表3-49。

表3-49　电气接地装置隐检与平面示意图表

编号：

<table>
<tr><td>工程名称</td><td colspan="3"></td><td>图　　号</td><td></td></tr>
<tr><td>接地类型</td><td></td><td>组　　数</td><td></td><td>设计要求</td><td></td></tr>
<tr><td colspan="6">接地装置平面示意图(绘制比例要适当,注组别编号及有关尺寸)</td></tr>
<tr><td colspan="6"></td></tr>
</table>

（续）

接地装置敷设情况检查表(尺寸单位:mm)				
槽沟尺寸		土质情况		
接地极规格		打进深度		
接地体规格		焊接情况		
防腐处理		接地电阻		
检验结论		检验日期		
签字栏	建设(监理)单位	施工单位		
		专业技术负责人	专业质检员	专业工长

注：1. 本表由施工单位填写，建设单位、施工单位、城建档案馆各保存一份。
2. 表格中凡需填空的地方，实际已发生的，如实填写；未发生的，则在空白处划斜杠“/”。

《电气接地装置隐检与平面示意图表》的填写有以下说明：

1）电气接地装置隐检与平面示意图应由建设(监理)单位及施工单位共同进行检查。

2）检测结论齐全。

3）检验日期应与电气接地电阻测试记录日期一致。

4）绘制接地装置平面示意图时，应把建筑物轴线、各测试点的位置及阻值标出。

5）编号栏的填写：应与电气接地电阻测试记录编号一致。

3. 电气绝缘电阻测试记录

电气绝缘电阻测试记录见表3-50。

表3-50 电气绝缘电阻测试记录

编号：

工程名称					测试日期					
计量单位					天气情况					
仪表型号			电压				气温			
试验内容		相间			相对零			相对地		零对地
		L1-L2	L2-L3	L3-L1	L1-N	L2-N	L3-N	L1-PE	L2-PE	L3-PE	N-PE
层数、路别、名称、编号	ZAL3-1									
	1									
	2									
	3									
	4									
	5									
	6									
测试结论：										

（续）

签字栏	建设(监理)单位	施工单位		
		技术负责人	质检员	测试人

注：1. 本表由施工单位填写，建设单位、施工单位、城建档案馆各保存一份。

2. 表格中凡需填空的地方，实际已发生的，如实填写；未发生的，则在空白处划斜杠“/”。

《电气绝缘电阻测试记录》填写有以下几点说明：

1）电气绝缘电阻测试记录应由建设(监理)单位及施工单位共同进行检查。

2）检测阻值结果和测试结论齐全。

3）当同一配电箱(盘、柜)内支路很多，又是同一天进行测试时，本表格填不下，可续表格进行填写，但编号应一致。

4）阻值必须符合规范、标准的要求，若不符合规范、标准的要求，应查找原因并进行处理，直到符合要求方可填写此表。

5）编号栏的填写应参照隐蔽工程检查记录表编号编写，但表式不同时顺序号应重新编号，一、二次测试记录的顺序号应连续编写。

4. 电气器具通电安全检查记录

电气器具通电安全检查记录见表3-51。

表3-51 电气器具通电安全检查记录

编号：

工程名称												检查日期															
楼门单元或区域场所																											
层数	开关								灯具									插座									
	1	2	3	4	5	6	7	8	9	1	2	3	4	5	6	7	8	9	1	2	3	4	5	6	7	8	9
检查结论：																											

签字栏	施工单位		
	专业技术负责人	专业质检员	专业工长

注：1. 本表由施工单位填写，建设单位、施工单位、城建档案馆各保存一份。

2. 表格中凡需填空的地方，实际已发生的，如实填写；未发生的，则在空白处划斜杠“/”。

《电气器具通电安全检查记录》的填写有以下几点说明：

1）电气器具通电安全检查记录应由施工单位的专业技术负责人、质检员、工长参加。

2）检查结论应齐全。

3）检查正确、符合要求时填写“√”，反之则填写“×”。当检查不符合要求时，应进行修复，并在检查结论中说明修复结果。当检查部位为同一楼门单元(或区域场所)，检查点很多又是同一天检查时，本表格填不下，可续表格进行填写，但编号应一致。

4）编号栏的填写应参照隐蔽工程检查记录表编号编写，但表式不同时顺序号应重新编号。

5. 电气设备空载运行记录

电气设备空载运行记录见表3-52。

表3-52 电气设备空载运行记录

编号：

<table>
<tr><td colspan="2">工程名称</td><td colspan="7"></td></tr>
<tr><td colspan="2">试运项目</td><td colspan="3"></td><td colspan="2">填写日期</td><td colspan="2"></td></tr>
<tr><td colspan="2">试运时间</td><td colspan="7">由　日　时　分开始，至　日　时　分结束</td></tr>
<tr><td rowspan="8">运行负荷记录</td><td rowspan="2">运行时间</td><td colspan="3">运行电压/V</td><td colspan="3">运行电流/A</td><td rowspan="2">温度/℃</td></tr>
<tr><td>L1-N(L1-L2)</td><td>L2-N(L2-L3)</td><td>L3-N(L3-L1)</td><td>L1 相</td><td>L2 相</td><td>L3 相</td></tr>
<tr><td></td><td></td><td></td><td></td><td></td><td></td><td></td><td></td></tr>
<tr><td></td><td></td><td></td><td></td><td></td><td></td><td></td><td></td></tr>
<tr><td></td><td></td><td></td><td></td><td></td><td></td><td></td><td></td></tr>
<tr><td></td><td></td><td></td><td></td><td></td><td></td><td></td><td></td></tr>
<tr><td></td><td></td><td></td><td></td><td></td><td></td><td></td><td></td></tr>
<tr><td></td><td></td><td></td><td></td><td></td><td></td><td></td><td></td></tr>
<tr><td colspan="9">试运行情况记录</td></tr>
<tr><td rowspan="3" colspan="2">签字栏</td><td rowspan="2" colspan="2">建设(监理)单位</td><td colspan="5">施工单位</td></tr>
<tr><td colspan="2">专业技术负责人</td><td colspan="2">专业质检员</td><td>专业工长</td></tr>
<tr><td colspan="2"></td><td colspan="2"></td><td colspan="2"></td><td></td></tr>
</table>

注：1. 本表由施工单位填写，建设单位、施工单位、城建档案馆各保存一份。

2. 表格中凡需填空的地方，实际已发生的，如实填写；未发生的，则在空白处划斜杠“/”。

《电气设备空载运行记录》的填写有以下几点说明：

1）电气设备空载试运行记录应由建设(监理)单位及施工单位共同进行检查。

2）试运行情况记录应详细：

① 记录成套配电(控制)柜、台、箱、盘的运行电压、电流情况、各种仪表指示情况。

② 记录电动机转向和机械转动有无异常情况、机身和轴承的温升、电流、电压及运行时间等有关数据。

③ 记录电动执行机构的动作方向及指示，是否与工艺装置的设计要求保持一致。

3）当测试设备的相间电压时，应把相对零电压划掉。

4）编号栏的填写应参照隐蔽工程检查记录表编号编写，但表式不同时顺序号应重新编号。

6. 建筑物照明通电试运行记录

建筑物照明通电试运行记录见表3-53。

表3-53　建筑物照明通电试运行记录

编号：________

<table>
<tr><td colspan="2">工程名称</td><td colspan="4"></td><td colspan="4">公建□　/住宅□</td></tr>
<tr><td colspan="2">试运项目</td><td colspan="3"></td><td>填写日期</td><td colspan="4"></td></tr>
<tr><td colspan="2">试运时间</td><td colspan="8">由　日　时　分开始，至　日　时　分结束</td></tr>
<tr><td rowspan="8">运行负荷记录</td><td rowspan="2">运行时间</td><td colspan="3">运行电压/V</td><td colspan="3">运行电流/A</td><td rowspan="2" colspan="2">温度/℃</td></tr>
<tr><td>L1-N(L1-L2)</td><td>L2-N(L2-L3)</td><td>L3-N(L3-L1)</td><td>L1相</td><td>L2相</td><td>L3相</td></tr>
<tr><td></td><td></td><td></td><td></td><td></td><td></td><td></td><td colspan="2"></td></tr>
<tr><td></td><td></td><td></td><td></td><td></td><td></td><td></td><td colspan="2"></td></tr>
<tr><td></td><td></td><td></td><td></td><td></td><td></td><td></td><td colspan="2"></td></tr>
<tr><td></td><td></td><td></td><td></td><td></td><td></td><td></td><td colspan="2"></td></tr>
<tr><td></td><td></td><td></td><td></td><td></td><td></td><td></td><td colspan="2"></td></tr>
<tr><td></td><td></td><td></td><td></td><td></td><td></td><td></td><td colspan="2"></td></tr>
<tr><td colspan="10">试运行情况记录</td></tr>
<tr><td rowspan="3">签字栏</td><td rowspan="2" colspan="2">建设(监理)单位</td><td colspan="7">施工单位</td></tr>
<tr><td colspan="2">专业技术负责人</td><td colspan="3">专业质检员</td><td colspan="2">专业工长</td></tr>
<tr><td colspan="2"></td><td colspan="2"></td><td colspan="3"></td><td colspan="2"></td></tr>
</table>

注：本表由施工单位填写，建设单位、施工单位各保存一份。

《建筑物照明通电试运行记录》的填写有以下几点说明：

1）建筑物照明通电试运行记录应由建设(监理)单位及施工单位共同进行检查。

2）试运行情况记录应详细：

① 照明系统通电，灯具回路控制应与照明配电箱及回路的标识一致。

② 开关与灯具控制顺序相对应，风扇的转向及调速开关应正常。

③ 记录电流、电压、温度及运行时间等有关数据。

④ 配电箱内电气线路连接节点处应进行温度测量，且温升值稳定不大于设计值。

⑤ 配电箱内电气线路连接节点测温应使用远红外摇表测量仪，并在检定有效期内。

3）除签字栏必须亲笔签字外，其余项目栏均须打印。

4）当测试线路的相对零电压时，应把相间电压划掉。

5）编号栏的填写应参照隐蔽工程检查记录表编号编写，但表式不同时顺序号应重新编号。

6）要求无未了事项：

① 表格中凡需填空的地方，实际已发生的，如实填写；未发生的，则在空白处划斜杠“/”。

② 对于选择框，有此项内容，在选择框处划“√”，若无此项内容，可空着，不必划“×”。

7. 大型照明灯具承载试验记录

大型照明灯具承载试验记录见表3-54。

表3-54　大型照明灯具承载试验记录

编号：________

工程名称				
楼层		试验日期		
灯具名称	安装部位	数量	灯具自重/kg	试验载重/kg
检查结论：				
签字栏	建设(监理)单位	施工单位		
		专业技术负责人	专业质检员	专业工长

注：1. 本表由施工单位填写，建设单位、施工单位、城建档案馆各保存一份。

2. 表格中凡需填空的地方，实际已发生的，如实填写；未发生的，则在空白处划斜杠“/”。

《大型照明灯具承载试验记录》的填写有以下几点说明：

1）照明灯具承载试验记录应由建设(监理)单位及施工单位共同进行检查。

2）检查结论应齐全。

3）编号栏的填写应参照隐蔽工程检查记录表编号编写；但表式不同时顺序号应重新编号。

8. 漏电开关模拟试验记录

漏电开关模拟试验记录见表3-55。

表3-55　漏电开关模拟试验记录

编号：________

工程名称					
试验器具			试验日期		
安装部位	型号	设计要求		实际测试	
		动作电流/mA	动作时间/ms	动作电流/mA	动作时间/ms

（续）

测试结论：				
签字栏	建设(监理)单位	施工单位		
		专业技术负责人	专业质检员	专业工长

注：1. 本表由施工单位填写，建设单位、施工单位、城建档案馆各保存一份。

2. 表格中凡需填空的地方，实际已发生的，如实填写；未发生的，则在空白处划斜杠“/”。

《漏电开关模拟试验记录》的填写有以下几点说明：

1）漏电开关模拟试验记录应由建设(监理)单位及施工单位共同进行检查。

2）若当天内检查点很多时，本表格填不下，可续表格进行填写，但编号应一致。

3）测试结论应齐全。

4）编号栏的填写应参照隐蔽工程检查记录表编号编写，但表式不同时顺序号应重新编号。

9. 大容量电气线路结点测温记录

大容量电气线路结点测温记录见表3-56。

表3-56 大容量电气线路结点测温记录

编号：

工程名称				
测试地点		测试品种	导线□ /母线□ /开关□	
测试工具		测试日期		
测试回路(部位)	测试时间	电流/A	设计温度/℃	测试温度/℃

（续）

测试结论：				
签字栏	建设（监理）单位	施工单位		
		专业技术负责人	专业质检员	专业工长

《大容量电气线路结点测温记录》的填写有以下几点说明：

1）大容量电气线路结点测温记录应由建设（监理）单位及施工单位共同进行检查。

2）测试结论应齐全。

3）要求无未了事项：

① 表格中凡需填空的地方，实际已发生的，如实填写；未发生的，则在空白处划斜杠“/”。

② 对于选择框，有此项内容，在选择框处划“√”，若无此项内容，可空着，不必划“×”。

10. 避雷带支架拉力测试记录

避雷带支架拉力测试记录见表3-57。

表3-57 避雷带支架拉力测试记录

编号：

工程名称							
测试部位				测试日期			
序号	拉力/kN	序号	拉力/kN	序号	拉力/kN	序号	拉力/kN
测试结论：							

签字栏	建设（监理）单位	施工单位		
		专业技术负责人	专业质检员	专业工长

注：1. 本表由施工单位填写，建设单位、施工单位、城建档案馆各保存一份。

2. 表格中凡需填空的地方，实际已发生的，如实填写；未发生的，则在空白处划斜杠“/”。

《避雷带支架拉力测试记录》填写说明：

1）避雷带支架拉力测试记录应由建设（监理）单位及施工单位共同进行检查。

2）若当天内检查点很多时，本表格填不下，可续表格进行填写，但编号应一致。

3）检查结论应齐全。

细节：电梯工程施工试验记录

轿厢平层准确度测量记录见表3-58。

表3-58　轿厢平层准确度测量记录

编号：

工程名称					日期		
额定速度/(m/s)		层站		驱动方式		层高/m	
达速层数		标准		测量工具		单位/mm	
上行				下行			
起层	停层	空载	满载	起层	停层	空载	满载

签字栏	建设（监理）单位	安装单位		
		专业技术负责人	专业质检员	专业工长

注：本表由施工单位填写，建设单位、施工单位各保存一份。

电梯层门安全装置检验记录见表3-59。

表3-59　电梯层门安全装置检验记录

编号：

工 程 名 称			日　期				
层、站、门		开门方式	中分 □ 旁开 □	开门宽度 B/mm		门扇数	
门锁装置铭牌制造厂名称					有效期至		
型式试验标志及试验单位							

（续）

层站	开门时间	关门时间	联锁安全触点				啮合长度		自闭功能		关门阻止力	紧急开锁装置	层门地坎护脚板
			左1	左2	右1	右2	左	右	左	右			
标准													
	开门宽度/mm												
中分	开关门时间≤												
旁开													
签字栏	建设(监理)单位			安装单位									
				专业技术负责人			专业质检员			专业工长			

注：本表由施工单位填写，建设单位、施工单位、城建档案馆各保存一份。

电梯电气安全装置检验记录见表3-60。

表3-60　电梯电气安全装置检验记录

编号：

施工名称		日期	
序号	检验项目	检验内容及其规范标准要求	检验结果
1	电源主开关	位置合理、容量适中、标志易识别	
2	断相、错相保护装置	断任一相电或错相，电梯停止，不能起动	
3	上、下限位开关	轿厢越程＞50mm时起作用	
4	上、下极限开关	轿厢或对重撞击缓冲器之前起作用	
5	上、下强迫缓速装置	位置符合产品设计要求，动作可靠	
6	停止装置(安全、急停开关)	机房、底坑、轿顶进入位置≤1m，红色、停止	
7	检修运行开关	轿顶优先、易接近、双稳态、防误操作	

（续）

序号	检 验 项 目	检验内容及其规范标准要求	检验结果
8	紧急电动运行开关（机房内）	防误操作按钮、标明方向、直观主机位置	
9	开、关门和运行方向接触器	机械或电气联锁动作可靠	
10	限速器电气安全装置	动作速度之前、同时（额定速度115%时）	
11	安全钳电气安全装置	在安全钳动作以前或同时，使电动机停转	
12	限速绳断裂、松弛保护装置	张紧轮下落大于50mm时	
13	轿厢位置传递装置的张紧度	钢带（钢绳、链条）断裂或松弛时	
14	耗能型缓冲器复位保护	缓冲器被压缩时，安全触点强迫断开	
15	轿厢安全窗安全门锁闭状况	如锁紧失败、应使电梯停止	
16	轿厢自动门撞击保护装置	安全触板、光电保护、阻止关门力≤150N	
17	轿门的锁闭状况及关闭位置	安全触点、位置正确，无论是正常、检修或紧急电动操作均不能造成开门运行	
18	层门的锁闭状况及关闭位置		
19	补偿绳的张紧度及防跳装置	安全触点检查，动作时电梯停止运行	
20	检修门，井道安全门	不得朝井道内开启，关闭时，电梯才可能运行	
21	消防专用开关	返基站、开门、解除应答、运行、动作可靠	
签字栏	建设（监理）单位	安装单位		
		专业技术负责人	专业质检员	专业工长

注：本表由施工单位填写，建设单位、施工单位各保存一份。

电梯整机功能检验记录见表3-61。

表3-61 电梯整机功能检验记录

编号：________

工程名称		日 期	
项 目	试验条件及其规范标准要求		检验结果
无故障运行	轿厢分别以空载、50%额定载荷和额定载荷三种工况，在通电持续率40%，到达全程范围，按120次/h，每天不少于8h，各起动、制动运行1000次。电梯应运行平稳、制动可靠、连续运行无故障		
	制动器线圈温升和减速器油温升不超过60K，其温度不超过85℃，电动机温升不超过GB/T 12974—1991的规定。电动机、风机工作正常		
	曳引机除蜗杆轴伸出端渗漏油面积平均每小时不超过150cm^{2}外，其余各处不得渗漏油		
超载运行	断开超载控制电路，电梯在110%额定载荷，通电持续率40%情况下，到达全行程范围。起动、制动运行30次，电梯应能可靠地起动、运行和停止（平层不计），曳引机工作正常		

（续）

<table>
<tr><th>项　目</th><th colspan="3">试验条件及其规范标准要求</th><th>检验结果</th></tr>
<tr><td rowspan="3">曳引检查</td><td colspan="3">电梯空载上行至端站及125%额定载荷下行至端站，分别停层3次以上，轿厢应可靠制停，在超载下行时切断供电，轿厢应被可靠制动</td><td></td></tr>
<tr><td colspan="3">当对重压在缓冲器上时，空载轿厢不能被曳引绳提升起</td><td></td></tr>
<tr><td colspan="3">当轿厢面积不能限制额定载荷时，需用150%额定载荷做曳引静载检查，历时10min，曳引绳无打滑现象</td><td></td></tr>
<tr><td rowspan="2">安全钳装置</td><td colspan="3">对瞬时式安全钳装置，轿厢应有均匀分布的额定载重量，以检修速度下行按GB/T 10059—2009中4.2的要求进行试验</td><td></td></tr>
<tr><td colspan="3">对渐进式安全钳装置，轿厢应有均匀分布的125%额定载重量，以检修速度或平层速度下行按GB/T 10059—2009中4.2的要求进行试验</td><td></td></tr>
<tr><td rowspan="2">缓冲试验</td><td colspan="3">蓄能型缓冲器：轿厢以额定载重量减低速度或轿厢空载对重装置分别对各自的缓冲器静压5min后脱离，缓冲器应回复正常位置</td><td></td></tr>
<tr><td colspan="3">耗能型缓冲器：轿厢和对重装置分别以检修速度下降将缓冲器全压缩，从离开缓冲器瞬间起，缓冲柱塞复位时间不大于120s</td><td></td></tr>
<tr><td rowspan="3">签字栏</td><td rowspan="2">建设(监理)单位</td><td colspan="3">安装单位</td></tr>
<tr><td>专业技术负责人</td><td>专业质检员</td><td>专业工长</td></tr>
<tr><td></td><td></td><td></td><td></td></tr>
</table>

注：本表由施工单位填报，建设单位、施工单位、城建档案馆各保存一份。

电梯主要功能检验记录见表3-62。

表3-62　电梯主要功能检验记录

编号：

<table>
<tr><td>工程名称</td><td colspan="2"></td><td>日期</td><td></td></tr>
<tr><td>序号</td><td>检验项目</td><td colspan="2">检验内容及其规范标准要求</td><td>检查结果</td></tr>
<tr><td>1</td><td>基站启用、关闭开关</td><td colspan="2">专用钥匙、运行、停止转换灵活可靠</td><td></td></tr>
<tr><td>2</td><td>工作状态选择开关</td><td colspan="2">操纵盘上司机、自动、检修钥匙开关、可靠</td><td></td></tr>
<tr><td>3</td><td>轿内照明、通风开关</td><td colspan="2">功能正确、灵活可靠、标志清晰</td><td></td></tr>
<tr><td>4</td><td>轿内应急照明</td><td colspan="2">自动充电、电源故障自动接通，大于1W1h</td><td></td></tr>
<tr><td>5</td><td>本层厅外开门</td><td colspan="2">按电梯停在某层的召唤按钮，应开门</td><td></td></tr>
<tr><td>6</td><td>自动定向</td><td colspan="2">按先人为主原则，自动确定运行方向</td><td></td></tr>
<tr><td>7</td><td>轿内指令记忆</td><td colspan="2">有多个选层指令时，电梯按顺序逐一停靠</td><td></td></tr>
<tr><td>8</td><td>呼梯记忆、顺向截停</td><td colspan="2">记忆厅外全部召唤信号，按顺序停靠应答</td><td></td></tr>
<tr><td>9</td><td>自动换向</td><td colspan="2">全部顺向指令完成后，自动应答反向指令</td><td></td></tr>
<tr><td>10</td><td>轿内选层信号优先</td><td colspan="2">完成最后指令在门关闭前轿内优先登记定向</td><td></td></tr>
<tr><td>11</td><td>自动关门待客</td><td colspan="2">完成全部指令后，电梯自动关门，时间为4～10s</td><td></td></tr>
<tr><td>12</td><td>提早关门</td><td colspan="2">按关门按钮，门不经延时立即关门</td><td></td></tr>
</table>

（续）

序号	检验项目	检验内容及其规范标准要求	检查结果
13	按钮开关	在电梯未起动前，按开门按钮，门打开	
14	自动返基站	电梯完成全部指令后，自动返基站	
15	司机直驶	司机状态，按直驶钮后，厅外召唤不能截车	
16	营救运行	电梯故障停在层间时，自动慢速就近平层	
17	满载、超载装置	满载时截车功能取消；超载时不能运行	
18	报警装置	应采用警铃、对讲系统、外部电话	
19	最小负荷控制(防捣乱)	使空载轿厢运行最近层站后，消防登记信号	
20	门机断电，手动开门	在开锁区，断电后，手扒开门的力不大于300N	
21	紧急电源停层装置	备用电源将电梯就近平层开门	
22	集选、并联及机群控制	按产品设计程序试验	

签字栏	建设(监理)单位	安装单位		
		专业技术负责人	专业质检员	专业工长

注：本表由施工单位填写，建设单位、施工单位各保存一份。

电梯负荷运行试验记录见表3-63。

表3-63 电梯负荷运行试验记录

编号：

工程名称				日期		
电梯编号		层站		额定载荷/kN		额定速度/(m/s)	
电动机功率/kW		电流/A		额定转速/(r/min)		实测速度/(m/s)	
仪表型号	电流表：		电压表：		转速表：		

工况荷重		运行方向	电压/V	电流/A	电动机转速/(r/min)	轿厢速度/(m/s)
%	kg					

（续）

工况荷重		运行方向	电压/V	电流/A	电动机转速/(r/min)	轿厢速度/(m/s)
%	kg					

签字栏	建设(监理)单位	安装单位		
		专业技术负责人	专业质检员	专业工长

注：本表由施工单位填报，建设单位、施工单位、城建档案馆各保存一份。

电梯噪声测试记录见表3-64。

表3-64 电梯噪声测试记录

编号：

工程名称						安装单位					
声级计型号						计量单位					
机房(驱动主机)						轿厢内					
前	后	左	右	上		背景	上行		下行	背景	

层站	轿厢门			层站门			层站	轿厢门			层站门		
	开门	关门	背景	开门	关门	背景		开门	关门	背景	开门	关门	背景

（续）

层站	轿厢门			层站门			层站	轿厢门			层站门		
	开门	关门	背景	开门	关门	背景		开门	关门	背景	开门	关门	背景
标准值：													
备注													
测试日期			审核人					测试人					

注：本表由施工单位填报，建设单位、施工单位各保存一份。

自动扶梯、自动人行道安全装置检验记录见表3-65。

表3-65　自动扶梯、自动人行道安全装置检验记录

编号：

施工名称		日期	
序　号	检 验 项 目	检验内容及其规范标准要求	检查结果
1	一般要求	各种安全装置固定可靠，但不得焊接固定，不得因正常运行的振动使开关产生位移、损坏或误动作	
		安全装置应直接作用在控制驱动主机供电的设备上，应能防止驱动主机起动或立即使其停止运行，工作制动器应制动	
		安全装置断开的动作必须通过安全触点或安全电路来完成	
2	断、错相保护	当电源断任一相电或错相、或三相电不平衡严重时	
3	电动机短路过载保护	手动复位的断路器能切断正常使用的最大电流；当过载检测绕组温升，断路器可在绕组冷却后自动闭合	
4	超速保护	当超过额定速度120%时，检查有无该装置及出厂调整数值；如驱动装置不是摩擦的，且转差率不超过1则可不用该保护	
5	非操纵逆转保护	正常运行未经任何操作，梯级、踏板或胶带自行改变规定运行方向时	

（续）

序 号	检 验 项 目	检验内容及其规范标准要求	检查结果
6	停止开关	设在出入口附近，明显易接近，应为红色，标有“停止”字样。应为手动的断开、闭合型式，具有清晰、永久的转换位置标记	
		当驱动和转向站内配备符合 GB 16899—1997 中 13.4 规定的主开关时，则可不在驱动和转向站内设停止开关	
7	附加急停装置的设置	当自动扶梯提升高度 >12m 时，其开关间距应≤15m	
		当支付行道运行长度 >40m 时，其开关间距应≤40m	
8	扶手带保护	当手指或异物带入扶手带入口护罩时	
9	梳齿板保护	当梯级、踏板或胶带进入梳齿板处有异物夹住时	
10	驱动装置断裂保护	当驱动元件（如链条或齿条）的断裂或过分伸长时；驱动装置与转向装置之间的距离无意性缩短时	
11	梯级、踏板下陷保护	保护开关设在梳齿相交线之间，大于该梯的最大制停距离，以保证下陷的梯级或踏板不能到达梳齿相交线	
12	围裙板保护	当异物夹入梯级或踏板与围裙板间，阻力超允许值时	
13	扶手带破裂保护	当扶手带破断或拉长超允许值时，仅用于公共交通型，且没有扶手带破断强度≥25kN 试验证明时	
14	主驱动链断裂保护	设防护罩，当驱动链条断裂或拉长时	
15	V 带松断保护	至少用三条，并设防护罩，当任一 V 带断裂或拉长时	
16	附加制动器	当超过额定速度 140% 时，或改变规定运行方向时	
17	工作制动器	制动系统在动作过程中应无故意的延迟现象。在制动时应有匀减速过程，直到保持停止状态	
		制动器的供电应有两套独立且串联的电气装置来实现，如停车后，其中任一套电气装置未能断开，则重新起动是不可能的	
		机-电式制动器应是持续通电来保持正常释放，在动力电源或控制电路断开后，制动器应立即制动	
		能用手打开的制动器应用手的持续力使其保持松开状态	
18	梯级轮保护	当梯级轮任一只破损时，在到达梳齿前应停止	
19	安全装置	当异物在上部或下部夹入两梯级间阻力超允许时	
20	检修控制装置	在驱动、转向站和桁架内均应设检修控制装置达到自动扶梯或自动人行道的任何位置	
		检修装置的连接软电缆应≥3m，并设有双稳态停止开关，只有持续按压操作元件时，扶梯才能运转。各开关应有明显的识别标记	

（续）

<table>
<tr><th>序号</th><th colspan="2">检验项目</th><th colspan="2">检验内容及其规范标准要求</th><th>检查结果</th></tr>
<tr><td rowspan="2">20</td><td rowspan="2" colspan="2">检修控制装置</td><td colspan="2">当使用检修装置时，其他所有起动开关都应不起作用，安全回路和安全开关仍应起有效作用</td><td></td></tr>
<tr><td colspan="2">当一个以上检修装置连接时，或都不起作用，或需同时都起动才能起作用</td><td></td></tr>
<tr><td rowspan="5">21</td><td rowspan="5" colspan="2">自控装置</td><td colspan="2">运行方向应预先确定，应有明显清晰的标志。在使用者走到梳齿相交线之前起动运行</td><td></td></tr>
<tr><td colspan="2">如使用者从预定运行方向相反的方向进入时，当走到梳齿相交线之前，仍应按预定方向起动，运行时间 <10s</td><td></td></tr>
<tr><td colspan="2">自动停止运行至少为预期乘客输送时间再加上 10s 以后</td><td></td></tr>
<tr><td colspan="2">在两端梳齿交叉线再加 0.3m 的附加距离之间，应对梯级、踏板或胶带进行监控，当这个区域内没有人和物时，自动再起动的重复使用才是有效的</td><td></td></tr>
<tr><td colspan="2">在自动控制装置使用过程中，各电气安全装置仍可靠有效</td><td></td></tr>
<tr><td rowspan="3">签字栏</td><td rowspan="2" colspan="2">建设(监理)单位</td><td>安装单位</td><td colspan="2"></td></tr>
<tr><td>专业技术负责人</td><td>专业质检员</td><td>专业工长</td></tr>
<tr><td colspan="2"></td><td></td><td></td><td></td></tr>
</table>

注：本表由施工单位填写，建设单位、施工单位各保存一份。

自动扶梯、自动人行道整机性能、运行试验记录见表 3-66。

表 3-66 自动扶梯、自动人行道整机性能、运行试验记录

编号：

<table>
<tr><td>工程名称</td><td colspan="2"></td><td>日期</td><td colspan="2"></td></tr>
<tr><td>序号</td><td colspan="3">检验内容及其规范标准要求</td><td colspan="2">检查结果</td></tr>
<tr><td>1</td><td colspan="3">在额定频率和额定电压下，梯级踏板或胶带的空载运行速度与额定速度之间的允许偏差为 ±5%</td><td colspan="2"></td></tr>
<tr><td>2</td><td colspan="3">扶手带的运行速度相对于梯级、踏板或胶带的速度允许偏差为 0 ~ +2%</td><td colspan="2"></td></tr>
<tr><td>3</td><td colspan="3">空载运行时，梯级、踏板或胶带及出入口盖板上 1m 处所测的噪声值应 ≤68dB(A)</td><td colspan="2"></td></tr>
<tr><td rowspan="8">4</td><td colspan="3">空载和有载下行的制停距离应在下列范围内：</td><td rowspan="8" colspan="2"></td></tr>
<tr><td>额定速度/(m/s)</td><td>制停距离范围/m</td><td>实测/m</td></tr>
<tr><td></td><td></td><td></td></tr>
<tr><td></td><td></td><td></td></tr>
<tr><td></td><td></td><td></td></tr>
<tr><td></td><td></td><td></td></tr>
<tr><td></td><td></td><td></td></tr>
<tr><td colspan="3">若额定速度在上述数值之间，制停距离用插入法计算
制停距离应从电气制动装置动作时开始测量</td></tr>
</table>

（续）

<table>
<tr><th>序号</th><th>检验内容及其规范标准要求</th><th>检查结果</th></tr>
<tr><td>5</td><td>各联结件、紧固件无松动、异常响声，运行平稳；所有梯级、踏板或胶带应顺利通过梳齿板，与围裙板无刮碰现象；相邻梯级踏板与踢板的啮合过程无摩擦</td><td></td></tr>
<tr><td rowspan="2">6</td><td>空载情况下，连续上下运行2h，电动机、减速器温升≤60K，油温≤85℃，各部件运行正常，不得有任何故障发生</td><td></td></tr>
<tr><td>手动或自动加油装置应油量适中，工作正常</td><td></td></tr>
<tr><td>7</td><td>功能试验应根据制造厂提供的功能表进行，应齐全可靠</td><td></td></tr>
<tr><td>8</td><td>扶手带材质应耐腐蚀，外表面应光滑平整，无刮痕，无尖锐物外露</td><td></td></tr>
<tr><td>9</td><td>对梯级（踏板或胶带）、梳齿板、扶手带、护壁板、围裙板、内外盖板、前沿板及活动盖板等部位的外表面应清理</td><td></td></tr>
</table>

<table>
<tr><td rowspan="3">签字栏</td><td rowspan="2">建设（监理）单位</td><td>安装单位</td><td colspan="2"></td></tr>
<tr><td>专业技术负责人</td><td>专业质检员</td><td>专业工长</td></tr>
<tr><td></td><td></td><td></td><td></td></tr>
</table>

注：本表由施工单位填写，城建档案馆、建设单位、施工单位各保存一份。

4　建筑工程竣工组卷资料管理

细节：工程资料管理规程的职责

1. 工程资料管理规程的通用职责内容

工程各参建单位填写的工程资料应以施工及验收规范、工程合同与设计文件、工程质量验收标准等为依据。

工程资料应随工程进度及时收集、整理，并应按专业归类，认真书写，字迹清楚，项目齐全、准确、真实，无未了事项。表格应统一采用本规程所附表格，特殊要求需增加的表格应依据本规程统一归类。

工程资料进行分级管理，各单位技术负责人负责本单位工程资料的全过程管理工作，工程资料的收集、整理和审核工作由各单位城建档案管理员负责。

对工程资料进行涂改、伪造、随意抽撤或损毁、丢失等的，应按有关规定予以处罚，情节严重的，应依法追究法律责任。

2. 工程资料管理规程的建设单位职责内容

应加强对基建文件的管理工作，并设专人负责基建文件的收集、整理和归档工作。

在与监理单位、施工单位签订监理、施工合同时，应对监理资料、施工资料和工程档案的编制责任、编制套数和移交期限做出明确的规定。

必须向参与工程建设的勘察设计、施工、监理等单位提供与建设工程有关的原始资料，原始资料必须真实、准确、齐全。

负责工程建设过程中对工程资料进行检查并签署意见。

负责组织工程档案的编制工作，可委托总承包单位、监理单位组织该项工作；负责组织竣工图的绘制工作，可委托总承包单位、监理单位或设计单位。

编制的基建文件不得少于两套。归入工程档案1套；移交产权单位1套，保存期应与工程合理使用年限相同。

应严格按照国家和当地有关城建档案管理的规定，及时收集、整理建设项目各环节的资料，建立、健全工程档案，并在建设工程竣工验收后，按规定及时向城建档案馆移交工程档案。

3. 工程资料管理规程的监理单位职责内容

应加强监理的管理工作，并设专人负责监理资料的收集、整理和归档工作。

监督检查工程资料的真实性、完整性和准确性。在设计阶段，对勘察、测绘、设计单位的工程资料进行监督、检查并签署意见；在施工阶段，对施工单位的工程资料进行监督、检查并签署意见。

接受建设单位的委托进行工程档案的组织编制工作。

在工程竣工验收后3个月内，由项目总监理工程师组织对监理资料进行整理、装订与归档。监理资料在归档前必须由项目总监理工程师审核并签字。

负责编制的监理资料不得少于两套，其中移交建设单位1套；自行保存1套，保存期自竣工验收之日起5年。如建设单位对监理资料的编制套数有特殊要求的，可另行规定。

4. 工程资料管理规程的施工单位职责内容

应加强施工资料的管理工作，实行技术负责人负责制，逐级建立健全施工资料管理岗位负责制，并配备专职城建档案管理员，负责施工资料的管理工作。工程项目的施工资料应设专人负责收集和整理。

总承包单位负责汇总整理各分承包单位编制的全部施工资料，分承包单位应各自负责对分承包范围内的施工资料进行收集和整理，各承包单位应对其施工资料的真实性和完整性负责。

接受建设单位的委托进行工程档案的组织编制工作。

应按规程要求在竣工前将施工资料整理汇总完毕并移交建设单位进行工程竣工验收。

负责编制的施工资料不得少于3套，其中移交建设单位两套；自行保存1套，保存期自竣工验收之日起5年。如建设单位对施工资料的编制套数有特殊要求的，可另行约定。

5. 工程资料管理规程的城建档案馆职责内容

负责接收和保管全市应当永久和长期保存的工程档案和有关资料。

负责对城建档案工作的业务指导，监督和检查有关城建档案法规的实施。

列入向城建档案馆档案报送工程档案范围的工程项目，其竣工验收应有城建档案馆参加并负责对移交的工程档案进行验收。

细节：原材料、构配件出厂质量证明和试（检）验报告

主要原材料、成品、半成品、构配件出厂质量证明和质量试（检）验报告是单位工程施工技术资料的第一分册，其内容和整理排序为：

1）封面。

2）分册目录表。

3）水泥分目录表。

4）水泥出厂质量合格证和试验报告。

5）钢筋分目录表。

6）钢筋出厂质量合格证和试验报告。

7）钢结构用钢材及配件分目录表。

8）钢结构用钢材及配件出厂质量合格证和试验报告。

9）焊条、焊剂及焊药分目录表。

10）焊条、焊剂及焊药出厂质量合格证和试验报告。

11）砖分目录表。

12）砖出厂质量合格证和试验报告。

13）骨料分目录表。

14）骨料出厂质量合格证和试验报告。

15）外加剂分目录表。

16）外加剂出厂质量合格证和试验报告。
17）防水材料分目录表。
18）防水材料出厂质量合格证和试验报告。
19）预制混凝土构件分目录表。
20）预制混凝土构件质量合格证和试验报告。
21）封底。

细节：施工试验记录

施工试验记录是单位工程施工技术资料的第二分册，其内容和排序为：
1）封面。
2）分册目录表。
3）回填土分目录表。
4）回填土取样平面图。
5）回填土试验报告。
6）砌筑砂浆分目录表。
7）砌筑砂浆配合比申请单、通知单。
8）砌筑砂浆试件抗压强度汇总统计评定表。
9）砌筑砂浆试件抗压强度试验报告。
10）混凝土分目录表。
11）混凝土配合比申请单、通知单。
12）混凝土试件抗压强度汇总统计评定表。
13）混凝土试件抗压强度试验报告。
14）预拌(商品)混凝土出厂合格证。
15）防水混凝土抗渗试验报告。
16）有特殊要求混凝土的专项试验报告。
17）钢筋焊接分目录表。
18）钢筋焊接试验报告。
19）钢结构焊接分目录表。
20）钢结构焊接检验报告。
21）现场预应力混凝土试验分目录表。
22）预应力夹具出厂合格证及硬度，锚固能力抽检试验报告。
23）预应力钢筋(含端杆螺栓)的各项试验资料及预应力钢丝镦头强度抽检记录。
24）封底。

细节：施工记录

施工记录是单位工程施工技术资料的第三分册。
资料员将施工记录按编号顺序整理汇总，放入施工记录卷内，在卷内分目录表上注明相应项目。

工程竣工后，按分目录的内容顺序填写卷内目录(见表4-1)，注明相应项目。

表4-1 卷内目录

序号	文件编号	责任者	文件材料题名	日期	页次	备注

填写卷内备考表，见表4-2，填好卷内共有××件，××页，立卷人(资料员)和检查人(技术负责人)分别签章，注明日期。

表4-2 卷内备考表

说明：卷内共有　　件，　　页 立卷人：　　年　　月　　日 检查人：　　年　　月　　日

施工记录竣工资料整理主要包括以下内容：

1）地基处理记录。

2）地基钎探记录和钎探平面布置图。

3）桩基施工记录。

4）承重结构及防水混凝土的开盘鉴定及浇筑申请记录。

5）结构吊装记录。

6）现场预制混凝土构件施工记录。

7）质量事故的处理记录。

8）混凝土冬期施工测温记录。

9）屋面浇水试验记录。

10）厕浴间第一次、第二次蓄水试验记录。

11）烟道、垃圾道检查记录。

12）预制外墙板淋水试验。

细节：预检记录

预检记录是单位工程施工技术资料的第四分册。

由资料员将预检记录单按时间先后顺序集中汇总收集整理，放入预检记录卷内，在卷内分目录表上注明相应项目。

工程竣工后，将预检记录的分目录表，按施工先后顺序整理，填入卷内目录，注明相应项目。

填写卷内备考表，填好共有××件，××页，立卷人(资料员)、检查人(技术负责人)分别签章，注明日期。

预检记录地基与基础工程主要包括以下内容：

1）建筑物定位放线和高程引进。

2）基槽验线。

3）基础模板。

4）混凝土施工缝的留置方法、位置和接槎的处理等。

5）50cm 水平线抄平。

6）皮数杆检查。

预检记录主体工程主要包括以下内容：

1）楼层放线。

2）楼层 50cm 水平控制线。

3）模板工程。

4）预制构件吊装。

5）皮数杆。

细节：隐蔽工程验收记录

隐蔽工程验收记录是单位工程施工技术资料的第五分册。

资料员将隐检单按编号顺序整理汇总，放入隐检记录卷内，在卷内分目录表上注明相应项目。

工程竣工后，按分目录表的内容顺序填写卷内目录，注明相应项目。

填写卷内备考表，填好卷内共有××件，××页，立卷人、检查人分别签章，注明日期。

隐检工程的整理主要包括以下内容：

1）地基验槽记录。

2）地基处理复验记录。

3）基础钢筋绑扎、焊接工程。

4）主体工程钢筋绑扎、焊接工程。

5）现场结构焊接。

6）屋面防水层下各层细部做法。

7）厕浴间防水层下各层细部做法。

细节：基础、结构验收记录

基础结构验收记录是单位工程施工技术资料的第六分册。

资料员将基础、结构验收记录按编号顺序整理汇总，放入基础、结构验收卷内，在卷内分目录表上注明相应项目。

工程竣工后，按分目录表的内容填写卷内目录，注明相应项目。

填写卷内备考表，填写卷内共有××件、××页、立卷人、检查人分别签章，注明日期。

细节：建筑给水、排水及采暖工程记录

采暖卫生与煤气工程是单位工程施工技术资料的第七分册。其排列顺序如下：

1）技术交底。

2）隐检记录。

3）预检记录。

4）设备、产品合格证(含目录表)。

5）设备、产品抽检记录。

6）施工试验。

7）室外管线测量记录。

8）质量验收记录。

9）设计变更、洽商记录。

10）监督站抽检记录。

11）竣工图。

细节：电气安装工程记录

电气安装工程是单位工程的一个重要分部，电气工程的技术资料是该分部的主要内容，应按以下顺序进行整理：

1）施工现场质量管理检查记录。

2）电气工程施工方案。

3）技术交底记录。

4）图纸会审记录。

5）设计变更通知单。

6）工程洽商记录。

7）电力变压器、各种高低压成套配电柜、动力、照明配电箱、灯具、开关、插座、风扇及配件、电线、电缆、各种母线的合格证、技术文件及“3C”认证证书及复印件。

8）隐蔽工程检查记录。

9）预检工程检查记录。

10）交接检查记录。

11）各种接地的电阻测试记录，电气防雷装置隐检平面示意图、电气绝缘电阻测试记录，电气器具通电安全检查等的施工试验记录。

12）施工质量验收记录：检验批、分项工程、分部(子分部)工程验收记录。

13）电气分部工程的竣工图。

细节：通风与空调工程记录

通风与空调工程是单位工程施工技术资料的第九分册，其排列顺序如下：

1）技术交底与施工组织设计。

2）隐检记录。

3）预检记录。

4）材料、产品、设备合格证。

5）材料、产品、设备检查验收记录。

6）施工试验。

7）设计变更、洽商记录。

8）质量验收记录。

9）随机文件。

10）安装文件。

11）监督资料。

细节：电梯安装工程记录

电梯安装工程是单位工程施工技术资料的第十分册，其排列顺序如下：

1）技术交底与施工组织设计。

2）随机文件。

3）隐检记录。

4）预检记录。

5）设备、材料合格证。

6）设备、材料检查记录。

7）绝缘接地电阻测试记录。

8）自检、互检报告。

9）安装、调整试验记录。

10）设计变更及洽商记录。

11）安装验收报告。

12）质量检验评定。

13）保修证书。

14）监督资料(含核定证书)。

细节：施工组织设计

该项是单位工程施工技术资料的第十一分册，具体内容和要求详见第2章土建工程施工阶段相关内容。

细节：技术交底记录

技术交底记录是单位工程施工技术资料的第十二分册，其排列顺序如下：

1）人工挖土和钎探。

2）回填土工程。

3）灰土工程。

4）填压级配砂石。

5）钢筋混凝土预制桩施工。

6）长螺旋钻孔灌注桩施工。

7）防水混凝土工程。

8）地下沥青油毡卷材防水层。

9）水泥砂浆防水层。

10）三元乙丙橡胶地下防水工程。

11）聚氨酯涂膜地下防水工程。

12）地下室钢筋绑扎。

13）桩基承台梁混凝土浇筑。

14）设备基础混凝土浇筑。

15）素混凝土基础浇筑。

16）基础砌砖。

17）构造柱、圈梁、板缝支模。

18）定型组合钢模板安装与拆除。

19）大模板安装与拆除。

20）构造柱、圈梁、板缝钢筋绑扎。

21）大模板墙体钢筋绑扎。

22）现浇框架钢筋绑扎。

23）钢筋气压焊接。

24）构造柱、圈梁、板缝混凝土浇筑。

25）大模板普通混凝土浇筑。

26）大模板轻骨料混凝土浇筑。

27）现浇框架混凝土浇筑。

28）预应力圆孔板安装。

29）预应力钢筋混凝土大楼板安装。

30）预制钢筋混凝土框架安装。

31）外墙板安装。
32）预制外墙板接缝防水。
33）加气混凝土屋面板及混凝土挑檐板安装。
34）钢筋混凝土预制楼梯及垃圾道安装。
35）钢筋混凝土预制阳台、雨罩、通道板安装。
36）加气混凝土条板安装。
37）预制钢筋混凝土隔墙板安装。
38）砖墙砌筑。
39）加气混凝土砌块墙砌筑。
40）焊条电弧焊焊接。
41）扭剪型高强螺栓连接。
42）钢屋架制作。
43）钢屋架安装。
44）屋面找平层。
45）屋面保温层。
46）屋面沥青油毡卷材防水层。
47）三元乙丙橡胶卷材屋面防水工程。
48）水落斗、水落管、阳台、雨罩出水管等制作安装。
49）细石混凝土地面。
50）水泥砂浆地面。
51）现制水磨石地面。
52）预制水磨石地面。
53）陶瓷锦砖(马赛克)地面。
54）大理石(花岗石)及碎拼大理石地面。
55）长条、拼花硬木地板。
56）木门窗安装。
57）钢门窗安装。
58）铝合金门窗安装。
59）室内砖墙抹白灰砂浆。
60）混凝土墙、顶抹灰。
61）室内加气混凝土墙面抹灰。
62）外墙面水泥砂浆。
63）外墙面水刷石。
64）外墙面干粘石。
65）外墙面喷涂、滚涂、弹涂。
66）斩假石。
67）清水墙勾缝。
68）钢、木门窗混色油漆。
69）混凝土及抹灰表面刷乳胶漆。

70）室内喷(刷)浆。
71）外墙面涂料施工。
72）玻璃安装。
73）裱糊壁纸。
74）室内贴面砖。
75）室外贴面砖。
76）墙面贴陶瓷锦砖(马赛克)。
77）大理石、磨光花岗石、预制水磨石饰面。
78）轻钢龙骨罩面板顶棚。
79）木护墙及木筒子板安装。
80）楼梯木扶手、塑料扶手安装。

细节：施工质量验收记录

施工质量验收记录是单位工程施工技术资料的第十三分册。

1. 资料整理要求

施工质量验收记录应装订在一起，并编号作为一册。

工程涉及的各分项工程都要进行评定填表，不能有遗漏。

各分部工程要进行汇总评定，其中地基与基础、主体分部工程要有施工企业技术和质量部门的签字确认。

单位(子单位)工程质量竣工验收应有单位(子单位)工程质量竣工验收记录、单位(子单位)工程质量控制资料核查记录、单位(子单位)工程安全和功能检验资料核查及主要功能抽查记录和单位(子单位)工程观感质量检查记录。

工程质量验收记录要与实际相符，不许弄虚作假。

装订顺序：

1）封皮面。
2）目录表。
3）单位(子单位)工程质量竣工验收记录。
4）单位(子单位)工程质量控制资料。
5）单位(子单位)工程安全和功能检验资料核查及主要功能抽查记录。
6）单位(子单位)工程观感质量检查记录。
7）地基与基础分部工程质量验收记录。
8）地基与基础分部工程中各分项工程质量验收记录。
9）主体结构分部工程质量验收记录。
10）主体结构分部工程中各分项工程质量验收记录。
11）建筑装饰装修分部工程质量验收记录。
12）建筑装饰装修分部工程中各分项工程质量验收记录。
13）建筑屋面分部工程质量验收记录。
14）建筑屋面分部工程中各分项工程质量验收记录。

15）建筑给水、排水及采暖分部工程质量验收记录。

16）建筑给水、排水及采暖分部工程中各分项工程质量验收记录。

17）建筑电气分部工程质量验收记录。

18）建筑电气分部工程中各分项工程质量验收记录。

19）智能建筑分部工程质量验收记录。

20）智能建筑分部工程中各分项工程质量验收记录。

21）通风与空调分部工程质量验收记录。

22）通风与空调分部工程中各分项工程质量验收记录。

23）电梯分部工程质量验收记录。

24）电梯分部工程中各分项工程质量验收记录。

25）结构实体检验记录。

涉及混凝土结构安全的重要部位应进行结构实体检验，并实行有见证取样和送检。结构实体检验的内容包括同条件混凝土强度、钢筋保护层厚度，以及工程合同约定的项目，必要时可检验其他项目。

结构实体检验报告应由有相应资质等级的试验(检测)单位提供。

结构实体检验混凝土强度验收记录见表4-3，结构实体钢筋保护层厚度验收记录见表4-4，并附钢筋保护层厚度试验记录见表4-5。

表4-3　结构实体检验混凝土强度验收记录表

工程名称									结构类型			
施工单位									验收日期			
强度等级	试件强度代表值/MPa										强度评定结果	监理(建设)单位验收结果
结论：												

（续）

签字栏	项目专业技术负责人	专业监理工程师（建设单位项目专业技术负责人）

注：表中某一强度等级对应的试件强度代表值，上一行填写根据 GB/T 50107 确定的数值，下一行填写乘以折算系数后的数值。

本表应附以下附件：

1. 同条件养护试件的取样部位应由监理（建设）、施工单位共同选定，有相应文字记录。

2. 混凝土结构工程的各混凝土强度等级均应留置同条件养护试件；施工过程中同条件养护试件留置位置、取样组数和养护方法应符合 GB 50204—2002 中 10.2 节和附录 D 的规定，有相应文字记录。

3. 如采用“温度—时间累计法（600℃·d）”确定同条件混凝土试件等效养护龄期的，应有相应温度测量记录。

4. 同条件试件取样应实行有见证取样和送检，有相应混凝土抗压强度报告。

表 4-4 结构实体钢筋保护层厚度验收记录

工程名称								结构类型		
施工单位								验收日期		
构件类别	序号	钢筋保护层厚度/mm							评定结果	监理（建设）单位验收结果
		设计值	实测值					合格率		
梁										
板										
结论：										

（续）

签字栏	项目专业技术负责人	专业监理工程师（建设单位项目专业技术负责人）

注：本表中对每一构件可填写6根钢筋的保护层厚度实测值，应检验钢筋的具体数量须根据规范要求和实际情况确定。

本表应有以下附件：

1. 钢筋保护层厚度检验的结构部位应由监理（建设）、施工单位共同规定，有相应文字记录（计划）。

2. 钢筋保护层厚度检验的结构部位、构件类型、构件数量、检验钢筋数量和位置应符合GB 50204—2002中10.2节和附录E的规定。

表4-5 钢筋保护层厚度试验记录

工程名称及部位								
委托单位								
试验委托人				见证人				
构件名称								
测试点编号								
保护层厚度设计值/mm								
保护层厚度实测值/mm								
测试位置示意图：								
结论：								
批准		审核		试验				
试验单位								
报告日期								

注：本表由建设单位、监理单位、施工单位各保存一份。

2. 常见问题

1）分项工程质量验收记录不全，有遗漏。

2）分项工程质量验收记录有漏项、错填、无验收结果、签字不全或一人代签。

3）不做分部工程汇总。

4）地基与基础和主体结构分部工程汇总表缺企业技术和质量部门签认。

5）不及时做单位(子单位)工程质量竣工验收记录、单位(子单位)工程质量控制资料核查记录、单位(子单位)工程安全和功能检验资料核查及主要功能抽查记录和单位(子单位)工程观感质量检查记录。

细节：设计变更、洽商记录

设计变更洽商记录是单位工程施工技术资料的第十四分册。

具体内容及要求同第2章土建工程施工相应内容。

细节：工程竣工时的验收资料

工程竣工验收资料是单位工程施工技术资料的第十五分册。

工程竣工验收是施工的最后阶段，也是对建筑企业生产、技术活动成果的一次全面、综合性的检查评价。工程建设项目通过验收后就可投入使用，发挥经济效益、社会效益，形成新的具有价值和使用价值的固定资产，满足扩大再生产或人民生活、工作的需要。

1. 单位工程竣工验收程序

1）单位工程竣工后，在施工队一级评定各分部工程工程质量的基础上，由施工企业技术负责人组织企业有关部门进行单位工程质量检验评定，检验中如有工程质量技术资料不符合有关规定及标准时，及时修整至合格，并填写质量保证资料核查表、单位工程观感质量评定表及单位工程质量综合评定表。

如单位工程由几个分包单位施工时，各分包单位应按建筑安装工程质量检验评定标准的规定，检验评定所承建的分项、分部工程的质量等级，并将评定结果及资料交总包单位，总包单位对工程全面检验并负责保证其质量。

2）施工单位内部预检合格后，通知建设单位，由建设单位组织设计、施工单位及有关部门对工程进行全面地检查验收，工程质量合格予以签证。

3）由施工单位报请建设工程质量监督部门对工程质量进行评定，评定质量等级并签发核定证书。竣工资料要由施工单位整理好提前送质量监督部门核查。

2. 工程竣工时的验收标准

竣工单位工程实际所包含的分部工程必须全部完工；建筑设备安装工程必须调整、试运行合格，达到使用条件，不准甩项。

3. 工程竣工的验收重点

验收重点是结构安全和使用功能。工程技术资料要能真实反映工程的质量状况。楼地面、屋面、门窗、暖卫、电气等建筑与建筑设备经观感检查、技术资料核查，要能保证其使用功能。

4. 工程竣工验收的内容

1）核查单位工程全部质量保证资料。

2）评定单位工程的观感质量。

3）全项抽检不同分部不同工种4个以上分项工程。例如：地面、墙面、屋面、木作、水暖、电气、粉刷、油漆等(包括保证项目、基本项目、允许偏差项目的全面检查并进行等级评定)。汇总核定各分部工程质量等级。

5. 工程竣工检查验收方法

确定抽检点，对建筑物的室内外各楼层各单元都要宏观看一遍，一方面查看是否达到竣工标准；另一方面查看质量是否均衡一致。然后随机抽样检查解剖若干个房间和部位的工程质量。室外和屋面工程全数检查，可划分为5~10片，每片作为一个检查点(外墙每20m左右为一检查片)；室内原则性按有代表性的自然间(住宅可按有代表性的户)抽查10%，但每个单元和每个楼层不少于1间(住宅可为1户)；卫生间、厨房、楼梯每层、每单元不得少于1处。

6. 工程竣工验收观感质量评定的方法

单位工程观感质量评定的评定方法是先确定每一子项的检查点数，然后在每点中根据建筑安装工程检验评定标准，确定该点是达到优良还是合格标准。子项每一个检查点的优良、合格或不合格的等级确定了，评定等级就能确定。评定等级共分5个等级，该子项所有检查的处(点)均符合建筑安装工程检验评定标准规定的合格标准评为四级(得70%标准分)；其中有20%~49%的处(点)达到建筑安装工程检验评定标准优良标准者评为三级(得80%标准分)；有50%~79%的处(点)达到建筑安装工程检验标准评定标准优良规定评为二级(得90%标准分)；有80%及其以上的处(点)达到建筑安装工程检验评定标准优良规定者，评为一级(得100%标准分)；只要该子项有一个检查点及其以上达不到建筑安装工程检验评定标准规定的合格标准者评为五级(得0分)，并应处理。每一个子项的标准分值乘以评定等级所对应的百分率，就能得到每个子项的实得分值。被检查所有子项实得分值之和，即为实得分值，实得分除以应得分即为得分率。得分率在85%及其以上为优良；70%~85%以下为合格；70%以下为不合格品。

7. 工程竣工验收的资料

工程竣工验收资料主要包括单位工程验收记录和工程质量竣工核定证书。

细节：竣工图

竣工图是建筑工程竣工档案的重要组成部分，是工程建设完成后主要凭证性材料，是建筑物真实的写照，是工程竣工验收的必备条件，是工程维修、管理、改建、扩建的依据。各项新建、改建、扩建项目均必须编制竣工图。

竣工图绘制工作应由建设单位负责，也可由建设单位委托施工单位、监理单位或设计单位。

1. 主要内容

竣工图应按单位工程，并根据专业、系统进行分类和整理。

竣工图包括以下内容：

1）工艺平面布置图等竣工图。

2）建筑竣工图、幕墙竣工图。

3）结构竣工图、钢结构竣工图。

4）建筑给水、排水与采暖竣工图。

5）燃气竣工图。

6）建筑电气竣工图。

7）智能建筑竣工图(综合布线、保安监控、电视天线、火灾报警、气体灭火等)。

8）通风、空调竣工图。

9）地上部分的道路、绿化、庭院照明、喷泉、喷灌等竣工图。

10）地下部分的各种市政、电力、电信管线等竣工图。

2. 编制特点

1）凡按施工图施工没有变动的，由竣工图编制单位在施工图图签附近空白处加盖并签署竣工图章。

2）凡一般性图纸变更，编制单位可根据设计变更依据，在施工图上直接改绘，并加盖及签署竣工图章。

3）凡结构形式、工艺、平面布置、项目等重大改变及图面变更超过40%的，应重新绘制竣工图。重新绘制的图纸必须有图名和图号，图号可按原图编号。

4）编制竣工图必须编制各专业竣工图的图纸目录，绘制的竣工图必须准确、清楚、完整、规范、修改必须到位，真实反映项目竣工验收时的实际情况。

5）用于改绘竣工图的图纸必须是新蓝图或绘图仪绘制的白图，不得使用复印的图纸。

6）竣工图编制单位应按照国家建筑制图规范要求绘制竣工图，使用绘图笔或签字笔及不褪色的绘图墨水。

3. 绘制要求

竣工图的绘制要求主要有下表所示几点内容：

项 目	主 要 内 容
利用施工蓝图改绘的竣工图	在施工蓝图上一般采用杠(划)改、叉改法，局部修改可以圈出更改部位，在原图空白处绘出更改内容，所有变更处都必须引划索引线并注明更改依据。在施工图上改绘，不得使用涂改液涂抹、刀刮、补贴等方法修改图纸 具体的改绘方法可视图面、改动范围和位置、繁简程度等实际情况而定，以下是常见改绘方法的说明 (1) 取消的内容 1) 尺寸、门窗型号、设备型号、灯具型号、钢筋型号和数量、注解说明等数字、文字、符号的取消，可采用杠改法。即将取消的数字、文字、符号等用横杠杠掉(不得涂抹掉)，从修改的位置引出带箭头的索引线，在索引线上注明修改依据，即“见×号洽商×条”，也可注明“见×年×月×日洽商×条” 2) 隔墙、门窗、钢筋、灯具、设备等取消，可用叉改法。即在图上将取消的部分打“×”，在图上描绘取消的部分较长时，可视情况打几个“×”，达到表示清楚为准。并从图上修改处见箭头索引线引出，注明修改依据 (2) 增加的内容 1) 在建筑物某一部位增加隔墙、门窗、灯具、设备、钢筋等，均应在图上的实际位置用规范制图方法绘出，并注明修改依据

（续）

项　目	主 要 内 容
利用施工蓝图改绘的竣工图	2）如增加的内容在原位置绘不清楚时，应在本图适当位置（空白处）按需要补绘大样图，并保证准确清楚，如本图上无位置可绘时，应另用硫酸纸绘补图并晒成蓝图或用绘图仪绘制白图后附在本专业图纸之后。注意在原修改位置和补绘图纸上均应注明修改依据，补图要有图名和图号 （3）内容变更 1）数字、符号、文字的变更，可在图上用杠改法将取消的内容杠去，在其附近空白处增加更正后的内容，并注明修改依据 2）设备配置位置，灯具、开关型号等变更引起的改变；墙、板、内外装修等变化均应在原图上改绘 3）当图纸某部位变化较大、或在原位置上改绘有困难，或改绘后杂乱无章，可以采用以下办法改绘 ① 画大样改绘：在原图上标出应修改部位的范围，后在须要修改的图纸上绘出修改部位的大样图，并在原图改绘范围和改绘的大样图处注明修改依据 ② 另绘补图修改：如原图纸无空白处，可把应改绘的部位绘制硫酸纸补图晒成蓝图后，作为竣工图纸，补在本专业图纸之后。具体做法为：在原图纸上画出修改范围，并注明修改依据和见某图（图号）及大样图名；在补图上注明图号和图名，并注明是某图（图号）某部位的补图和修改依据 ③ 个别蓝图需重新绘制竣工图：如果某张图纸修改不能在原蓝图上修改清楚，应重新绘制整张图作为竣工图。重绘的图纸应按国家制图标准和绘制竣工图的规定制图 （4）加写说明　凡设计变更、洽商的内容应当在竣工图上修改的，均应用绘图方法改绘在蓝图上，不再加写说明。如果修改后的图纸仍然有内容无法表示清楚，可用精炼的语言适当加以说明： 1）图上某一种设备、门窗等型号的改变，涉及多处修改时，要对所有涉及的地方全部加以改绘，其修改依据可标注在一个修改处，但需在此处做简单说明 2）钢筋的代换，混凝土强度等级改变，墙、板、内外装修材料的变化，由建设单位自理的部分等在图上修改难以用作图方法表达清楚时，可加注或用索引的形式加以说明 3）凡涉及说明类型的洽商，应在相应的图纸上使用设计规范用语反映洽商内容 （5）注意事项 1）施工图纸目录必须加盖竣工图章，作为竣工图归档。凡有作废、补充、增加和修改的图纸，均应在施工图目录上标注清楚。即作废的图纸在目录上扛掉，补充的图纸在目录上列出图名、图号 2）如某施工图改变量大，设计单位重新绘制了修改图的，应以修改图代替原图，原图不再归档 3）凡是洽商图作为竣工图，必须进行必要的制作 ① 如洽商图是按正规设计图纸要求进行绘制的可直接作为竣工图，但需统一编写图名、图号，并加盖竣工图章，作为补图。并在说明中注明是哪张图、哪个部位的修改图，还要在原图修改部位标注修改范围，并标明见补图的图号 ② 如洽商图未按正规设计要求绘制，均应按制图规定另行绘制竣工图，其余要求同上 4）某一条洽商可能涉及两张或两张以上图纸，某一局部变化可能引起系统变化……，凡涉及到的图纸和部位均应按规定修改，不能只改其一，不改其二 一个标高的变动，可能在平、立、剖、局部大样图上都要涉及，均应改正 5）不允许将洽商的附图原封不动的贴在或附在竣工图上作为修改，也不允许将洽商的内容抄在蓝图上作为修改。凡修改的内容均应改绘在蓝图上或做补图附在图纸之后 6）根据规定须重新绘制竣工图时，应按绘制竣工图的要求制图 7）改绘注意事项：

（续）

项 目	主 要 内 容
利用施工蓝图改绘的竣工图	修改时，字、线、墨水使用的规定： ① 字：采用仿宋字，字体的大小要与原图采用字体的大小相协调，严禁错、别、草字 ② 线：一律使用绘图工具，不得徒手绘制 8）施工蓝图的规定：图纸反差要明显，以适应缩微等技术要求。凡旧图、反差不好的图纸不得作为改绘用图。修改的内容和有关说明均不得超过原图框
在二底图上修改的竣工图	1）用设计底图或施工图制成二底（硫酸纸）图，在二底图上依据设计变更、工程洽商内容用刮改法进行绘制，即用刀片将需更改部位刮掉，再用绘图笔绘制修改内容，并在图中空白处做一修改备考表，注明变更、洽商编号（或时间）和修改内容 修改备考表如表4-6所示 2）修改的部位用语言描述不清楚时，也可用细实线在图上画出修改范围 3）以修改后的二底图或蓝图作为竣工图，要在二底图或蓝图上加盖竣工图章。没有改动的二底图转做竣工图也要加盖竣工图章 4）如果二底图修改次数较多，个别图面可能出现模糊不清等技术问题，必须进行技术处理或重新绘制，以期达到图面整洁、字迹清楚等质量要求
重新绘制的竣工图	根据工程竣工现状和洽商记录绘制竣工图，重新绘制竣工图要求与原图比例相同，符合制图规范，有标准的图框和内容齐全的图签，图签中应有明确的“竣工图”字样或加盖竣工图章
用CAD绘制的竣工图	在电子版施工图上依据设计变更、工程洽商的内容进行修改，修改后用云图圈出修改部位，并在图中空白处做一修改备考表，表示要求同上述“在二底图上修改的竣工图”的要求。同时，图签上必须有原设计人员签字

表4-6 修改备考表

变更、洽商编号（或时间）	内容（简要提示）

4. 竣工图章

1）“竣工图章”应具有明显的“竣工图”字样，并包括编制单位名称、制图人、审核人和编制日期等基本内容。编制单位、制图人、审核人、技术负责人要对竣工图负责。

竣工图章内容、尺寸参见本书第1章图1-8。

2）所有竣工图应由编制单位逐张加盖、签署竣工图章。竣工图章中签名必须齐全，不得代签。

3）凡由设计院编制的竣工图，其设计图签中必须明确竣工阶段，并由绘制人和技术负责人在设计图签中签字。

4）竣工图章应加盖在图签附近的空白处。

5）竣工图章应使用不褪色红或蓝色印泥。

6）图纸折叠前，应按裁图线裁剪整齐，其图纸幅面应符合图4-1及表4-7的规定。

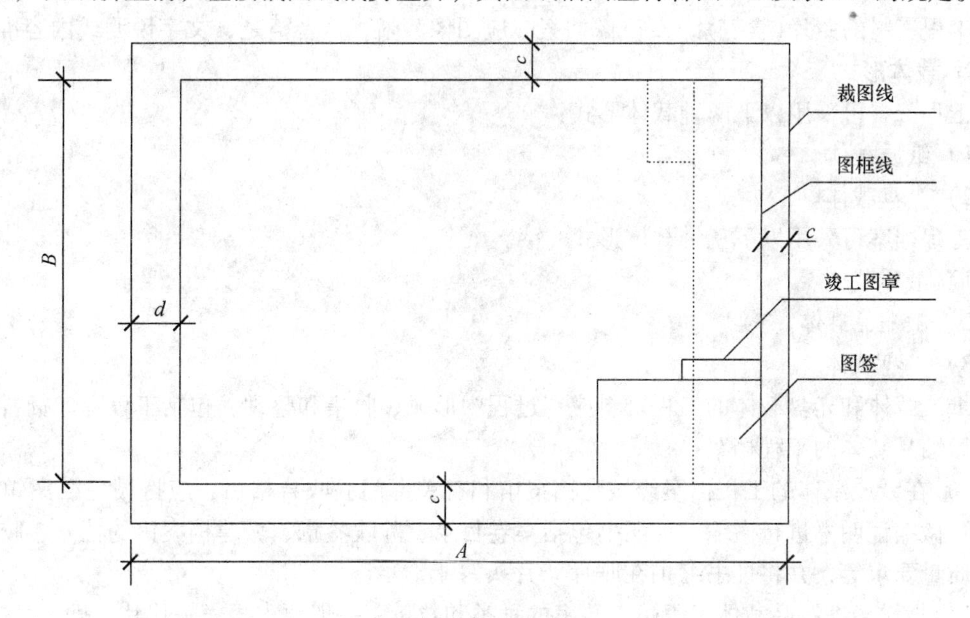

图4-1 图纸幅面

表4-7 图纸幅面尺寸 （单位：mm）

基本幅面代号	0#	1#	2#	3#	4#
$b \times l$	841×1189	594×841	420×594	297×420	297×210
c	10			5	
d	25				

注：尺寸代号见图4-1所示。

细节：工程资料编制与组卷

1. 质量要求

工程资料应真实反映工程实际的状况，具有永久和长期保存价值的材料必须完整、准确和系统。

工程资料应使用原件，因各种原因不能使用原件的，应在复印件上加盖原件存放单位公章、注明原件存放处，并有经办人签字及时间。

工程资料应保证字迹清晰，签字、盖章手续齐全，签字必须使用档案规定用笔。计算机形成的工程资料应采用内容打印，手工签名的方式。

施工图的变更、洽商绘图应符合技术要求。凡采用施工蓝图改绘竣工图的，必须使用反差明显的蓝图，竣工图应整洁。

工程档案的填写和编制应符合档案微缩管理和计算机输入的要求。

工程档案的微缩制品，必须国家微缩标准进行制作，主要技术指标(解像力、密度、海波残留量等)应符合国家标准规定，保证质量，以适应长期安全保管。

工程资料的照片(含底片)及声像档案，应图像清晰，声音清楚，文字说明或内容准确。

2. 载体形式

工程资料可采用以下两种载体形式：

1）纸质载体。

2）光盘载体。

工程档案可采用以下三种载体形式：

1）纸质载体。

2）微缩品载体。

3）光盘载体。

纸质载体和光盘载体的工程资料应在过程中形成、收集和整理，包括工程音像资料。

微缩品载体的工程档案：

1）在纸质载体的工程档案经城建档案馆和有关部门验收合格后，应持城建档案馆发给的准可微缩证明书进行微缩，证明书包括案卷目录、验收签章、城建档案馆的档号、胶片代数、质量要求等，并将证书缩拍在胶片“片头”上。

2）报送微缩制品载体工程竣工档案的种类和数量，一般要求报送三代片，即：

① 第一代(母片)卷片一套，作长期保存使用。

② 第二代(复制片)卷片一套，作复制工作用。

③ 第三代(复制片)卷片或者开窗卡片、封套片、平片，作提供日常利用(阅读或复原)使用。

3）向城建档案馆移交的微缩卷片、开窗卡片、封套片、平片必须按城建档案馆的要求进行标注。

光盘载体的电子工程档案：

1）纸质载体的工程档案经城建档案馆和有关部门验收合格后，进行电子工程档案的核查，核查无误后，进行电子工程档案的光盘刻制。

2）电子工程档案的封套、格式必须按城建档案馆的要求进行标注。

3. 组卷要求

工程资料组卷的组卷要求主要有下表所示几点：

项　目	主 要 内 容
组卷的质量要求	1）组卷前应保证基建文件、监理资料和施工资料齐全、完整，并符合规程要求 2）编绘的竣工图应反差明显、图面整洁、线条清晰、字迹清楚，能满足微缩和计算机扫描的要求 3）文字材料和图纸不满足质量要求的一律返工

（续）

项　目	主 要 内 容
组卷的基本原则	1）建设项目应按单位工程组卷 2）工程资料应按照不同的收集、整理单位及资料类别，按基建文件、监理资料、施工资料和竣工图分别进行组卷 3）卷内资料排列顺序应依据卷内资料构成而定，一般顺序为封面、目录、资料部分、备考表和封底。组成的卷案应美观、整齐 4）卷内若存在多类工程资料时，同类资料按自然形成的顺序和时间排序，不同资料之间的排列顺序可参照表1-3的顺序排列 5）案卷不宜过厚，一般不超过40mm。案卷内不应有重复资料
组卷的具体要求	1）基建文件组卷。基建文件可根据类别和数量的多少组成一卷或多卷，如工程决策立项文件卷、征地拆迁文件卷、勘察、测绘与设计文件卷、工程开工文件卷、商务文件卷、工程竣工验收与备案文件卷。同一类基建文件还可根据数量多少组成一卷或多卷 基建文件组卷具体内容和顺序可参考表1-3；移交城建档案馆基建文件的组卷内容和顺序可参考资料规程 2）监理资料组卷。监理资料可根据资料类别和数量多少组成一卷或多卷 3）施工资料组卷。施工资料组卷应按照专业、系统划分，每一专业、系统再按照资料类别从C1至C7顺序排列，并根据资料数量多少组成一卷或多卷 对于专业化程度高，施工工艺复杂，通常由专业分包施工的子分部(分项)工程应分别单独组卷，如有支护土方、地基(复合)、桩基、预应力、钢结构、木结构、网架(索膜)、幕墙、供热锅炉、变配电室和智能建筑工程的各系统，应单独组卷子分部(分项)工程并按照顺序排列，并根据资料数量的多少组成一卷或多卷 按规程规定应由施工单位归档保存的基建文件和监理资料按表1-3的要求组卷 4）竣工图组卷。竣工图应按专业进行组卷。可分为工艺平面布置竣工图卷、建筑竣工图卷、结构竣工图卷、给水排水及采暖竣工图卷、建筑电气竣工图卷、智能建筑竣工图卷、通风、空调竣工图卷、电梯竣工图卷、室外工程竣工图卷等，每一专业可根据图纸数量多少组成一卷或多卷 5）向城建档案馆报送的工程档案应按《建设工程文件归档整理规范》(GB/T 50328—2001)的要求进行组卷 6）文字材料和图纸材料原则上不能混装在一个装具内，如资料材料较少，需放在一个装具内时，文字材料和图纸材料必须混合装订，其中文字材料排前，图样材料排后 7）单位工程档案总案卷数超过20卷的，应编制总目录卷
案卷页号的编写	1）编写页号应以独立卷为单位。再案卷内资料材料排列顺序确定后，均以有书写内容的页面编写页号 2）每卷从阿拉伯数字1开始，用打号机或钢笔一次逐张连续标注页号，采用黑色、蓝色油墨或墨水。案卷封面、卷内目录和卷内备案表不编写页号 3）页号编写位置：单面书写的文字材料页号编写在右下角，双面书写的文字材料页号正面编写在右下角，背面编写在左下角 4）图纸折叠后无论何种形式，页号一律编写在右下角

4. 封面与目录

（1）工程资料封面与目录

1）工程资料案卷封面。

案卷封面包括名称、案卷题名、编制单位、技术主管、编制日期(以上由移交单位填写)、保管期限、密级、共________册第________册等(由档案接收部门填写)。

① 名称:填写工程建设项目竣工后使用名称(或曾用名)。若本工程分为几个(子)单位工程应在第二行填写(子)单位工程名称。

② 案卷题名:填写本卷卷名。第一行按单位、专业及类别填写案卷名称;第二行填写案卷内主要资料内容提示。

③ 编制单位:本卷档案的编制单位,并加盖公章。

④ 技术主管:编制单位技术负责人签名或盖章。

⑤ 编制日期:填写卷内资料材料形成的起(最早)、止(最晚)日期。

⑥ 保管期限:由档案保管单位按照本单位的保管规定或有关规定填写。

⑦ 密级:由档案保管单位按照本单位的保密规定或有关规定填写。

2) 工程资料卷内目录。

工程资料的卷内目录,内容包括序号、工程资料题名、原编字号、编制单位、编制日期、页次和备注。卷内目录内容应与案卷内容相符,排列在封面之后,原资料目录及设计图纸目录不能代替。

① 序号:案卷内资料排列先后用阿拉伯数字从1开始一次标注。

② 工程资料题名:填写文字材料和图纸名称,无标题的资料应根据内容拟写标题。

③ 原编字号:资料制发机关的发字号或图纸原编图号。

④ 编制单位:资料的形成单位或主要负责单位名称。

⑤ 编制日期:资料的形成时间(文字材料为原资料形成日期,竣工图为编制日期)。

⑥ 页次:填写每份资料在本案卷的页次或起止的页次。

⑦ 备注:填写需要说明的问题。

3) 分项目录。

① 分项目录(一)适用于施工物资材料的编目,目录内容应包括资料名称、厂名、型号规格、数量、使用部位等,有进场见证试验的,应在备注栏中注明。

② 分项目录(二)适用于施工测量记录和施工记录的编目,目录内容包括资料名称、施工部位和日期等。

资料名称:填写表格名称或资料名称。

施工部位:应填写测量、检查或记录的层、轴线和标高位置。

日期:填写资料正式形成的年、月、日。

4) 混凝土(砂浆)抗压强度报告目录。

混凝土(砂浆)抗压强度报告目录应分单位工程、按不同龄期汇总、编目。有见证试验应在备注栏中注明。

5) 钢筋连接试验报告目录。

钢筋连接试验报告目录适用于各种焊(连)接形式。有见证试验应在备注栏中注明。

6) 工程资料卷内备考表。

内容包括卷内文字材料张数、图样材料张数、照片张数等,立卷单位的立卷人、审核人及接收单位的审核人、接收人应签字。

① 案卷审核备考表分为上下两栏,上一栏由立卷单位填写,下一栏由接受单位填写。

② 上栏应表明本案卷一编号资料的总张数：指文字、图纸、照片等的张数。

审核说明填写立卷时资料的完整和质量情况，以及应归档而缺少的资料的名称和原因；立卷人有责任立卷人签名；审核人有案卷审查人签名；年月日按立卷、审核时间分别填写。

③ 下栏由接收单位根据案卷的完成及质量情况标明审核意见。

技术审核人由接收单位工程档案技术审核人签名；档案接收人由接收单位档案管理接收人签名；年月日按审核、接收时间分别填写。

(2) 工程档案封面和目录

1) 工程档案案卷封面。

使用城市建设档案封面，注明工程名称、案卷题名、编制单位、技术主管、保存期限、档案密级等。

2) 工程档案卷内目录。

使用城建档案卷内目录，内容包括顺序号、文件材料题名，原编字号、编制单位、编制日期、页次、备注等。

3) 工程档案卷内备案。

使用城建档案案卷审核备考表，内容包括卷内文字材料张数，图样材料张数，照片张数等和立卷单位的立卷人、审核人及接收单位的审核人、接收人签字。

城建档案案卷审核备考表的下栏部分由城建档案馆根据案卷的完整及质量情况标明审核意见。

(3) 案卷脊背编制　案卷脊背项目有档号、案卷题名，有档案保管单位填写。城建档案的案卷脊背由城建档案馆填写。

5. 案卷规格与装订

案卷的规格与装订主要有下表所示几点内容：

项　目	主要内容
案卷规格	卷内资料、封面、目录、备考表统一采用 A4 幅(197mm×210mm)尺寸，图纸分别采用 A0(841mm×1189mm)、A1(594mm×841mm)、A2(420mm×594mm)、A3(297mm×420mm)、A4(197mm×210mm)幅面。小于 A4 幅面的资料要用 A4 白纸(197mm×210mm)衬托
案卷装具	案卷采用统一规格尺寸的装具。属于工程档案的文字、图纸材料一律采用城建档案馆监制的硬壳卷夹或卷盒，外表尺寸 310mm(高)×220mm(宽)，卷盒厚度尺寸分别为 50mm、30mm 二种，卷夹厚度尺寸为 25mm；少量特殊的档案也可采用外表尺寸为 310mm(高)×430mm(宽)，厚度尺寸为 50mm。案卷软(内)卷皮尺寸为 197mm(高)×210mm(宽)
案卷装订	1) 文字材料必须装订成册，图纸材料可装订成册，也可散装存放 2) 装订时要剔除金属物，装订线一侧根据案卷薄厚加垫草板纸 3) 案卷用棉线在左侧三孔装订，棉线装订结打在背面。装订线距左侧 20mm，上下两孔分别距中孔 80mm 4) 装订时，须将封面、目录、备考表、封底与案卷一起装订图纸散装在卷盒时，需将案卷封面、目录、备考表三件用棉线在左上角装订在一起

细节：工程资料验收与移交

工程竣工验收前，建设单位(或工程设施管理单位)应组织、督促和协同施工单位检查施工技术资料的质量，不符合要求的，应限期修改、补充、直至重做。

应验收的工程资料有：

1）工程资料移交书：工程资料移交书是工程资料进行移交的凭证，应由移交日期和移交单位、接收单位的盖章。

2）工程档案移交书：使用城市建设档案移交书，为竣工档案进行移交的凭证，应有移交日期和移交单位、接收单位的盖章。

3）工程档案微缩品移交书：使用城市建设档案馆微缩品移交书，为竣工档案进行移交的凭证，应有移交日期和移交单位、接收单位的盖章。

4）工程资料移交目录：工程资料移交，办理的工程资料移交书应附工程资料移交目录。

5）工程档案移交目录：工程档案移交，办理的工程档案移交书应附城市建设档案移交目录。

全部施工技术资料应在竣工验收后，按协议规定时间移交给建设单位，但最迟不得超过3个月。

施工技术资料在移交时应办理移交手续，并由双方单位负责人签章。

建筑安装施工技术资料移交书见表4-8。施工技术资料移交明细表见表4-9。

表4-8 建筑安装施工技术资料移交书

按有关规定 办理　　　　　　　　　　工程施工技术资料移交手续。共计　　册。其中图样材料　　册，文字材料　　册，其他材料　　张(　　)。 附：移交明细表 移交单位(公章)　　　　　　　　接受单位(公章) 单位负责人：　　　　　　　　　单位负责人： 移交人：　　　　　　　　　　　接收人： 　　　　　　　　　　　　　　　移交时间　　年　　月　　日

表4-9 施工技术资料移交明细表

序号	案卷题名	数量						备注
		文字材料		图纸材料		其他		
		册	张	册	张	册	张	
1	原材料、半成品、成品出厂证明和试(检)验报告							
2	施工试验报告							
3	施工记录							
4	预检记录							

（续）

序号	案卷题名	数量						备注
		文字材料		图纸材料		其他		
		册	张	册	张	册	张	
5	隐检记录							
6	基础结构验收记录							
7	给水排水与采暖工程							
8	电气安装工程							
9	通风与空调工程							
10	电梯安装工程							
11	施工组织设计与技术交底							
12	工程质量验收记录							
13	竣工验收资料							
14	设计变更、洽商记录							
15	竣工图							
16	其他							

5 工程监理的资料管理

细节：监理月报

1. 监理月报的封面及内容

(1) 工程概况

工程基本情况：

1) 建筑工程：工程名称、工程地点、建设单位、承包单位、勘察单位、设计单位、质监单位、建筑类型、建筑面积、檐口高度(或总高度)、结构类型、层数(地上、地下)、总平面示意图等。

2) 市政、公用工程：工程名称、工程地点、建设单位、承包单位、设计单位、工程内容(道路、桥梁,各类管线、场站等)、工程规模(道路长度、面积、桥梁总长度、跨度、面积,管线管径、长度等)、工程等级、工程示意图等。

3) 合同情况：合同约定质量目标、工期、合同价等。

施工基本情况：

1) 本期在施的形象部位及施工项目。

2) 施工中主要问题等。

(2) 工程进度

1) 工程实际完成情况与总进度计划比较。

2) 本月实际完成情况与计划进度比较。

3) 本月工、料、机动态。

4) 对进度完成情况的分析(含停工、复工情况)。

5) 本月采取的措施及效果。

6) 本月在施部位的工程照片。

(3) 工程质量

1) 分项工程和检验批质量验收情况(部位、承包单位自检、监理单位签认、一次验收合格率等)。

2) 分部(子分部)工程质量验收情况。

3) 主要施工试验情况(如钢筋连接、混凝土试块强度、砌筑砂浆强度以及暖、卫、电气、通风与空调施工试验等)。

4) 工程质量问题。

5) 工程质量情况分析。

6) 本月采取的措施及效果。

(4) 工程计量与工程款支付

1) 工程计量审批情况。

2）工程款审批及支付情况。

3）工程款到位情况分析。

4）本月采取的措施及效果。

（5）构配件与设备

1）采购、供应、进场及质量情况。

2）对供应厂家资质的考察情况。

（6）合同其他事项的处理情况

1）工程变更情况（主要内容、数量等）。

2）工程延期情况（申请报告主要内容及审批情况）。

3）费用索赔情况（次数、数量、原因、审批情况）。

（7）天气对施工影响的情况

影响天数及部位。

（8）本月监理工作小结

1）对本期工程进度、质量、工程款支付等方面的综合评价。

2）意见和建议。

3）本月监理工作的主要内容。

4）下月监理工作的重点。

2. 监理月报的编制

（1）工程概况

工程基本情况表见表 5-1。

表 5-1 工程基本情况表

<table>
<tr><td>工程名称</td><td colspan="7"></td></tr>
<tr><td>工程地点</td><td colspan="7"></td></tr>
<tr><td>工程性质</td><td colspan="7"></td></tr>
<tr><td>建设单位</td><td colspan="7"></td></tr>
<tr><td>勘察单位</td><td colspan="7"></td></tr>
<tr><td>设计单位</td><td colspan="7"></td></tr>
<tr><td>承包单位</td><td colspan="7"></td></tr>
<tr><td>质监单位</td><td colspan="7"></td></tr>
<tr><td>开工日期</td><td></td><td colspan="2">竣工日期</td><td colspan="2"></td><td>工期天数</td><td></td></tr>
<tr><td>质量目标</td><td></td><td colspan="2">合同价款</td><td colspan="2"></td><td>承包方式</td><td></td></tr>
<tr><td colspan="8">工程项目一览表</td></tr>
<tr><td>单位工程名称</td><td>建筑面积/m²</td><td>结构类型</td><td>地上/地下层数</td><td>檐高/m</td><td>基础及埋深</td><td>设备安装</td><td>工程造价</td></tr>
<tr><td></td><td></td><td></td><td></td><td></td><td></td><td></td><td></td></tr>
<tr><td></td><td></td><td></td><td></td><td></td><td></td><td></td><td></td></tr>
<tr><td></td><td></td><td></td><td></td><td></td><td></td><td></td><td></td></tr>
<tr><td></td><td></td><td></td><td></td><td></td><td></td><td></td><td></td></tr>
</table>

（续）

工程项目一览表							
单位工程名称	建筑面积/m^2	结构类型	地上/地下层数	檐高/m	基础及埋深	设备安装	工程造价
工程施工基本情况							

(2) 承包单位项目组织系统

1) 承包单位组织框图及主要负责人。

用框图表示承包单位项目经理部主要组成人员的组织系统及人员姓名、职务，并简要介绍承包单位的资质等级，过去的工程业绩、项目经理部各主要负责人的资格证书、职称等主要情况。

2) 主要分包单位承担分包工程的情况。

主要分包单位承担分包工程的情况统计见表5-2。

表5-2 主要分包单位情况表

人数（持证人数）/工种 类别						分包工程名称、范围	备注

（续）

人数（持证人数） 工种 / 类别					分包工程名称、范围	备　注

（3）工程进度

1）工程实际完成情况与总进度计划比较

工程实际完成情况与总进度计划的比较见表5-3。

表5-3　工程实际完成情况与总进度计划比较表

序号	年 月 / 分部工程名称	____年												____年											
		1	2	3	4	5	6	7	8	9	10	11	12	1	2	3	4	5	6	7	8	9	10	11	12

（续）

序号	年 月 分部 工程名称	____年												____年											
		1	2	3	4	5	6	7	8	9	10	11	12	1	2	3	4	5	6	7	8	9	10	11	12

▬计划进度 ▬实际进度

2）本月实际完成情况与总进度计划比较

本月实际完成情况与总进度计划的比较见表5-4。

表5-4 本月实际完成情况与总进度计划比较表

序号	日期 分项 工程名称	月						月																								
		26	27	28	29	30	31	1	2	3	4	5	6	7	8	9	10	11	12	13	14	15	16	17	18	19	20	21	22	23	24	25

（续）

序号	日期 分项工程名称	月						月																								
		26	27	28	29	30	31	1	2	3	4	5	6	7	8	9	10	11	12	13	14	15	16	17	18	19	20	21	22	23	24	25

计划进度　　实际进度　　　　　　　　　　编制人：

3）本月工、料、机的动态

本月工、料、机的动态见表5-5。

表5-5　工、料、机的动态

人工	工种								其他	总人数
	人数									
	持证人数									

主要材料	名称	单位	上月库存量	本月进厂量	本月库存量	本月消耗量

（续）

	名 称	生产厂家	规格型号	数 量
主要机械				

细节：工程监理资料的组成与编制程序

1. 工程监理资料的组成

工程监理资料主要由以下几项内容组成：

1）合同文件：

① 施工监理招投标文件。

② 建设工程委托监理合同。

③ 施工招标投标文件。

④ 建设工程施工合同、分包合同、各类订货合同等。

2）设计文件：

① 施工图纸。

② 岩土工程勘察报告。

③ 测量基础资料。

3）工程项目监理规划及监理实施细则：

① 工程项目监理规划。

② 监理实施细则。

③ 项目监理部编制的总控制计划等其他资料。

4）工程变更文件：

① 审图汇总资料。

② 设计交底记录、纪要。

③ 设计变更文件。

④ 工程变更记录。
5）监理月报。
6）会议纪要。
7）施工组织设计(施工方案)：
① 施工组织设计(总体设计或分阶段设计)。
② 分部施工方案。
③ 季节施工方案。
④ 其他专项施工方案等。
8）分包资质：
① 分包单位资质资料。
② 供货单位资质资料。
③ 试验室等单位的资质资料。
9）进度控制：
① 工程动工报审表(含必要的附件)。
② 年、季、月进度计划。
③ 月工、料、机动态表。
④ 停、复工资料。
10）质量控制：
① 各类工程材料、构配件、设备报验。
② 施工测量放线报验。
③ 施工试验报验。
④ 检验批、分项、分部工程施工报验与认可。
⑤ 不合格项处置记录。
⑥ 质量问题和事故报告及处理等资料。
11）造价控制：
① 概预算或工程量清单。
② 工程量报审与核认。
③ 预付款报审与支付证书。
④ 月工程进度款报审与签认。
⑤ 工程变更费用报审与签认。
⑥ 工程款支付申请与支付证书。
⑦ 工程竣工结算等。
12）监理通知及回复。
13）合同其他事项管理：
① 工程延期报告、审批等资料。
② 费用索赔报告、审批等资料。
③ 合同争议和违约处理资料。
④ 合同变更资料等。
14）工程验收资料：

① 工程基础、主体结构等中间验收资料。

② 设备安装专项验收资料。

③ 竣工验收资料。

④ 工程质量评估报告。

⑤ 竣工移交证书等。

15）其他往来函件。

16）监理日志、日记。

17）监理工作总结(专题、阶段和竣工总结等)。

2. 监理资料管理流程

监理资料的管理流程见图5-1。

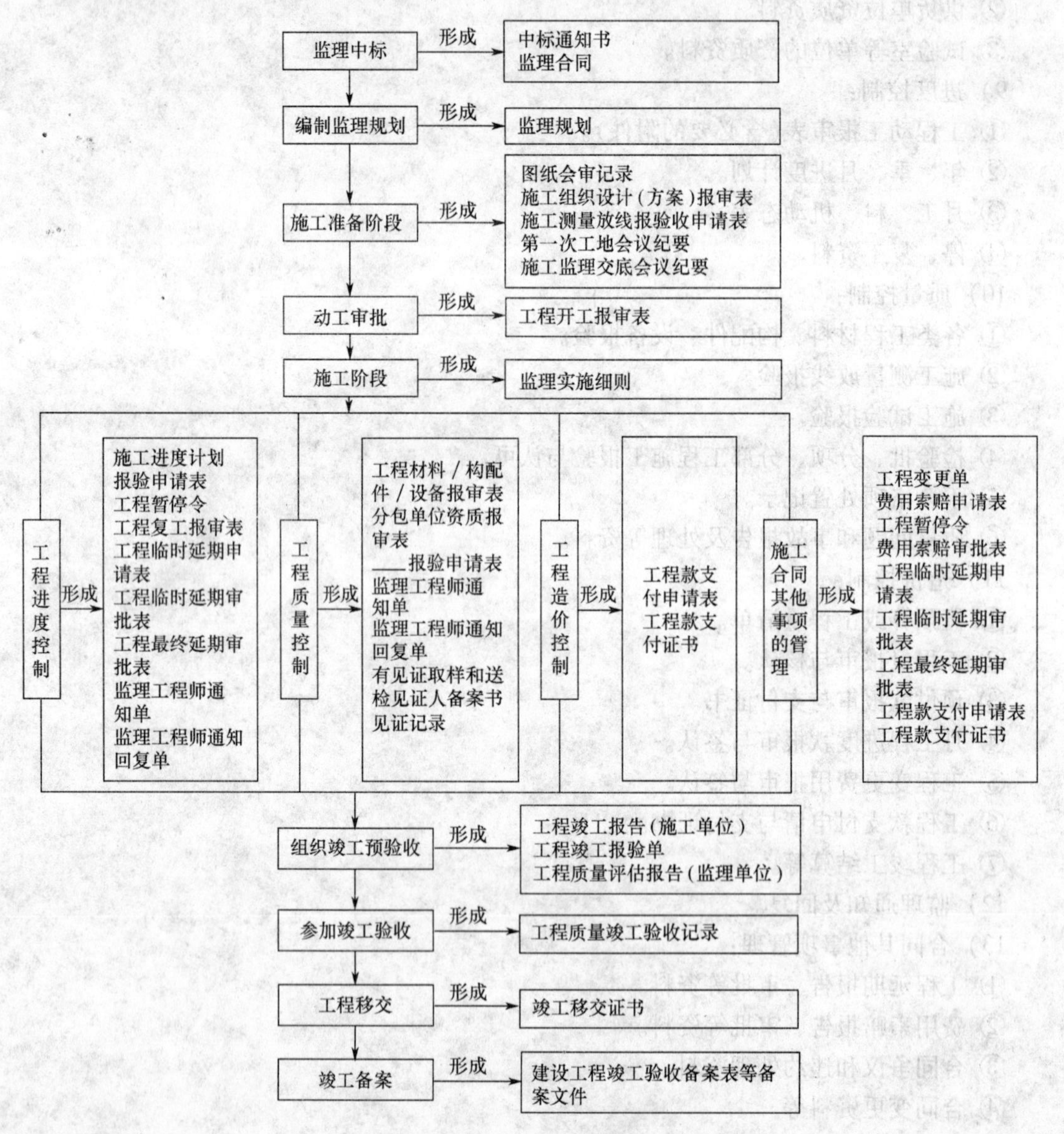

图5-1 监理资料管理流程

细节：监理工作日记的要求与格式

1. 监理工作日记填写要求

监理日记的记录是监理资料中较重要的组成部分，是工程实施过程中最真实的工作证据，是记录人素质、能力和技术水平的体现。所以监理日记的内容必须保证真实、全面，充分体现参建各方合同的履行程度。公正地记录好每天发生的工程情况是监理人员的重要职责。

监理工作日记应以项目监理部的监理工作为记载对象，从监理工作开始起至监理工作结束止，由专人负责逐日记载。

（1）准确记录时间　气象监理人员在书写监理日记时，往往只重视时间记录，而忽视了气象记录，其实气象记录的准确性和工程质量有直接的关系：

1）混凝土强度、砂浆强度在不同气温条件下的变化值有着明显的区别，监理人员可以根据混凝土浇捣时的温度及今后几天的气温变化，准确计算出强度的理论计算值，从而判断是否具备拆模条件，是否具备承载能力，承载能力有多少。

2）在地基与基础工程、主体工程、装饰工程、屋面工程等分部工程施工过程中，气象的变化直接影响工程的施工质量。有些工程在单位工程结束后出现一系列的质量问题，调查人员即可根据问题部位的监理日记作出分析，有的质量问题可能就与气象有直接的关系。比如雨季施工时，基槽遭雨水浸泡，引起土壤变化进而影响基础工程的质量。

（2）做好现场巡查，真实、准确、全面地记录工程相关问题

1）监理人员在书写监理日记之前，必须做好现场巡查，增加巡查次数，提高巡查质量，巡查结束后按不同专业、不同施工部位进行分类整理，最后工整地书写监理日记，并做记录人的签名工作。

2）监理人员在做监理日记记录时，往往只记录工程进度，而对施工中存在的问题没有做好记录，或者认为问题较小，没有必要写在日记当中；或者认为问题已经解决，没有必要再找麻烦。其实这就忽视了自身价值的体现。现在许多业主方并不理解监理工作在工程项目中的作用，如果我们在日常的资料中没有记录监理发现的问题，没有记录监理的监督工作，怎么能让业主方更多地了解监理的工作内容和服务宗旨。所以在记录监理日记时，要真实、准确、全面地反映与工程相关的一切问题（包括“三控制”、“二管理”、“一协调”）。

3）监理人员在做监理日记记录时，往往只记录工程进度、存在问题。没有记录问题是怎样解决的。应该说，发现问题是监理人员经验和观察力的表现，解决问题是监理人员能力和水平的体现。在监理工作中，并不只是发现问题，更重要的是怎样科学合理地解决问题。所以监理日记要记录好发现的问题、解决的方法以及整改的过程和程度。

（3）关心安全文明施工管理，做好安全检查记录　一般的监理合同中大多不包括安全内容。虽然安全检查属于合同外的服务，但直接影响操作工人的情绪，进而影响工程质量，所以监理人员也要多关心、多提醒。做好检查记录，从而保证监理工作的正常开展。

（4）书写工整、规范用语、内容严谨　工程监理日记充分展现了记录人对各项活动、问题及其相关影响的表达。文字如处理不当，比如错别字多，涂改明显，语句不通，不符逻辑，或用词不当、用语不规范、采用日常俗语等等都会产生不良后果。语言表达能力不足的

监理人员在日常工作中要多熟悉图纸、规范，提高技术素质，积累经验，掌握写作要领，严肃认真地记录好监理日记。

（5）日记完成后的工作　书写好监理日记后，要及时交总监理工程师审查，以便及时沟通和了解，从而促进监理工作正常有序地开展。

2. 施工监理日记推荐格式

施工监理日记推荐格式见表5-6。

表5-6　施工监理日记

工程名称：________　　　　　　　　　　　　　　　　　　　　编号________

施工部位		日期	
气象情况	最高气温　　℃　最低气温　　℃　风力：　　级		
1			
2			
3			
4			
5			
主要事项记载： 记录人：________			

细节：监理会议纪要的编制

1. 监理会议纪要编制要求

（1）第一次工地会议　第一次工地会议是在中标通知书发出后，监理工程师准备发出开工通知前召开。目的是检查工程的准备情况（含各方机构、人员），以确定开工日期，发出开工令。第一次工地会议对顺利实施工程建设监理起重要的作用，总监理工程师应十分重视。为了开好第一次工地会议，总监理工程师应在做好充分准备的基础上，在正式开会之前用书面形式将会议议程有关事项以及应准备的内容通知业主和承包商，使各方都做好充分的准备。

会议准备的内容。第一次工地会议由总监理工程师主持，业主、承包商、指定分包商、专业监理工程师等参加，各方准备工作的内容如下：

1）监理单位准备工作的内容包括：现场监理组织的机构框图及各专业监理工程师、监理人员名单及职责范围；监理工作的例行程序及有关表达说明。

2）业主准备的工作内容包括：派驻工地的代表名单以及业主的组织机构；工程占地、临时用地、临时道路、拆迁以及其他与工程开工有关的条件；施工许可证、执照的办理情况；资金筹集情况；施工图纸及其交底情况。

3）承包商准备工作的内容包括：工地组织机构图表，参与工程的主要人员名单以及各种技术工人和劳动力进场计划表；用于工程的材料、机械的来源及落实情况；供料计划清单；各种临时设施的准备情况，临时工程建设计划；试验室的建立或委托试验室的资质、地点等情况；工程保险的办理情况，有关已办手续的副本；现场的自然条件、图纸、水准基点及主要控制点的测量复核情况；为监理工程师提供的设备准备情况；施工组织总设计及施工进度计划；与开工有关的其他事项。

第一次工地会议应包括以下主要内容：

1）建设单位、承包单位和监理单位分别介绍各自驻现场的组织机构、人员及其分工。

2）建设单位根据委托监理合同宣布对总监理工程师的授权。

3）建设单位介绍工程开工准备情况。

4）承包单位介绍施工准备情况。

5）建设单位和总监理工程师对施工准备情况提出意见和要求。

6）总监理工程师介绍监理规划的主要内容。

7）研究确定各方在施工过程中参加工地例会的主要人员，召开工地例会周期、地点及主要议题。

监理工程师对会议全部内容整理成纪要文件。纪要文件应包括：参加会议人员名单；承包商、业主和监理工程师对开工准备工作的详情；与会者讨论时发表的意见及补充说明；监理工程师的结论意见。

（2）经常性工地会议　经常性工地会议（或工地例会）是在开工以后，按照协商的时间，由监理工程师定期组织召开的会议。它是监理工程师对工程建设过程进行监督协调的有效方式。它的主要目的是分析、讨论工程建设中的实际问题，并作出决定。为了使经常性工地会议具有成效，一般应注意下表中几个环节：

项　目	主 要 内 容
会议参加者	在开会前由监理工程师通知有关人员参加，主要人员不得缺席： 1）监理方参加者：总监理工程师（总监代表）、驻地监理工程师 2）承包方参加者：项目经理（或副经理）、技术负责人及其他有关人员、分包商参加会议由承包商确定 3）业主：邀请业主代表参加 在某些特殊情况下，还可邀请其他有关单位参加会议
会议资料的准备	会议资料的准备是开好经常性工地会议的重要环节，参会者务必提前做好准备 1）监理工程师应准备以下资料：上次工地会议的记录；承包商对监理程序执行情况分析资料；施工进度的分析资料；工程质量情况及有关技术问题的资料；合同履行情况分析资料；其他相关资料 2）承包商应准备以下主要资料：工程进度图表；气象观测资料；实验数据资料；观测数据资料；人员及设备清单；现场材料的种类、数量及质量；有关事项说明资料，如进度和质量分析、安全问题分析、技术方案问题、财务支付问题、其他需要说明的问题
会议程序	一般经常性工地会议可按以下程序进行： 1）确认上次工地会议记录。对上次会议的记录若有争议，就确认各方同意的上次会议记录 2）工程进度情况。审核主要工程部分的进度情况；影响进度的主要问题；对所采取的措施进行分析 3）工程进度的预测。介绍下期的进度计划、主要措施

（续）

项　目	主 要 内 容
会议程序	4）承包商投入人力的情况。提供到场人员清单 5）机械设备到场情况。提供现场施工机械设备清单 6）材料进场情况。提供进场材料清单，讨论现场材料的质量及其适用性 7）有关技术事宜。讨论相关的技术问题 8）财务事宜。讨论有关计量与支付的任何问题 9）行政管理事宜。工地试验情况；各单位间的协调；与公共设施部门的关系；监理工作程序；安全状况等 10）合同事宜。未决定的工程变更情况；延期和索赔问题；工程保险等 11）其他方面的问题 12）下次会议的时间与地点、主要内容等
会议记录	经常性工地会议应有专人做好记录。记录的主要内容一般包括：会议时间、地点及会议序号；出席会议人员的姓名、职务及单位；会议提交的资料；会议中发言者的姓名及发言内容；会议的有关决定 会议记录要真实、准确，同时必须得到监理工程师及承包商的同意。同意的方式可以是在会议记录上签字，也可以在下次工地会议上对记录取得口头上认可

2. 监理会议纪要编制的常用表格

监理会议纪要编制常用表格见表5-7～表5-9。

表5-7　第一次工地会议纪要

单位工程名称			工程造价/万元		
建筑面积/m^2		结构类型层数			
建设单位			项目负责人		
勘察单位			项目负责人		
设计单位			项目负责人		
施工单位			项目经理		
监理单位			总监理工程师		
会议时间	年　月　日	地点		主持人	
签到栏：					
会议内容纪要					
建设单位驻现场的组织机构、人员及分工情况：					
施工单位驻现场的组织机构、人员及分工情况：					
监理单位驻现场的组织机构、人员及分工情况：					
建设单位根据委托监理合同宣布对总监理工程师的授权：					
建设单位介绍工程开工准备情况：					
施工单位介绍施工准备情况：					

（续）

会议内容纪要
建设单位对施工准备情况提出的意见和要求：
总监理工程师介绍监理规划的主要内容：
研究确定的各方在施工过程中参加工地例会的主要人员： 建设单位： 施工单位： 监理单位： 召开工地例会周期、地点及主要议题：

表 5-8　工地例会

编号：

工 程 名 称			
会 议 名 称		总监理工程师	
会 议 时 间	年　月　日	地　　点	
签到栏：			
会议内容纪要			
检查上次例会议定事项的落实情况、分析未完事项的原因：			
检查分析工程项目进度计划完成情况，提出下一阶段进度目标及其落实措施：			
检查工程量核定及工程款支付情况：			
解决需要协调的有关事项：			
其他有关事宜：			

表5-9 专题会议

编号：

<table>
<tr><td>工 程 名 称</td><td colspan="3"></td></tr>
<tr><td>会 议 名 称</td><td></td><td>主 持 人</td><td></td></tr>
<tr><td>会 议 时 间</td><td>年 月 日</td><td>地 点</td><td></td></tr>
<tr><td colspan="4">签到栏：</td></tr>
<tr><td colspan="4">会议内容纪要</td></tr>
<tr><td colspan="4"></td></tr>
</table>

细节：工程进度控制资料

工程季度控制资料主要包括工程开工报审表、施工进度计划报验申请表、工程临时延期申请表和工程临时延期审批表等资料。

1. 工程开工报审表

工程开工报审表(含必要的附件)见表5-10。

表 5-10 工程开工报审表

工程名称：________ 编号：

<table>
<tr><td>致：__________________（监理单位）
我方承担的______________工程，已完成了以下各项工作，具备了开工/复工条件，特此申请施工，请核查并签发开工/复工指令
附：

承包单位(章)__________________
项目经理__________________
日期__________________</td></tr>
<tr><td>审查意见：

项目监理机构__________________
总监理工程师__________________
日期__________________</td></tr>
</table>

2. 施工进度计划报验申请表

施工进度计划报验申请表见表 5-11。

表 5-11 施工进度计划报验申请表

工程名称：________ 编号：

<table>
<tr><td>致：__________________（监理单位）
我单位已经完成了______________________________工作，现报上该工程报验申请表，请予以审查和验收
附件：

承包单位(章)__________________
项目经理__________________
日期__________________</td></tr>
</table>

（续）

审查意见：   项目监理机构______________ 总/专业监理工程师______________ 日期______________

3. 工程临时延期申请表

工程临时延期申请表见表5-12。

表5-12　工程临时延期申请表

工程名称：________　　　　　　　　　　　　编号：

致：________________（监理单位） 根据施工合同条款第________条的规定，由于________________________原因，我方申请工程延期，请予以批准 附件： 1. 工程延期的依据及工期计算   2. 证明材料   承包单位（章）______________ 项目经理______________ 日期______________

4. 工程临时延期审批表

工程临时延期审批表见表5-13。

表5-13 工程临时延期审批表

工程名称：________ 编号：

致：__________________（承包单位）

根据施工合同条款第__________条的规定，我方对你方提出的__________工程延期申请（第__________号）要求延长工期__________日历天的要求，经审核评估：

□暂时同意工期延长________________日历天。使竣工日期（包括已指令延长的日期）从原来的________________年__________月__________日延迟到________________年__________月__________日。请你方执行

□不同意延长工期，请按约定竣工日期组织施工

说明：

项目监理机构____

总监理工程师____________________

日期____________________

细节：工程质量控制资料

工程质量控制资料主要包括工程材料报审表、分项/分部工程施工报验表、隐蔽工程报验申请表、不合格项处置记录表和旁站监理记录等。

1. 工程材料报审表

工程材料报审表见表5-14。

表 5-14 工程材料报审表

工程名称：________ 编号：

<table>
<tr><td>致：________________（监理单位）
我方于××年××月××日进场的工程材料/构配件/设备数量如下（见附件）。现将质量证明文件及自检结果报上，拟用于下述部位：

附件：
1. 数量清单
2. 质量证明文件
3. 自检结果

承包单位（章）________________
项目经理________________
日期________________</td></tr>
<tr><td>审查意见：

项目监理机构________________
总/专业监理工程师________________
日期________________</td></tr>
</table>

2. 分项/分部工程施工报验表

分项/分部工程施工报验表填写表见表 5-15。

表 5-15 分项/分部工程施工报验表

编号：

<table>
<tr><td>工 程 名 称</td><td></td><td>日 期</td><td></td></tr>
<tr><td colspan="4">现我方已完成________（层）________（轴线或房间）________（高程）________（部位）的________工程，经我方检验符合设计、规范要求，请予以验收。
附件：　名称　　页数　　编号
1. □质量控制资料汇总表　____ 页　________
2. □隐蔽工程检查记录表　____ 页　________
3. □预检记录　____ 页　________
4. □施工记录　____ 页　________
5. □施工试验记录　____ 页　________
6. □分部工程质量检验评定记录　____ 页　________
7. □分项工程质量检验评定记录　____ 页　________
8. □________________　____ 页　________
9. □________________　____ 页　________
10. □________________　____ 页　________
质量检查员（签字）：
承包单位名称：　　技术负责人（签字）：</td></tr>
<tr><td colspan="4">审查意见：

审查结论：　□合格　□不合格
监理单位名称：　（总）监理工程师（签字）：　审查日期：</td></tr>
</table>

注：本表由承包单位填报，监理单位、承包单位各存一份。分项分部工程不合格，应填写《不合格项处置记录》，分部工程应由总监理工程师签字。

3. 隐蔽工程报验申请表

隐蔽工程报验申请表见表 5-16。

表5-16 隐蔽(检验批、分项、分部)工程报验申请表

工程名称：________ 编号

致：________(监理单位)

我单位已经完成了________工作，现报上该工程报验申请表，请予以审查和验收

附件：

承包单位(章)________

项目经理________

日期________

审查意见：

项目监理机构________

总/专业监理工程师________

日期________

4. 不合格项处置记录表

监理工程师在隐蔽工程验收和检验批验收中，针对不合格的工程应填写《不合格项处置记录》。填写表式见表5-17。

表5-17 不合格项处置记录

编号

<table>
<tr><td>工 程 名 称</td><td></td><td>发生/发现日期</td><td></td></tr>
<tr><td colspan="4">不合格项发生部位与原因：
致＿＿＿＿＿(单位)：
由于以下情况的发生，使你单位在＿＿＿＿＿发生严重□/一般□不合格项，请及时采取措施予以整改。
具体情况：

□自行整改
□整改后报我方验收
签发单位名称：　　签发人(签字)　　日期</td></tr>
<tr><td colspan="4">不合格项改正措施：

整改限期：
整改责任人(签字)：
单位责任人(签字)：</td></tr>
<tr><td colspan="4">不合格项整改结果：
致：＿＿＿＿＿＿＿＿(签发单位)：
根据你方提示，我方已完成整改，请予以验收。
单位负责人(签字)：　　日期：</td></tr>
<tr><td colspan="4">整改结论：　□同意验收　□＿＿＿＿
　　　　　　□继续整改　□＿＿＿＿

验收单位名称：　　验收人(签字)　　日期：</td></tr>
</table>

注：本表由下达方填写，整改方填报整改结果，双方各存一份。

5. 旁站监理记录

旁站监理记录见表5-18。

表5-18 旁站监理记录

编号：

<table>
<tr><td>工程名称</td><td></td><td>日　期</td><td></td></tr>
<tr><td>气　候</td><td colspan="3"></td></tr>
<tr><td colspan="4">旁站监理的部位或工序：</td></tr>
<tr><td colspan="4">旁站监理开始时间：</td></tr>
<tr><td colspan="4">旁站监理结束时间：</td></tr>
<tr><td colspan="4">施工情况：</td></tr>
<tr><td colspan="4">监理情况：</td></tr>
<tr><td colspan="4">发现问题：</td></tr>
<tr><td colspan="4">处理意见：</td></tr>
<tr><td colspan="4">备注：</td></tr>
<tr><td colspan="2">承包单位名称：

质量员(签字)：

××××年××月××日</td><td colspan="2">监理单位名称：

旁站监理人员(签字)：

××××年××月××日</td></tr>
</table>

细节：工程造价控制资料

工程造价控制资料主要包括工程款支付申请表、工程款支付证书、费用索赔申请表和费用索赔审批表等内容。

1. 工程款支付申请表

工程款支付申请表见表5-19。

表5-19 工程款支付申请表

工程名称：________ 编号：

致：____________________（监理单位） 我方已完成了__________工作，按施工合同规定，建设单位应在______________年__________月__________日前支付该项工程款共（大写）______________（小写：______________），现报上______________工程付款申请表，请予以审查并开具工程款支付证书 附件： 1. 工程量清单： 2. 计算方法： 承包单位（章）__________________ 项目经理__________________ 日期__________________

2. 工程款支付证书

工程款支付证书见表5-20。

表5-20 工程款支付证书

工程名称： 编号：

致：______________（承包单位）

根据施工合同规定，经审核承包单位的付款申请和报表，并扣除有关款项，同意本期支付工程款共（大写）______________（小写：______________）。请按合同规定及时付款

其中：

1. 承包单位申报款为：______________

2. 经审核承包单位应得款为：______________

3. 本期应扣款为：______________

4. 本期应付款为：______________

附件：

1. 承包单位的工程付款申请表及附件

2. 项目监理机构审查记录

项目监理机构______________

总监理工程师______________

日期______________

3. 费用索赔申请表

费用索赔申请表见表 5-21。

表 5-21 费用索赔申请表

工程名称： 编号：

致：______________________（监理单位） 根据施工合同条款 _×_ 条规定，由于______________________原因，我方要求索赔金额（大写）______________元，请予以批准 索赔的详细理由即经过： 索赔金额的计算： （根据实际情况，依照工程概预算定额计算） 附：证明材料 工程洽商记录及附图 （证明材料主要包括有：合同文件；监理工程师批准的施工进度计划；合同履行过程中的来往函件；施工现场记录；工地会议纪要；工程照片；监理工程师发布的各种书面指令；工程进度款支付凭证；检查和试验记录；汇率变化表；各类财务凭证；其他有关资料。） 承包单位(章)______________ 项目经理______________ 日期______________

4. 费用索赔审批表

费用索赔审批表见表5-22。

表5-22 费用索赔审批表

工程名称： 编号：

致：________________(承包单位)

根据施工合同条款________条的规定，你方提出的________________费用索赔申请(第×××号)，索赔(大写)________________，经我方审核评估：

□不同意此项索赔

□同意此项索赔，金额为(大写)________________

同意/不同意索赔的理由：

索赔金额的计算：

项目监理机构________________

总监理工程师________________

日期________________

细节：监理工作总结的编制

1. 监理工作总结编制要求

1）监理工作总结应包括以下内容：

① 工程概况。

② 监理组织机构、监理人员和投入的监理设施。

③ 监理合同履行情况。

④ 监理工作成效。

⑤ 施工过程中出现的问题及其处理情况和建议。

⑥ 工程照片(有必要时)。

2）施工阶段监理工作结束时，监理单位应向建设单位提交监理工作总结。

2. 监理工作总结编制

(1) 工程概况　工程概况主要介绍工程名称、工程地点、施工许可证号、质量监督申报号、用地面积、建筑面积、建筑层数、建筑高度、建筑物功能、工程造价、工程类型、基础类型、结构类型，装修标准、门窗工程、楼地面工程、屋面工程、防水设防、水卫工程、电气工程、通风与空调工程、电梯安装工程等基本概况，建设单位、勘察单位、设计单位、监理单位、承包单位(含分包单位)名称，开工日期、竣工日期等内容。

(2) 监理组织机构、监理人员和投入的监理设施

1）项目监理部组织机构图。

参照本书监理月报编制中相关内容。

2）各专业监理人员一览表(表5-23)。

表5-23　各专业监理人员一览表

序号	建筑与结构		给水排水、采暖		通风空调		电气		投资		资料		其他	
	姓名	起止日期	姓名	起止日期	姓名	起止日期	姓名	起止日期	姓名	起止日期	姓名	起止日期	姓名	起止日期

3）监理工作设施的投入情况(检测工具、计算机及辅助设备、摄像器材等)。

(3) 监理合同履行情况　监理合同履行情况应进行总体概述，并详细描述质量、进度、投资控制目标的实现情况；建设单位提供的监理设施的归还情况；如委托监理合同执行过程中出现纠纷的，应叙述主要纠纷事实，并说明通过友好协商取得合理解决的情况。

（4）监理工作成效 着重叙述工程质量、进度、投资三大目标控制及完成情况，对此所采取的措施及作法；监理过程中往来的文件、设计变更、报（审）表、命令、通知等名称、份数；质保资料的名称、份数；独立抽查项目质量记录份数；工程质量评定情况等。以及合理化建议产生的实际效果情况。

（5）施工过程中出现的问题及处理情况和建议

（6）工程照片（有必要时） 工程照片（含底片）主要有：各施工阶段有代表性的照片，尤其是隐蔽工程、质量事故的照片；使用新材料、新产品、新技术的照片等。每张照片都要有简要的文字材料，能准确说明照片内容，如照片类型、位置、拍照时间、作者、底片编号等。

1）开工前地貌照片。

2）基础施工照片。

3）主体施工照片。

4）装饰装修施工照片。

5）竣工照片（室内、外）。

对国家、市重点工程、特大型工程、专业特种工程等应摄制声像材料。要求能反映工程建设的全过程，如原貌、奠基、施工过程控制、竣工验收等内容。声像材料应附有注明工程项目名称及影音内容的文字材料。

3. 监理工作总结推荐范本

监理工作总结的封面见图5-2。

××工程监理工作总结

（范本）

项目总监理工程师：________

总 工 办 主 任：________

公 司 经 理：________

监理单位：（盖章）

××××××××××××监理有限公司

年 月 日

图5-2 监理工作总结封面

监理工作总结的内容如下：

×××工程监理工作总结

本工程于____年____月____日开工，至____年____月____日竣工，我公司于____年____月____日对工程进行初验，工程质量评定为合格。现将该工程项目监理工作情况总结如下：

1 工程概况

1.1 项目名称：________________

1.2 建设单位：________________

1.3 设计单位：________________

1.4 承包单位：________________________

1.5 建设地点：________________________

1.6 建筑面积：________________________

1.7 建筑层数：共____层，其中地下____层、地上____层；总高度____m。

1.8 建筑物功能：________________________

1.9 基础类型：________________________

1.10 结构类型：________________________

1.11 装修特色：________________________

1.12 防水设防：________________________

1.13 暖卫与煤气工程：________________________

1.14 电气工程：________________________

1.15 通风与空调工程：________________________

1.16 电梯安装工程：________________________

2 项目监理机构、监理人员和投入的监理设施

2.1 为履行施工阶段的委托监理合同，完成监理工作任务，我公司在施工现场建立了××工程项目监理机构，实行总监理工程师负责制。

2.2 项目监理机构由总监理工程师(姓名)，土建监理工程师(姓名)、土建监理员(姓名)、安装监理工程师(姓名)、安装监理员(姓名)共____名人员组成(因工作关系人员有变动的要予以说明)，全面履行监理合同约定的监理业务工作。

2.3 根据工程情况，我们配备了满足监理工作需要的建筑工程多功能检测器、多功能垂直校正器、游标卡尺、钢卷尺、水平尺、万用表、接地电阻测试仪、漏电检测器、焊接检验尺等常规检测设备和工具。

3 委托监理合同履行情况

3.1 经过____天的现场监理工作，在建设单位、设计单位、质监站、承包单位及有关部门的大力支持和密切配合下，圆满地完成了委托监理合同及其专用条件中约定的施工阶段范围的监理业务。保修阶段的监理业务我们将继续认真地去完成。

3.2 三大监理工作目标控制情况。根据工程施工合同要求工程质量、进度、投资三大目标，我们采取了事前控制有预见、事中控制不放松、事后控制严格查的有效措施，使三大目标得到了有效控制。

3.2.1 质量监理目标：实现了工程质量合格/优良。

3.2.2 进度监理目标：实现了施工合同工期______天竣工(若工期提前或拖后，应简要说明其原因)。

3.2.3 投资监理目标：施工合同中签约总投资额约为______万元，实际完成投资额并经建设单位认可为______万元。(施工合同中的总投资额往往是概算数，与决算数都有差距，故可根据实际情况作简要说明，说明我们实现了目标控制)。

3.2.4 委托监理合同纠纷处理情况。(在执行委托监理合同过程中，如出现纠纷问题，应叙述主要纠纷事实，并说明通过友好协商得到合理解决的情况。若无纠纷，则去掉该条)。

3.2.5 建设单位向我项目监理机构免费提供的办公用房，监理人员工地住房，通信设施，办公桌、椅、柜等，已如数归还。(据实写明内容，并说明与建设单位某人办理了归还

手续)。

4　监理工作成效

依据《委托监理合同》、国家《建设工程监理规范》和省、市有关建设工程监理法规要求，针对工程项目的实际情况制定了《监理规划》，明确了项目监理机构的工作目标，确定了具体的监理工作制度、程序、方法和措施；根据《监理规划》的要求，针对各专业工程的特点，制定了各专业《监理实施细则》。同时，还建立了图纸会审、工程洽商、分包单位资质审核、施工组织设计审核、工程报验、工程质量评估等项管理制度。据此，规范有序地开展施工全过程的各项监理工作。现着重将工程质量、进度、投资三大目标控制完成情况等，总结如下：

4.1　质量控制方面

4.1.1　督促承包单位建立、健全与实施施工管理制度和质量安全文明施工保证体系。建立健全了______、______等项制度。

4.1.2　严格把好工程材料、成品、半成品和设备质量关，对进场的主要原材料、成品、半成品和设备，按规定均报验核查，不符合要求的严禁用于工程、并限期撤出现场。审核各类《建筑材料报审表》、《主要工程设备选型报审表》、《主要工程设备进场报验单》共______份，从而保证了使用在工程中的原材料、成品、半成品和设备均符合要求。

4.1.3　施工过程中采取巡视、见证、旁站、平行检查等控制手段，对施工的部位或工序进行监督，对关键部位或关键工序则实施旁站监督，对每道工序认真检查，本道工序不合格绝不允许进入下一道工序。对工序、分项分部工程严格实行工程质量报审和抽查制度，审核各类《工程报验单》共____份；独立地对工序、分项工程质量复核平行检查记录____份，占报审工程项目的100%，保证了工程质量。

4.1.4　依据国家《建筑安装工程质量检验评定统一标准》，对工程项目质量进行了评定：该工程共有地基与基础、主体等______分部，合格率100%，优良率____%；质量保证资料共核查______项，符合要求的______项，基本符合要求的项目；单位工程观感质量共评定____项，应得____分，实行______分，得分率为____%。该单位工程质量评为合格/优良。

4.2　进度控制方面

4.2.1　根据建设单位与承包单位正式签订的工程施工总承包合同所确定的工程工期，作为进度控制的总目标。

4.2.2　审查施工组织设计的进度计划是否符合要求，并提出修改意见。

4.2.3　按经审核批准的年、季、月、旬计划实施控制。

4.2.4　审查建设单位、承包单位提出的材料、设备的规格、数量、质量和进场时间是否满足工程进度要求，发现问题及时提出意见。

4.2.5　加强并细化进度计划的监督管理。在施工全过程中，随时检查工程进度，并进行计划值与完成值比较，发现偏离及时提出意见，协助承包单位修改计划，调整资源配置，促使计划的完成。

4.2.6　施工总承包合同工期为____天，实际工期为____天，按计划/或提前______天完成(如延期完成计划,应说明延期原因,并经建设单位认可等情况)。

4.3　投资控制方面

4.3.1　根据建设单位与承包单位正式签订的工程施工总承包合同所确定的工程总价款，

作为投资控制总目标。

4.3.2 认真审查施工组织设计和施工方案，并提出合理化建议，尽可能减少施工费、技术措施费。

4.3.3 材料、设备订货阶段，协助建设单位进行价格、性能、质量比较，正确选择供应商。

4.3.4 根据建设单位资金调拨情况，在施工工期允许范围内合理调整工程项目和工作顺序，并协助建设单位避免资金被承包单位挪作他用。

4.3.5 严格从造价、项目的功能要求、质量和工期等方面审查工程变更，并在工程变更实施前与建设单位、承包单位协商确定变更的价款，控制工作量的增加。

4.3.6 严格核实工程量和费用支付签证，并公正地按既定程序处理承包单位提出的索赔。

4.3.7 施工总承包合同投资额(原预算)为______万元，实际决算为______万元，构成投资增加的主要原因。

4.4 合理建议产生的实际效果情况(应分别说明合理化建议内容、效果、节约资金额等情况)。

5 施工过程中出现的问题及处理情况和建议(主要围绕提高和指导今后监理工作服务的内容,提出出现的主要问题及其处理情况和建议等)。

6 工程照片(有必要时)。

细节：监理资料管理细则

监理资料是监理单位在工程设计、施工等监理过程中形成的资料。它是监理工作中各项控制与管理的依据与凭证。

总监理工程师为项目监理部监理资料的总负责人，并指定专职或兼职资料员具体管理。

项目监理部监理资料管理的基本要求：

1）监理资料应满足“整理及时、真实齐全、分类有序”的要求。

2）各专业工程监理工程师应随着工程项目的进展负责收集、整理本专业的监理资料，并进行认真检查，不得接受经涂改的报审资料，并于每月编制月报之后，于次月5日前将资料交与资料管理员存放保管。

3）资料管理员应及时对各专业的监理资料的形成、积累、组卷和归档进行监督、检查验收各专业的监理资料，并分类、分专业建立案卷盒，按规定编目、整理，做到存放有序、整齐，如将不同类资料放在同一盒内，应有脊背处标明。

4）对于已归资料员保管的监理资料，如本项目监理部人员需要借用，必须办理借用手续，用后及时归还；其他人员借用，须经总监理工程师同意，办理借用手续，资料员负责收回。

5）在工程竣工验收后三个月内，由总监理工程师组织项目监理人员对监理资料进行整理和归档，监理资料在移交给公司档案资料部前必须由总监理工程师审核并签字。

6）监理资料整理合格后，报送公司档案部门办理移交、归档手续。利用计算机进行资料管理的项目监理部须将存有“监理规划”、“监理总结”的软盘一并交与档案资料部。

7）监理资料各种表格的填写应使用黑色墨水或黑色签字笔，复写时须用单面黑色复写纸。

应用计算机建立监理管理台账。应建立的台账有以下几种：

① 工程物资进场报验台账。

② 施工试验（混凝土、钢筋、水、电、暖通等）报审台账。

③ 检验批、分项、分部（子分部）工程验收台账。

④ 工程量、工程进度款报审台账。

⑤ 其他。

总工程师为公司的监理档案总负责人，总工办档案资料部负责具体工作。

档案资料部对各项目监理部的资料负有指导、检查的责任。

细节：监理资料归档管理

监理资料归档的内容：

1）监理合同。

2）项目监理规划及监理实施细则。

3）监理月报。

4）会议纪要。

5）分项、分部工程施工报验表。

6）质量问题和质量事故的处理资料。

7）造价控制资料。

8）工程验收资料。

9）监理通知。

10）合同其他事项管理资料。

11）监理工作总结。

监理档案的组卷应执行城市建设档案馆的统一规定。

监理档案的验收、移交和管理：

1）总监理工程师组织监理资料的归档整理工作，负责审核并签字验收。

2）工程竣工验收后三个月内，总监理工程师负责将监理档案送公司总工程师审阅，并与监理单位档案管理人员办理移交手续。

3）存档的监理档案需要借阅时应办理借阅和归还手续。

4）一般工程建设监理档案保存期至少为工程保修期结束后一年，超过保存期的监理档案，应经总工程师批准后销毁，但应有记录。

6 建筑工程施工安全资料管理

细节：安全生产责任制资料编制与考核

项目安全生产责任制考核办法的编制：

安全生产责任制是企业安全生产各项规章制度的核心，严格考核是执行安全生产责任制的关键。为了确保安全生产责任制落到实处，特制定项目安全生产责任考核办法。

1. 考核目的

考核项目管理人员安全生产责任制的执行情况。督促项目安全生产责任制的贯彻落实，激励项目安全管理机制的正常运行。

2. 考核对象

项目部各级管理人员，即项目经理、技术负责人、工长、安全员、质检员、材料员、消防保卫员、机械管理员、班组长等人员。

3. 考核办法

1）采用评定表打分办法，应得分为100分，依据考核项目的完成情况和评分标准打分（详见考核评分表）。实得80分及其以上者为优良，70~80分为合格，70分以下为不合格。

2）考核时间：每月月底进行一次考核。

3）实行逐级考核，分公司接受总公司考核，项目部项目经理接受分公司考核，项目部由项目经理对项目所属管理人员进行考核。

4. 奖惩办法

1）对实得分80分及其以上达优良者，给予100~200元奖励，并作为年终经济兑现、评选先进的重要依据之一。

2）对实得分为70分以下的管理人员视其情节轻重，给予罚款100~200元，警告批评，以观后效或调离工作岗位等处理。

3）安全生产责任制的考核奖惩均在月份工资中兑现。

5. 附表

项目管理人员安全生产责任制考核记录汇总表见表6-1。

表6-1 项目管理人员安全生产责任制考核记录汇总表

单位名称： 工程名称： 考核日期： 年 月 日

序 号	姓 名	职 务	考核结果	奖 惩	备 注

（续）

序　　号	姓　　名	职　　务	考核结果	奖　　惩	备　　注

填表人：　　　　　　　　　　　　　　　　　　　　　审核人：

细节：安全目标管理资料

1．安全目标管理主要内容

项目制定安全生产目标管理计划时，要经项目分管领导审查同意，由主管部门与实行安全生产目标管理的单位签订责任书，将安全生产目标管理纳入各单位的生产经营或资产经营目标管理计划，主要负责人应对安全生产目标管理计划的制定与实施负第一责任。

安全生产目标管理还要与安全生产责任制挂钩。企业要对安全责任目标进行层层分解，逐级考核，考核结果应和各级负责及管理人员工作业绩挂钩，列入各项工作考核的主要内容。具体见下表：

安全责任考核制度	“各级管理人员安全责任考核制度”的具体内容：企业(单位)建立各级管理人员安全责任的考核制度，旨在实现安全目标分解到人，安全责任落实、考核到人
项目安全管理目标	“项目安全管理目标”的具体内容： 1）根据上级安全管理目标的条款规定，制定本项目级的安全管理目标 2）确定目标的原则：可行性、关键性、一致性、灵活性、激励性、概括性 3）下级不能照搬照抄上级的安全管理目标，无论从定量或定性上讲，下级的安全管理目标总要严于或高于上级的安全管理目标，其保证措施要严格得多，否则将起不到自下而上的层层保证作用 4）安全管理目标的主要内容： ① 伤亡事故控制目标：杜绝死亡及重伤，一般事故应有控制指标 ② 安全达标目标：根据工程特点，按部位制定安全达标的具体目标 ③ 文明施工目标：根据作业条件的要求，制定文明施工的具体方案和实现文明工地的目标
项目安全管理目标责任分解	“项目安全管理目标责任分解”的具体内容： 把项目部的安全管理目标责任按专业管理层层分解到人，安全责任落实到人
项目安全目标责任考核办法	“项目安全目标责任考核办法”的具体内容： 依据公司(分公司)的目标责任考核办法，结合项目的实际情况及安全管理目标的具体内容，对应按月进行条款分解，按月进行考核，制定详细的奖惩办法
项目安全目标责任考核	“项目安全目标责任考核”的具体内容： 按“项目安全目标责任考核办法”的规定，结合项目安全管理目标责任分解，以评分表的形式按责任分解进行打分，奖优罚劣与经济收入挂钩，及时兑现

2. 安全目标管理资料编制

(1) 各级管理人员安全责任考核制度　根据“安全生产，人人有责”和“管生产必须管安全”的原则，为更好地贯彻执行“安全第一，预防为主”的安全生产方针和落实责任，特制定各级管理人员安全责任考核制度。具体内容见下表：

考核内容	1）伤亡控制指标(根据国家要求及企业的具体情况制定) 2）施工现场安全达标目标(合格率、优良率情况) 3）文明施工目标(创建文明工地等要求)
安全责任落实	1）企业的法人代表是企业安全生产的第一责任人，对本企业的安全生产负总责；所属单位的负责人是本单位安全生产的第一责任人，对本单位的安全生产负总责 2）各部门，如生产、技术等按各自的安全职责，对自己所负的安全职责负直接责任 3）项目经理是项目施工安全的第一责任者；项目经理部管理人员按目标责任分解负各自的安全责任
考核办法	1）实行逐级考核制度，公司接受上级考核；分公司接受公司考核；项目经理接受分公司考核；项目经理负责对项目部管理人员进行考核 2）根据各级要求及自己的具体情况制定考核办法，明确奖惩 3）考核结果作为评选先进、个人立功的重要依据之一
安全责任考核制度化	1）每月要求至少进行一次安全责任考核，并认真执行，不走过场，防止流于形式 2）考核记录存入档案，作为个人业绩评价的重要依据之一

（2）项目安全管理目标责任的分解　项目安全管理目标责任分解如图6-1所示。

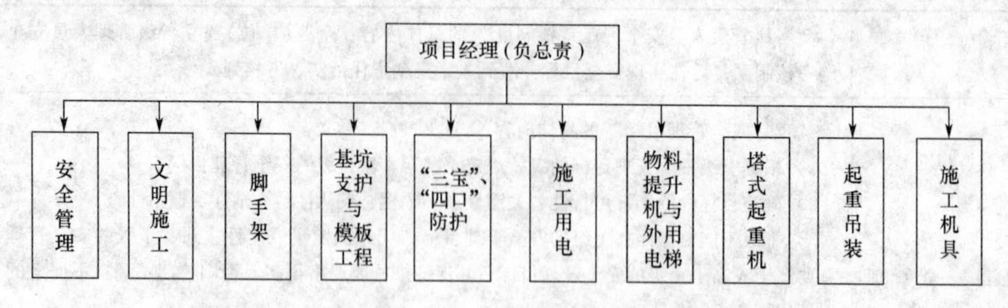

图6-1　项目安全管理目标责任分解图

（3）项目安全目标责任考核办法　为确保项目安全管理目标的实现，达到责任明确，责任落实到人，考核到人，特制定本考核办法。主要内容见下表：

项目安全管理目标	制定年、月达标计划，并将目标分解到人，责任落实考核到人 1）杜绝死亡事故及重伤事故，每年轻伤少于3人 2）确保每月施工安全及文明施工检查达优良标准 3）确保实现市级文明工地
考核细则	1）用《建筑施工安全检查标准》（JGJ 59—1999）的各分项评分表，对各分项责任人进行打分考核。当分项检查评分表得分在70分以下时为不合格，70分（包括70分）至80分为合格，80分及其以上为优良 2）各分项检查评分表通过汇总所得出的结果用来评价项目经理安全目标责任落实情况，因为项目经理对项目的安全生产负总责，是第一责任者，各级管理人员目标责任落实的好坏，直接体现了项目经理安全管理的业绩 3）评分表采用《建筑施工安全检查标准》（JGJ 59-1999）中的相关表格 4）评分方法参见《建筑施工安全检查标准》（JGJ 59-1999）中的有关内容
奖惩办法	1）达优良等级的奖励100～300元 2）达不到合格等级时，处罚200元；连续三次达不到合格等级的项目管理人员除经济处罚外，将采取下岗处理措施
附表	项目管理人员安全目标责任考核评定用表见表6-2

表6-2　项目管理人员安全目标责任考核评定表

单位名称：　　　　　　　　　施工现场名称：　　　　　　　　　　年　　月　　日

序号	分项名称	责任人		实得分	经济挂钩		备注
		职务	姓名		奖励	罚款	
1	安全管理（满分100分）						
2	文明施工（满分100分）						
3	脚手架（满分100分）						
4	基坑支护与模板工程（满分100分）						
5	“三宝”、“四口”防护（满分100分）						
6	施工用电（满分100分）						
7	物料提升机与外用电梯（满分100分）						

（续）

序号	分项名称	责任人		实得分	经济挂钩		备注
		职务	姓名		奖励	罚款	
8	塔式起重机(满分100分)						
9	超重吊装(满分100分)						
10	施工机具(满分100分)						
小计							
评语：							

项目经理：

细节：安全检查资料编制

1. 安全检查主要内容

1）安全检查可分为：社会安全检查、公司级安全检查、分公司级安全检查、项目安全检查。

2）安全检查的形式：定期安全检查、季节性安全检查、临时性安全检查、专业性安全检查、群众性安全检查。

3）安全检查的内容：查思想、查制度、查管理、查领导、查违章、查隐患。

4）各级安全检查必须按文件规定进行，安全检查的结果必须形成文字记录；安全检查的整改必须做到“四定”，即定人、定时间、定措施、定复查人。

2. 安全检查资料编制

（1）定期安全检查制度

1）企业单位对生产中的安全工作，除进行经常检查外，每年还应该定期地进行2～4次群众性的检查，这种检查包括普遍性检查、专业性检查和季节性检查，这几种检查可以结合进行。

① 企业单位安全生产检查由生产管理部门总负责，企业安全管理部门具体实施。

② 定期检查时间：公司每季一次，分公司每月一次，项目每周六均应进行安全检查；班组长、班组兼职安全员班前对施工现场、作业场所、工具设备进行检查，班中验证考核，发现问题立即整改。

③ 专业性检查：可突出专业的特点，如施工用电、机械设备等组织的专业性专项检查。

④ 季节性检查：可突出季节性的特点，如雨季安全检查，应以防漏电、防触电、防雷击、防坍塌、防倾倒为重点的检查；冬季安全检查应以防火灾、防触电、防煤气中毒为重点的检查。

2）开展安全生产检查，必须有明确的目的、要求和具体计划，并且必须建立由企业领导负责、有关人员参加的安全生产检查组织，以加强领导，做好这项工作。

3）安全生产检查应该始终贯彻领导与群众相结合的原则，边检查、边改进，并且及时总结和推广先进经验，抓好典型。

4）对查出的隐患不能立即整改的，要建立登记、整改、检查、销项制度。要制定整改计划，定人、定措施、定经费、定完成日期。在隐患没有消除前，必须采取可靠的防护措施，如有危及人身安全的紧急险情，应立即停止作业。

（2）安全检查记录　安全检查记录见表6-3。

表6-3　安全检查记录

施工单位：　　　　　　　　　　　　　　　　日期：　　年　　月　　日

建设单位		工程名称	
检查情况记录：			

接受检查单位负责人：　　　　　　　　　　　　　　检查人：

（3）事故隐患整改通知单　事故隐患整改通知单见表6-4。

表6-4　事故隐患整改通知单

工程名称：　　　　　　　　　　　　　　　　　　　　　　　　　　　编号：

<table>
<tr><td colspan="2">检 查 日 期</td><td colspan="3"></td><td>检查部位、项目内容</td></tr>
<tr><td colspan="2">检查人员签名</td><td colspan="3"></td><td></td></tr>
<tr><td colspan="2">检查发现的违章、
事故隐患实况记录</td><td colspan="4"></td></tr>
<tr><td rowspan="6">整
改
通
知</td><td rowspan="2">对重大事故隐患列项实行“三定”的整改方案</td><td>整改措施</td><td>完成整改
的最后日期</td><td>整改责任人</td><td>复查日期</td></tr>
<tr><td></td><td></td><td></td><td></td></tr>
<tr><td></td><td colspan="4">项目负责人签名：

安全员签名：

整改负责人签名：</td></tr>
<tr><td rowspan="3">整改复查记录</td><td>整改记录</td><td>遗留问题的处理</td><td colspan="2" rowspan="2">整改责任人：

复查责任人：

安全生产责任人：

年　月　日</td></tr>
<tr><td></td><td></td></tr>
</table>

（4）事故隐患整改复查单 事故隐患整改复查单见表6-5。

表6-5 事故隐患整改复查单

施工单位： 日期： 年 月 日

建设单位		工程名称	
检查情况记录：			

接受复查单位负责人： 检查人：

细节：安全教育记录资料编制

1. 建筑业企业职工安全培训教育暂行规定（建教[1997]83号）

第一章 总 则

第一条 为贯彻安全第一、预防为主的方针，加强建筑企业职工安全培训教育工作，增强职工的安全意识和安全防护能力，减少伤亡事故的发生，制定本暂行规定。

第二条 建筑企业职工必须定期接受安全培训教育，坚持先培训、后上岗的制度。

第三条 本暂行规定适用于所有在中华人民共和国境内从事工程建设的建筑业企业。

第四条 建设部主管全国建筑业企业职工安全培训教育工作。

国务院有关专业部门负责所属建筑业企业职工的安全培训教育工作。其所属企业的安全培训教育工作，还应当接受企业所在建设行政主管部门及其所属建筑安全监督管理机构的指导和监督。

县级以上地方人民政府建设行政主管部门负责本行政区域内建筑业企业职工安全培训教育管理工作。

第二章　培训对象、时间和内容

第五条　建筑业企业职工每年必须接受一次专门的安全培训。

1）企业法定代表人、项目经理每年接受安全培训的时间，不得少于30学时。

2）企业专职安全管理人员除按照建教(1991)522号文《建设企事业单位关键岗位持证上岗管理规定》的要求，取得岗位合格证书并持证上岗外，每年还必须接受安全专业技术业务培训，时间不得少于40学时。

3）企业其他管理人员和技术人员每年接受安全培训的时间，不得少于20学时。

4）企业特殊工种(包括电工、焊工、架子工、司炉工、爆破工、机械操作工、起重工、塔式起重机司机及指挥人员、人货两用电梯司机等)在通过专业技术培训并取得岗位操作证后，每年仍须接受有针对性安全培训，时间不得少于20学时。

5）企业其他职工每年接受安全培训的时间，不得少于15学时。

6）企业待岗、转岗、换岗的职工，在重新上岗前，必须接受一次安全培训，时间不得少于20学时。

第六条　建筑业企业新进场的工人，必须接受公司、项目(或区、工程处、施工队,下同)、班组的三级安全培训教育，经考核合格后，方能上岗。

1）公司安全培训的主要内容是：国家和地方有关的安全生产的方针、政策、法规、标准、规程和企业的安全规章制度等。培训教育的时间不得少于15学时。

2）项目安全培训教育的主要内容：工地安全制度、施工现场环境、工程施工特点及可能存在的不安全因素等。培训教育的时间不得少于15学时。

3）班组安全培训教育的主要内容：本工种的安全操作规程、事故案例剖析、劳动纪律和岗位讲评等。培训教育的时间不得少于20学时。

第三章　安全培训教育的实施与管理

第七条　实行安全培训教育登记制度，建筑业企业必须建立职工的安全培训教育档案，没有接受安全培训教育的职工，不得在施工现场从事作业或者管理活动。

第八条　县级以上地方人民政府建设行政主管部门制定本行政区域内建筑业企业职工安全教育规划和年度计划，并组织实施。省、自治区、直辖市的建筑业企业职工安全培训教育规划和年度计划，应当报建设部建设教育主管部门和建筑安全主管部门备案。

国务院有关专业部门负责组织制定所属建筑业企业职工安全培训教育规划和年度计划，并组织实施。

第九条　有条件的大中型建筑业企业，经企业所在地的建设行政主管部门或者授权所属的建筑安全监督管理机构审核确认后，可以对本企业的职工进行安全培训工作，并接受企业所在地的建筑行政主管部门或者建筑安全监督管理机构的指导和监督。其他建筑业企业职工的安全培训工作，由企业所在地建设行政主管部门或者建筑安全监督管理机构负责组织。

建筑业企业法定代表人、项目经理的安全培训工作，由企业所在地的建设行政主管部门或者建筑安全监督管理机构负责组织。

第十条　实行总分包的工程项目，总承包单位要负责统一管理分包单位的职工安全培训教育工作。分包单位要服从总承包单位的统一管理。

第十一条　从事建筑业企业职工安全培训工作的人员，应当具备下列条件：

1）具有中级以上专业技术职称。

2）有五年以上施工现场经验或者从事建筑安全教学、法规等方面工作五年以上的人员。

3）经建筑安全师资格培训合格，并获得培训资格证书。

第十二条　建筑业企业职工的安全培训，应当使用经建设部教育主管部门和建筑安全主管部门统一审定的培训大纲和教材。

第十三条　建筑业企业职工的安全培训教育经费，从企业职工教育经费中列支。

第四章　附　　则

第十四条　本暂行规定自发布之日起施行。

2. 安全教育记录台账

安全教育记录台账见表6-6。

表6-6　安全教育记录台账

教育类别：三级安全教育(变换工种教育或其他类型教育)

姓　名	性　别	出生年月	工　种	文化程度	家庭住址	入厂时间	受教育时间	教育内容	考核结果

（续）

姓　名	性　别	出生年月	工　种	文化程度	家庭住址	入厂时间	受教育时间	教育内容	考核结果

3. 职工三级安全教育记录卡

职工三级安全教育记录卡见表6-7。

表6-7 职工三级安全教育记录卡

姓名：　　出生年月：　　文化程度：
部门：　　工　种：　　入厂时间：
家庭住址：　　编　号：

三级安全教育内容		教育人	受教育人
公司教育	进行安全基本知识、法规、法制教育，主要内容是： 1. 国家的安全生产方针、政策 2. 相关的安全生产法规、标准和法制观念 3. 本单位施工过程及安全生产制度 4. 本单位安全生产形势及历史上发生的重大事故及应吸取的教训 5. 发生事故后如何抢救伤员、排险、保护现场和及时进行报告	签名：	签名：
		年　月　日	
工程处(队、项目)教育	进行现场规章制度和遵章守纪教育，主要内容： 1. 本单位施工特点及施工安全基本知识 2. 本单位(包括施工、生产现场)安全生产制度、规定及安全注意事项 3. 本工种安全技术操作规程 4. 高处作业、机械设备、电气安全基础知识 5. 防火、防毒、防尘、防爆知识及紧急情况安全处置和安全疏散知识 6. 防护用品发放标准及使用基本知识	签名：	签名：
		年　月　日	
班组教育	进行本工种安全操作规程及班组安全制度、纪律教育，主要内容是： 1. 本班组作业特点及安全操作规程 2. 班组安全活动制度及纪律 3. 爱护和正确使用安全防护装置(设施)及个人劳动防护用品 4. 本岗位易发生事故的不安全因素及防范对策 5. 本岗位作业环境及使用的机械设备、工具的安全要求	签名：	签名：
		年　月　日	

4. 安全教育记录

安全教育记录见表6-8。

表6-8 安全教育记录

教育类别：公司级教育(三级教育或其他类型教育)　　　　年　月　日

主讲单位(部门)		主 讲 人	
受教育工种(部门)		人　数	
教育内容： 记录人：			
受教育者(签名)：			

5. 变换工种安全教育记录

变换工种安全教育记录见表6-9。

表6-9 变换工种安全教育记录

<table>
<tr><td>原 工 种</td><td></td><td>变 换 工 种</td><td></td><td>人 数</td><td></td></tr>
<tr><td colspan="6"></td></tr>
<tr><td>教育人签名</td><td></td><td rowspan="2">受教育人
签名</td><td colspan="3" rowspan="2"></td></tr>
<tr><td>教育时间</td><td></td></tr>
</table>

注：特种作业人员变换工种须经市级有关部门重新培训考核发证。

6. 周一安全教育记录

周一安全教育记录见表6-10。

表6-10 周一安全教育记录

工程名称： 施工单位：

年 月 日	星期	天气：
本周注意事项： 主讲人： 记录人：		

细节：班前安全活动资料编制

1. 班前安全活动主要内容

1）班组是施工企业的最基层组织，只有搞好班组安全生产，整个企业的安全生产才有保障。

2）班组每变换一次工作内容或同类工作变换到不同的地点时要进行一次交底，交底填写不能简单化、形式化，要力求精练，主题明确，内容齐全。

3）由班组长组织所有人员，结合工程施工的具体操作部位，讲解关键部位的安全生产要点、安全操作要点及安全注意事项，并形成文字记录。

4）班组安全活动每天都要进行，每天都要记录。不能以布置生产工作替代安全活动内容。

2. 班前安全活动编写要点

（1）班前安全活动制度　见本细节3中“班组班前安全活动制度”的具体内容。

（2）班组班前安全活动记录　根据工程中各工种安排的需要，按工种不同分别填写班组班前安全活动记录。工种主要有：

1）木工。

2）架子工。

3）钢筋工。

4）混凝土工。

5）瓦工。

6）机械工。

7）电工。

8）水暖工。

9）抹灰工。

10）油工。

11）其他。

3. 班前安全活动资料编制

（1）班组班前安全活动制度

1）班组长应根据班组承担的生产和工作任务，科学地安排好班组班前生产日常管理工作。

2）班前班组全体成员要提前15min到达岗位，在班组长的组织下，进行交接班，召开班前安全会议，清点人数，由班组长安排工作任务，针对工程施工情况、作业环境、作业项目，交代安全施工要点。

3）班组长和班组兼职安全员负责督促检查安全防护装置。

4）全体组员要在穿戴好劳动保护用品后，上岗交接班，熟悉上一班生产管理情况，检查设备和工况完好情况，按作业计划做好生产的一切准备工作。

5）班组必须经常性地在班前开展安全活动，形成制度化，并做好班前安全活动记录。

6）班组长不得寻找借口，取消班前安全活动；班组组员决不能无原因不参加班前安全活动。

7）项目经理及其他项目管理人员应分头定期不定期地检查或参加班组班前安全活动，以监督其执行或提高安全活动的质量。

8）项目安全员应不定期地抽查班组班前安全活动记录，看是否有漏记，对记录质量状态进行检查。

（2）班组安全活动内容

1）讲解现场一般安全知识。

2）当前作业环境应掌握的安全技术操作规程。

3）落实岗位安全生产责任制。

4）设立、明确安全监督岗位，并强调其重要作用。

5）季节性施工作业环境、作业位置安全。

6）检查设备安全装置。

7）检查工机具状况。

8）个人防护用品的穿戴。

9）危险作业的安全技术的检查与落实。

10）作业人员身体状况，情绪的检查。

11）禁止乱动、损坏安全标志，乱拆安全设施。

12）不违章作业，拒绝违章指挥。

13）材料、物资整顿。

14）工具、设备整顿。

15）活完场清工作的落实。

（3）班组班前安全活动记录　班组班前安全活动记录见表6-11。

表6-11　班组班前安全活动记录

工程名称：　　　　　　　　　　　　　　　　班组（工种）：

出勤人数		作业部位		月　日　星期
工作内容及安全交底内容	工作内容： 交底内容：			
作业检查发现问题及处理意见	兼职安全员：			
班组负责人		天气		

细节：特种作业资料编制

1. 特种作业主要内容

特种作业的主要内容如下：

特种作业人员范围	特种作业范围：电工作业；锅炉司炉；压力容器操作；起重机械作业；爆破作业；金属焊接（气割）作业；机动车辆驾驶；登高架设作业等 从事特种作业的人员，必须经过规定部门的培训，并持证上岗
特种作业人员条件	1）年满十八周岁以上。但从事爆破作业和煤矿井下瓦斯检验的人员，年龄不得低于二十周岁 2）工作认真负责，身体健康，无妨碍从事本作业的疾病和生理缺陷 3）具有本作业所需的文化程度和安全、专业技术知识及实践经验
特种作业人员培训	1）从事特种作业的人员，必须进行安全教育和安全技术培训 2）培训方法为：企事业单位自行培训；企事业单位的主管部门组织培训；考核、发证部门或指定的单位培训 3）培训的时间和内容，根据国家（或部）颁发的特种作业《安全技术考核标准》和有关规定而定。主要以本工种的安全操作规程为主，同时学习国家颁发的有关劳动保护法规，以及本公司的有关安全生产的规章制度 4）专业（技工）学校的毕业生，已按国家（或部）颁发的特种作业《安全技术考核标准》和有关规定进行教学、考核的，可不再进行培训
特种作业人员复审	1）取得操作证的特种作业人员，必须定期进行复审 2）复审期限，除机动车驾驶按国家有关规定执行外，其他特种作业人员每两年进行一次 3）复审内容：复试本工种作业的安全技术理论和实际操作；进行体格检查；对事故责任者检查 4）复审由考核发证部门或其指定的单位进行 5）复审不合格者，可在两个月内再进行一次复审，仍不合格者，收缴操作证。凡未经复审者，不得继续独立作业 6）在两个月复审期间，做到安全无事故的特种作业人员，经所在单位审查，报经发证部门批准后，可以免试，但不得继续免试 7）每次复审情况，负责复审的部门（单位）要在操作证上注册签章

2. 特种作业资料编制

资料整理要根据分工种编制的“特种作业人员名册登记表”的排列程序，依次整理特种作业人员上岗证复印件，并对应编排序号，以便于核实。

特种作业人员持证上岗必须实行动态管理；上岗证到期未复审视同无证。

特种作业人员名册登记表见表 6-12。

表 6-12 特种作业人员名册登记表

序　号	姓　名	工　种	所在单位	证　号	进场时间

（续）

序　号	姓　名	工　种	所在单位	证　号	进场时间

填表人：

细节：安全资料的主要内容

资料是阐明所取得的结果或提供所完成活动证据的材料，可以是纸张、图片、录像、磁盘等。安全资料是施工现场安全管理的真实记录，是对企业安全管理检查和评价的重要依据。安全资料的归档和完善有利于企业各项安全生产制度的落实和强化施工全过程、全方位、动态的安全管理，对加强施工现场管理，提高安全生产、文明施工管理水平起到经济的推动作用。有利于总结经验、吸取教训，为更好地贯彻执行“安全第一、预防为主”的安全生产方针，保护职工在生产过程中的安全和健康，预防事故发生提供理论依据。

安全资料主要包括以下几个方面：

1. 前期策划安全资料

1）项目安全生产、文明施工保证计划。

2）项目危险源的辨识和风险性评价。
3）项目重大危险源控制措施。
4）项目安全生产责任制度。
5）项目安全生产检查制度。
6）项目安全生产验收制度。
7）项目安全生产教育培训制度。
8）项目安全生产技术管理制度。
9）项目安全生产奖罚制度。
10）项目安全生产值班制度。
11）项目消防保卫制度。
12）项目重要劳动防护用品管理制度。
13）项目生产安全报告、统计制度。

2. 安全管理部分资料

1）总、分包合同和安全协议。
2）项目部安全生产责任制。
3）特种作业的管理。
4）安全教育的记录。
5）项目劳动防护的管理。
6）安全检查。
7）安全目标管理。
8）班前安全活动。

3. 临时用电安全资料

1）临时用电施工组织设计及变更资料。
2）临时用电安全技术交底。
3）临时用电验收记录。
4）电气设备测试、调试记录。
5）接地电阻的摇测记录。
6）电工值班、维修记录。
7）临时用电安全检查记录。
8）临时用电器材合格证。

4. 机械安全资料

1）机械租赁合同及安全管理协议书。
2）机械拆装合同书。
3）机械设备平面布置图。
4）机械安全技术交底。
5）塔式起重机安装、顶升、拆除验收记录。
6）外用电梯安装验收记录。
7）机械操作人员的上岗证书。
8）机械安全检查记录

5. 安全防护资料

1）施工中的安全措施方案。

2）脚手架的施工方案。

3）脚手架组装、升、降验收手续。

4）各类安全防护设施的验收检查记录。

5）防护安全技术交底。

6）防护安全检查记录。

7）防护用品合格证和检测资料。

细节：安全资料的管理和保存

1. 安全资料的管理

1）项目经理部应建立证明安全管理系统运行必要的安全记录，其中包括台账、报表、原始记录等。资料的整理应做到现场实物与记录符合，行为与记录符合，以便更好地反映出安全管理的全貌和全过程。

2）项目设专职或兼职安全资料员，应及时收集、整理安全资料。安全记录的建立、收集和整理，应按照国家、行业、地方和上级的有关规定，确定安全记录种类、格式。

3）当规定表格不能满足安全记录需要时，安全保证计划中应制定记录。

4）确定安全记录的部门或相关人员，实行按岗位职责分工编写，按照规定收集、整理包括分包单位在内的各类安全管理资料的要求，并装订成册。

5）对安全记录进行标识、编目和立卷，并符合国家、行业、地方或上级有关规定。

2. 安全资料的保存

1）安全资料按篇及编号分别装订成册，装入档案盒内。

2）安全资料集中存放于资料柜内，加锁并设专人负责管理，以防丢失损坏。

3）工程竣工后，安全资料上交公司档案室保管，备查。

参 考 文 献

[1] 国家标准. 建筑地基基础工程施工质量验收规范(GB 50202—2002)[S]. 北京: 中国计划出版社, 2002.

[2] 国家标准. 砌体工程施工质量验收规范(GB 50203—2002)[S]. 北京: 中国建筑工业出版社, 2002.

[3] 国家标准. 混凝土结构工程施工质量验收规范(GB 50204—2002)[S]. 北京: 中国建筑工业出版社, 2002.

[4] 国家标准. 钢结构工程施工质量验收规范(GB 50205—2001)[S]. 北京: 中国计划出版社, 2002.

[5] 国家标准. 屋面工程质量验收规范(GB 50207—2002)[S]. 北京: 中国建筑工业出版社, 2002.

[6] 国家标准. 地下防水工程质量验收规范(GB 50208—2002)[S]. 北京: 中国建筑工业出版社, 2002.

[7] 国家标准. 建筑装饰装修工程质量验收规范(GB 50210—2001)[S]. 北京: 中国标准出版社, 2002.

[8] 国家标准. 建筑给水排水及采暖工程施工质量验收规范(GB 50242—2002)[S]. 北京: 中国建筑工业出版社, 2002.

[9] 国家标准. 通风与空调工程施工质量验收规范(GB 50243—2002)[S]. 北京: 中国计划出版社, 2003.

[10] 国家标准. 建筑电气工程施工质量验收规范(GB 50303—2002)[S]. 北京: 中国计划出版社, 2002.

[11] 国家标准. 电梯工程施工质量验收规范(GB 50310—2002)[S]. 北京: 中国建筑工业出版社, 2002.

[12] 国家标准. 智能建筑工程质量验收规范(GB 50339—2003)[S]. 北京: 中国标准出版社, 2003.

[13] 国家标准. 建筑工程施工质量验收统一标准(GB 50300—2001)[S]. 北京: 中国建筑工业出版社, 2001.

[14] 国家标准. 建设工程监理规范(GB 50319—2000)[S]. 北京: 中国建筑工业出版社, 2001.

[15] 国家标准. 建设工程文件归档整理规范(GB/T 50328—2001)[S]. 北京: 中国建筑工业出版社, 2002.